献给那些已经过世并被历史遗忘的朋友，

他们曾经参与塑造神奇的 20 世纪 80 年代。

只要人類存在，愛情就是永恒的主題。但在今天，人和机器人可以做愛，懶婚時髦，佛系青年爆紅，這本寫於將近半個世紀前、記錄了我們這一代人的真誠、無畏以及偏執和种种缺陷的愛情小说，还有意义嗎？

刘青峰 金观涛

2019年7月31日

靳凡 著

公开的情书

—新编版—

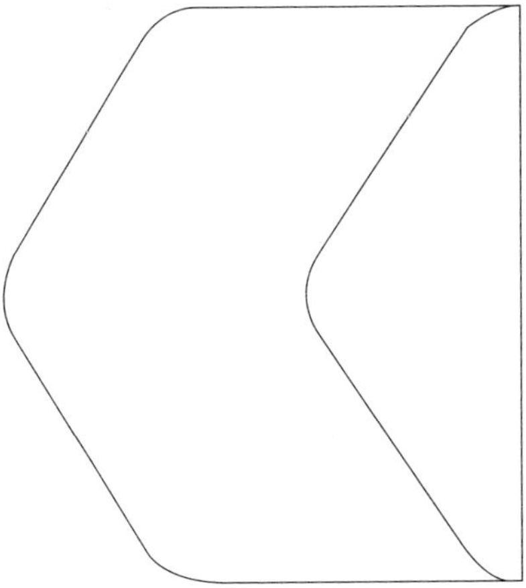

人民东方出版传媒
東方出版社

图书在版编目（CIP）数据

公开的情书：新编版 / 靳凡 著 . — 北京：东方出版社，2019.11
ISBN 978-7-5207-1099-2

Ⅰ.①公…　Ⅱ.①靳…　Ⅲ.①书信体小说—中国—当代　Ⅳ.①I247.5

中国版本图书馆 CIP 数据核字（2019）第 152347 号

公开的情书（新编版）
（GONGKAI DE QINGSHU）

作　　者：靳　凡
策　　划：陈　卓
责任编辑：李　森
插　　画：金观涛
特约编辑：徐书鸣
责任审校：谷轶波
出　　版：东方出版社
发　　行：人民东方出版传媒有限公司
地　　址：北京市朝阳区西坝河北里 51 号
邮　　编：100028
印　　刷：北京联兴盛业印刷股份有限公司
版　　次：2019 年 11 月第 1 版
印　　次：2019 年 11 月第 1 次印刷
开　　本：880 毫米 ×1230 毫米　1/32
印　　张：12.5
字　　数：205 千字
书　　号：ISBN 978-7-5207-1099-2
定　　价：59.00 元
发行电话：（010）85924663　85924644　85924641

目录

新版序言：从爱的权利到思想自由

刘青峰

一、被唤醒的历史记忆

中篇小说《公开的情书》（本序言以下简称《情书》）成稿于1972年春天，至今已过去四十五年。半个世纪用历史尺度来看很短暂，对于个人来说却很漫长，长到足以忘记一些不应该忘记的人和事。为什么想到做这个新编？是由2016年7月收到老友一包快递而引发的。

包裹里装着《情书》残缺不全的油印本，落款为1978年12月，纸张发黄变脆，可以说，这是《十月》1980年第1期首刊这篇小说之前，《情书》作为非正式出版物流传的物证。手捧油印本，先看序言。序言写得真好，散发着那个时代特有的气息，但写序的“山友”是何人？很可能就是五年前病故的老友李三友吧？今天，再也不能找他核实。再看最后只有大半页的小跋。有段文字透露出作者不希望读者追究自己的身世，也许是针对手抄本传阅后有人把小说人物与真人对照而言。对刚刚过去的“文化大革命”，只有一句话：“那些年月还有什么好提的呢？”最后一句是：“未来永远属于青年！”好像那时我们已告别青年时代。我完全忘记写过这个小跋了。掩卷追忆，是由谁主持、哪些朋友参与，用哪里的打字机和油印机做出这份油印本的呢？完全记不起来了。我追问多位亲友，回答都是：真的记不起来了。毕竟，快四十年了，记忆早已斑驳脱落。记忆被唤醒却又难以复原，所谓事过境迁，历史的真实过程就这样被埋没了。

2016 年 11 月初的一天，观涛在杭州上完中国美术学院大课，我们与十来位学生到“西湖春天”餐厅吃晚饭，一位年轻女博士拿出她从网上淘来的《情书》单行本送我。我问同桌的“80 后”“90 后”年轻人：“看过这本小书吗？”有几位说看过。“看得进去吗？”一位从事 IT 的年轻朋友说：“刚看过，很感动，很有意思呢。”另一位问：“为什么不再版？”我随口答道：“没有想过这个问题。”

观涛素来健康少病，11 月底到 12 月间因突如其来的高烧住进医院。他感慨：正在做、想做的事还不少，身体垮下来怎么办？现在是否应该听朋友劝告，写写回忆录了？他常把自己比作一支射向茫茫黑夜的箭，掉在哪里无所谓。如果不是生病，我们一般不会讨论这个问题。为此，我快速浏览封存在电脑中的1989年以前通信的扫描件。不看则罢，一看整夜失眠。1980年《情书》读者的一封封来信，诉说着那一代年轻人的精神苦闷和追求。湖南人民出版社编辑胡凡女士的多封来信，平静叙述《兴盛与危机》[①]出版屡屡受挫和她的执着力争。商务印书馆高崧先生来信告诉我们，史枚先生在编《历史的沉思》[②]后如何受到压力，抑郁而逝。上海人民出版社老编辑马嵩山先生在1989年7月的一封信中提到，为争取出

---

① 编者注：《兴盛与危机：论中国封建社会的超稳定结构》（湖南人民出版社1984年版）是金观涛与刘青峰的成名作，其最早将系统论、控制论、信息论引入历史和社会研究领域。1980年，金观涛与刘青峰发表了“论中国封建社会超稳定结构”的论文，在学术界引起广泛关注。之后，他们进一步把论文扩充成专著出版。本书出版的曲折历程请参见张春田《“真正的思想创造并不惧怕黑夜”——金观涛、刘青峰访问记》，载《粤海风》2010年第2期。

② 编者注：《历史的沉思》（生活·读书·新知三联书店1980年版）是林春和李银河推动出版的“青年文稿”第一辑，其中收录了金观涛、刘青峰《历史的沉思：中国封建社会结构及其长期延续原因的探讨》一文。

版《新十日谈》，他在烈日下步行七小时。90年代初，高先生、马先生已相继病逝……

分开来看，每一封信似乎都很平淡、平常；集中在一起看，所涉人和事是如此鲜活、生动，不经意地透露着80年代充斥整个社会的开放气氛和活泼向上精神。三十多年后再看那个已逝去的年代，就如同坐在飞机上俯瞰阳光下的蓝色大海。如果说当年那些著名事件、社团和代表人物，好像海面上一排排耀眼的白色浪花，那么，当年写信的这些人，就如同那深埋波浪之下、难以被看到的推波助澜的洋流。他们的所思所为，代表着“文化大革命”结束后数以百万计的民众和官员的思想转变。这种共同意志汇聚起来，成为推动20世纪后半期中国社会巨变的决定性动力。然而，这生动的历史现场却如庞贝城那样被掩埋了。

尘封的记忆一旦被唤醒，便如同坐上时光机器回到从前，往事不可抗拒地如排浪滚滚而来，几乎把我们吞没。每个人都生活在当下，回到过去的感觉并不好受。当年与我们通信的人，特别是《情书》的读者，早已失去联系。但在此刻，我却想知道，在他们也活到差不多退休年纪时，如何看待自己过去四十年的经历？多位年长或同辈的朋友去世了，令人感念不已。特别是我们熟悉的朋友，有的作为《情书》人物原型，在小说中音容宛在，却已去世多年。故人往事，埋在我们内心深处。观涛和我作为亲历者，没有理由忘记这些人和事。2017 年春节前后，我们决定重编《情书》，这或许可以作为恢复历史记忆的一种尝试。

告别文学创作后，我和观涛在学术上的合作主要是从事中国历史和近现代思想史研究。现在，我为自己在“文化大革命”时期写作的《情书》做新编、写序言，不免会想这么一个问题：如果撇开 20 世纪 80 年代属于我们的十年，及之后漂泊港台二十多年的沧桑，回到 1972 年，当时为什么要写这本小说？它说了些什么？想说或能说什么？爱情观的转变，对年轻人意味着什么？为什么小说是以手抄本流传？对于没有那个时代生活经历的人来说，恐怕很难理解这些问题。

小说在 1980 年《十月》第 1 期发表时，我是中国科学院某刊物的一名普通编辑，突然收到大批陌生年轻读者的来信，他们坦诚地告诉我，自己和周围的人是以什么样的心情读它、议论它。这些信件打动了我，我给许多读者回信、寄刊，还与其中几位保持了一两年通信。现在，这批信件已成为分析那个转折时期年轻人思想情感难得的一手史料。在这篇序言里，我会引用来信中的文字。[①]

二、挣脱道德乌托邦的束缚

许多读者在来信中提到，《情书》中的年轻主角敢于理直气壮地宣称爱的权利就像追求真理一样神圣，不能剥夺也不能出让，令他们振奋、共鸣。在20世纪的中国，这种要求曾出现过两次。第一次是五四新文化运动中年轻人为争取婚姻自主和男女平等，个人权利观念成为他们打掉传统社会伦理等级制的父权、夫权枷锁的思想利器。第二次发生在“文化大革命”尚未结束之际，年轻人把爱情视为个人的基本权利，他们要冲破的是无形且无所不在的思想束缚。今天的年轻人，恐怕已很难理解当时男女青年是如何自觉地压抑自己青春期的行为了。压抑来自于他们追求道德乌托邦的崇高理想。儿童期，他们被当作祖国的花朵来浇灌培养；“文化大革命”期间，他们是就读大、中、小学的青少年，是被赋予解放全人

---

① 由于无法联络并得到当年写信读者的许可，引用时隐去姓名，只保留发信地点和日期；个别信件因丢失信封，未注明地点。

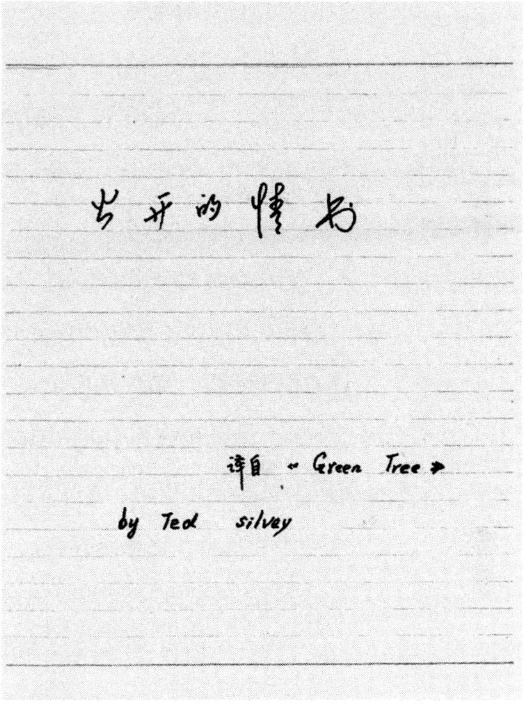

图为《情书》最早成稿时的照片，这本书一开始是冒充译作来流传的

类历史重任的革命事业接班人。革命是每个人生命的终极意义和行为合理性的唯一准则，爱情也不能例外。

然而，“文化大革命”给中国社会发展带来的严重挫折，动摇了年轻人的道德乌托邦理想。《情书》写于 1972 年，为什么是 1972 年？1971 年年底我和观涛结婚后，因风湿病留在他杭州的家中休病假。观涛每天骑辆破自行车去塑料厂上班，我则尝试写些文学性的东西。二人商量决定，把我们与朋友们在红卫兵运动高潮过后的共同经历和寻找志同道合爱人的精神风暴记录下来。那时，距离“913 事件”已过去半年，表面上看，日常生活没什么变化，但我们内心深处已在期待并准备迎接一个新时代的到来。为此，记录一代人对爱情和时代的看法是有意义的。《情书》在 1972 年春天写成，书中男女主人公仍然保有高昂的理想主义，但目标已经改变，他们用爱祖国和追求民族复兴作为替代道德乌托邦的理想。

山友在为 1978 年油印本写的序言中，记录了 1972 年《情书》手抄本第一位读者的反应。序言以莱蒙托夫的几句诗开头：“你的诗回答一切崇高的 / 思想，像天灵一样在人群上面 / 飞巡。仿佛在民间喜庆与悲哀 / 的日子里，一个巨钟的高塔上发出 / 了声音。”他说，这几句诗是那位读者有感于小说所写“就是自己这一代的生活、思想、愿望和道德标准”而抄录的。序言说，“文化大革命”中的年轻人在现实生活中虽然总是要谨慎处事，但“精神的锋芒是无论如何也回避不了的。尤其是正在相互寻找的青年人，他们在物质生活和精神生活空前的荒凉和寂寞之中，渴望着未来，渴慕着相互了解，而不是可怕的心灵的陌生”。序文最后一句是：“请看看地下：那些翻腾奔突的岩浆，不管你是否承认它，它都存在着，并且终有一天要迸发出自己的热和光。”正如山友所预言的那样，《情书》在《十月》1980 年第 1 期刊登后，立即得到年轻读者的热烈回响。

在我们民族的精神史上，“文化大革命”时期年轻人精神之苦闷是罕见的。1980 年“文化大革命”已结束三年多，年轻人的精神苦闷并没有随之结束。一位 24 岁的年轻护士读者，在来信中这样描绘自己“自我懂事到青春最盛时期”都是在“文化大革命”带来的内部动乱中度过的，对文化的破坏、对爱情的禁锢和“枯燥无味的千篇一律的作品，使我对我们国家的文化丧失了信心”（浙江省舟山市，1980 年 2 月 24 日）。另一青年说：“像我这样貌似青年，心却过早衰老的人远远不止我一个，而是整整一代人。他们讨厌宗教似的泛泛说教，也讨厌世俗的实惠说教，他们渴望新思想、新道德，但也决不是西方的那一套。他们深感正义难伸的烦恼，又为进退两茫茫而惆怅。他们需要实实在在的力量，需要实实在在的力量呵！”（福建省，1980 年 3 月 11 日）

年轻人从《情书》中感受到什么实实在在的力量呢？一位青年写道：“这篇作品仿佛使又一次长期无法解除苦闷中的我获得了再生。精神的伟大并没有逝去，而是更加气势磅礴地向追求它的人招手”；她“偶然在人们认为时来运转的 1978 年进了一个大学，不久又愤然离开”，之所以不去赶潮流、放弃上大学，是她不愿意“只是为了一块浅薄的招牌”，“宁可以艰苦的自我教育来换取精神上的独立和解放”（北京市，1980 年 2 月 2 日）。读者正是在追求精神上独立和解放的勇气及行为上与小说共鸣。这种精神追求及其引发的反思，不仅预示着改革开放的新时期将不可阻挡地到来，恐怕也会使那些生活在 21 世纪的所谓“精致的个人主义者”汗颜。

时至今日，不少人对“文化大革命”的理解还局限于那是中国的十年动乱，如果缺乏历史和世界两个维度，就很难理解为什么那个年代的年轻人会经历如此痛苦的精神苦闷、挣扎和思想巨变。事实上，1968 年中国红卫兵运动曾波及并影响世界多国，1968 年世界性青年反叛运动的遗产是 20 世纪世界史的重要一页。2008 年，日本有个名为《环》的杂志出了一期“1968 四十年特刊”，邀请全球革命热潮的各国亲历者——包括观涛和我写文章，回顾自己在这一年做什么、想什么，今天有何看法。这给了我们一个再次回顾 1968 年的机会。1968 年，我们都是北京大学学生，互不相识；出于不同原因，观涛是“逍遥派”，生活重心已转向自学；而我则作为“可教育好子女”，不甘心被摒除在本校革命队伍之外，与清华的朋友行走大江南北、做社会调研。当时，我们在理想与现实之间徘徊，既受到追求取消一切差别的绝对平等的道德乌托邦理想的感召，又因现实中不可容忍的践踏个人生命和尊严的种种行为而深感困惑。埋在心里的想法是：这种现象不是正常状态，不可能长久持续下去吧。

历史上，1968 年恰恰是世界革命从盛到衰的转折点。1968 年作为世界性青年反叛高潮的一年，也正好是 1848 年马克思、恩格斯发表《共产党宣言》一百二十周年，它是 18 世纪末法国大革命思想的进一步展开。在法国大革命以后的半个世纪中，兴起了两种不同的革命潮流：一种是欧洲和美洲纷纷建立现代民族国家的革命，另一种则是认为法国大革命不彻底，应该追求取消一切差别的共产主义革命。《共产党宣言》试图揭示现代市场社会产生不平等、压迫等弊病的根源，号召通过世界性的共产革命来根除现代性带来的弊病。中国的道德乌托邦则起源于19世纪末社会危机深重之时，康有为、谭嗣同等思想家把本土文化资源中的大同世界、烈士精神与基督教末世论、追求绝对平等的乌托邦思想相结合，使之成为以道德为终极关怀的中国人的新理想，并在20世纪接引了从俄国传来的马列主义，以其道德魅力吸引了一代又一代仁人志士，形塑了中国社会由传统到现代转型的历史。

1968年是中国红卫兵运动的重要转折点，数以千万计的知识青年离开城镇陆续上山下乡，接受工农兵再教育。同年，在中国红卫兵运动激励下，世界多国年轻人响应格瓦拉的“革命的任务就是制造革命”口号，罢工罢课，走向街头，革命反叛高潮波及世界。在法国，两万名学生掀起“五月风暴”并与工人结合，致使戴高乐下台；在日本，东京大学、早稻田大学学生占领校园，走向街头，反《美日安保条约》，反越战。正如托尼·朱特在《战后欧洲史》中总结“五月风暴”时所说：“60年代人的标语和计划远未重新唤起那代人所热切想要重新赋予其语言以新活力的革命传统，现在看来倒反而成了它最后的绝唱。”[1]

由于中西文化传统差异，中国知识青年的革命理想具有更强的道德属性。而道德乌托邦的束缚是最难以被意识到，也最难挣脱的。在19世纪末20世纪初，中国的革命志士为了追求铲平一切等级的世界大同的新道德理想，誓言冲决一切网罗，然而，一旦革命理想成为无上崇高的道德目标，冲决一切网罗本身就成为最难突破的思想束缚。中国知识青年在“文化大革命”中继承了革命志士奉献牺牲，真诚地放弃自我，把小我融入大我的精神，努力成为无产阶级新道德的楷模，但又缺乏中国传统文化的常识理性精神，使他们更加难以摆脱这一思想的束缚。这正是他们精神苦闷的根源。

也正是在这一点上，《情书》填补了精神空白。《情书》并没有回到传统，而是提出个人的自主性是道德实践的前提，因此它高于道德。在“文化大革命”中，人们是没有退出权的。《情书》在爱情观上主张选择权由恋爱中的男女自主决定，好像回到20世纪初的思想水平，其实，只有置身在“文化大

---

① 托尼·朱特：《战后欧洲史》（上册），林骧华、唐敏译，新星出版社2010年版，第408页。

革命”运动中那种身不由己的体验，才能使人们理解和接受个体自主性和自由选择在任何情况下都具有无可置疑的正当性。这种正当性使得他们真正具有基于个体自主性的道德自觉，可以在运动中为自己保持沉默或退出的自由和权利做出合理性论证。因此，《情书》男女主人公提出个人的选择自由与代表多数人长远利益的革命事业同样神圣，同样不可剥夺，他们挣脱的不仅是传统家长制，还有道德乌托邦的引力场。这种个体权利意识的觉醒，是一次思想解放，如同在密不透风的环境中打开一扇窗，使年轻人从无力感中解放出来，重新获得青春的活力与希望。

《情书》年轻的读者，工人或大学生对这一点心领神会。正如一封来信所表达的：我们要感谢“文化大革命”及其带来的灾难，否则“青年们哪能去寻找光明”（上海市，1980年3月30日）；“我永远不会忘记这声曾经震撼我心灵的惊雷”（安徽省望江县，1980年3月13日）；“这哪里是小说！分明是一盏胜过‘主义’的照亮所有青年人心田的明灯”（陕西省汉中市，1980年2月29日）；“我们的悲剧在于犯了整整一个时代思想上的错误。无根大树的倒塌，终于把这个错误暴露出来了”（四川省重庆市，1980年5月18日）；“今天的中国人民，已经初步觉醒，最起码在切身利益方面是觉醒了”（辽宁省大连市，1980年4月5日）。“我们这一代人，经历过信仰危机、精神幻灭，然而终于操起了批评的武器。怀疑，思考，使我们有了独立的思想，找到了精神上的归宿”（陕西省西安市，1980年6月20日）。一位大学生说：“这是我们同代之中具有共同的心声、共同的思想、共同的情感的人的共同的珍品。”（北京市，1980年9月21日）

三、柏拉图式的爱情

《情书》第二个特点是柏拉图式的爱情。记得，1979年《十月》拟刊发小说前找我们到编辑部谈话，主编苏予女士和编辑张守仁先生最早提及这点。他们建议，最好能安排男女主人公见个面，否则就有点儿柏拉图式了。虽然我们知道不少人有相同看法，但并没有采纳他们的建议。为什么知而不改？撇开柏拉图爱情观的男同性取向，这种爱情观强调，恋爱双方在平等、自由选择对象时，只有那种共同追求摒除肉欲、向往真理的心灵共鸣，才能符合真实永恒的观念世界中的理性和德性。柏拉图爱情观具有禁欲和理想至上这两大特色，也常被称为精神恋爱。《情书》要表现的是个人精神从苦闷到解放，柏拉图式爱情观的禁欲和理想至上，符合当时思想转折的独特性和真实性。

思想史上，柏拉图被视为“乌托邦”思想的鼻祖。16 世纪初西方出现两股与现代社会兴起密切相关的思潮，一股是质疑和反抗由天主教会所主导的政教体系的宗教改革运动，另一股是空想社会主义思潮。1517 年德国马丁·路德贴出“九十五条论纲”，而“乌托邦”一词是英国人莫尔在 1516 年出版的《乌托邦》一书中创造的、作为一个不存在的理想国家之概念。1601 年意大利人康帕内拉撰写出另一本空想社会主义名著《太阳城》。出于对封建制、等级制和教会腐朽之现实的不满与批判，这两本著作认为私有制是万恶之源，主张按照理性设计并建立一个财产公有、按需分配、官吏公举、人民平等、公共食堂就餐、儿童由国家抚育的理想社会。这种乌托邦思想启迪了 19 世纪的无政府主义和共产主义的思潮与运动。

与这两种西方宗教背景的思想出发点不同，儒家主张等级差序的世俗伦理，19 世纪末中国出现的革命思想，正是对其价值逆反的产物。康有为的《大同书》以佛学的绝对平等观来改造儒家三代理想，提出对未来理想社会的想象；谭嗣同撰写《仁学》，主张打破伦常等级和烈士精神。戊戌变法失败，谭以身作则，挺身而出，流血自我始，求仁得仁，慷慨就义，成为后世道德楷模。20世纪前期，无政府主义革命家刘思复（师复）继承烈士精神，与同道朋友组“心社”，订立了包括不食肉、不饮酒、不吸烟、不用仆役、不婚、不称族姓、不入政党、不任官吏等十二条社约，奉行禁欲的道德救世理念。师复言出必行，长期食素导致严重的营养不良，患肺病后拒绝医嘱，宁死不违犯不食肉蛋奶之戒约。辛亥黄花岗烈士及那些共产革命的真诚追随者，大多具有忠于理想的道德情怀和献身精神。

“文化大革命”期间的中国知识青年是受到这一思想潮流和理想追求影响、受到道德乌托邦理想感召的一代人，他们为了表现出自己与纯洁崇高道德境界相匹配的行为，也会奉行自我压抑包括饮食男女在内的个人欲望的禁欲倾向。抽掉这一思想史背景，中国“80后”青年人和国外相关领域的研究者，就很难理解他们的精神状态和行为。例如，大串连时，男女青年身贴身挤在绿铁皮火车上，长征途中同睡一张炕，当他们肢体肌肤紧密接触时会发生什么呢？过来人会告诉你：他们不会发生更亲密的行为。与之相反，1968 年法国反叛青年提出“禁止‘禁止’”的著名口号，反对现存体制及规范，一谈革命造反就想起性解放做爱和吸大麻。在他们看来，反规范的放纵行为是反抗资本主义现行体制对人性的压迫。造成中外青年人在禁欲和纵欲上竟有如此之巨大的差别，其根源于道德修身是中国文化根深蒂固的传统。《情书》柏拉图式爱情所要表达的，不仅仅是人们对爱情理解的男女两情相悦，也不是 19 世纪浪漫主义的爱情至上，而是其对作为终极关怀的道德乌托邦的反思。

正是在这一点上，《情书》获得广大读者的强烈共鸣。最令年轻人痛苦的，不仅仅是没有真正的爱情，而是理想幻灭使得他们失去了生活的意义。他们曾如此纯洁和赤诚地信仰乌托邦理想，不惜禁欲和献身，但在失去意义的现实生活中，如一位生活在边疆的年轻读者所说，在那“动荡的年代，我的同学有被抓的（犯罪），有被打残的（喝酒打架），各种各种的事，连我本人不瞒您说也有过大错”（新疆维吾尔自治区乌鲁木齐市，1980 年 3 月 30 日）。还有一位年轻人说：“我厌恶屈辱的生存。我憎恨没有灵魂的躯体。我嘲笑软弱的忍耐。可是，这一切能怪它们吗？”“十年浩劫，他们丧失了一半的精神生存。人可以延续生存，可是灵魂的创伤不是几天、几年就可以改变的。”（北京市，1980 年 4 月 8 日）这是一种痛不欲生的绝望。有一位女大学生在来信中讲述她最要好的女友——一位绝顶聪明、表面上大方乐观的二十一岁姑娘的自杀事件：她出门时还和同学们开着玩笑，但就是她，“我的朋友她自杀了！”“她的自杀没有什么具体原因，我理解她，她是太失望，感到可怕的精神上的孤独”；她还说“现在好像就是我们这种年龄的人挣扎得最凶”，反问：“为什么现在自杀的都是我们这种年龄的人呢？”（河北省保定市，1980 年 10 月 31 日）

《情书》中男女主人公用热爱祖国、为民族振兴贡献一己之力的具体目标，代替追求虚幻的道德乌托邦，这种理想主义精神的热情呼唤，在年轻读者那里得到回音。他们在来信中这样说：“青春的热情，对真理的追求，为达到一切理想境界的大无畏精神，这应该是我们这一代青年灵魂的精髓。当我们正处于惘然和徘徊之际，我从你的小说中豁然领悟到了这一点”（福建省福州市，1980 年 5 月 10 日）；《情书》“像一个忠实的棱镜，把我们这一代青年具有的苦闷、彷徨、无望、茫然的混合物，以及它的对立面——自信和乐观、有目的的勇敢、充实的生活、对个性解放的追求，整齐地折射在时代的屏幕上”（湖南省邵阳市，1980 年 3 月 27 日）；“但冲破黑暗，哪里是光明？我们寻求精神解放，从窒息的牢笼中解放出来，但解放到哪里去呢？……我们需要的是国事、家事、天下事一起考虑，民族、个人一起走向解放的方向呵”（上海市，1980 年 4 月 12 日）。另一位读者感到自己“看到了未来，看到了努力的方向，看到了新一代的理想之火又将形成燎原之势并将燃烧出一个崭新的世界”（上海市，1980 年 4 月 5 日）。

读者认为，《情书》标志着新时期文学的主流由“伤痕文学”转变为“‘向前看文学’的真正开始。……人们不仅看透了伤痕，而且看见了光明”（天津市，1980 年 3 月 7 日）。《情书》发单行本后，一位大学生来信说：“我从来没有看到过与我如此息息相通的作品”，“自粉碎‘四人帮’后，文学作品都是揭露的多，也就是破的多。《情书》是立，立我们新时代的新精神。没有书中那样崇高的精神世界，是很难对中国现代化进行探索的”（天津市，1979 年 12 月 10 日）。读者是通过《情书》塑造的人物感受到这种新精神的，正如一位年轻人所说，“它没有单纯地暴露创伤，而是塑造了在痛苦中振作的一代”（山西省长治市，1980 年 2 月 5 日）。几位大学生在信中描写了在图书馆借阅《情书》遇到最强的竞争，以及“在同学间引起了越来越广泛的议论、惊叹、追问”（天津市，1980 年 3 月 2 日）。

四、爱的权利

今天看来，在读者高度认同小说把个人命运与关心国家和民族富强联系在一起的理想主义背后，是从《情书》的爱情观引申出来的新道德——爱的权利以及由此开始的思想自由。那些赞赏小说爱情观的读者说，“我感到那里面有一种对传统道德观念的宣战，对新生活的向往”（山西省长治市，1980 年 2 月 5 日）；小说“提出了一种全新的道德”，它“既不同于封建道德，也不同于资本主义道德”（新疆维吾尔自治区库尔勒市，1980 年 5 月 16 日）。在涉及道德的具体问题时，争论就相当激烈对立，一封来信说读过作品的人有“两种看法：一种认为有思想，好！一种认为很危险”（上海市，

1980 年 3 月 19 日）。这封信并没有说明“好”及“危险”各指什么。对《情书》中人物的行为，例如，对真真不屈从自己道德良心和社会舆论压力，最后做出弃石田、奔向老久的选择，读者评论就更两极化了。有封大学生来信说，“我们系的一些同学专门为《公》召开了一次讨论会”，“对小说不外有三种意见：赞成，反对，中立”，“许多人还停留在石田的水准上”，“认为石田虽然有些注重钱和地位，但这很‘实际’呀！自然他们要非议老久们了”（地址不详，1980 年 5 月 11—12 日）。也有来信指出，小说所强调的是感情的彻底，是爱情的权利，“爱的权利就像追求真理一样神圣，不能剥夺也不能出让”（上海市，1980 年 3 月 19 日）。

《情书》读者在爱情观上的分歧或者说不清楚，表明他们大多还没有认识到爱情观所涉及的两个更基本问题：一是爱的权利，二是权利和道德的关系。这是有历史文化原因的。在传统儒家伦理主义道德观中，婚姻须依父母之命，家庭以延续子嗣为目的，夫为妻纲，完全没有个人权利观念。在 20 世纪新文化运动后期，在五四青年“革命 + 自由”的恋爱行为模式中，青年人一方面诉诸个人权利来冲破家庭伦常的约束，另一方面投身改造旧中国的国民革命，这正是他们追求高于个人品性、将小我融入大我的新道德的行为。从五四青年到“文化大革命”中献身革命的知识青年，大多数人尚分不清权利和道德分属于两个不同范畴，不能区分权利和私利的关系，因此没有树立起个人自主的权利观，就是很自然的事了。

其实，《情书》的故事情节已隐含着 1980 年读者的争论。在老嘎引介老久和真真通信之前，他们互不相识，此后短短几个月，二人在通信中完成了精神和情感上由碰撞到相知相爱的全过程。男女主人公在精神上相遇时，他们已各自对“文化大革命”做出反思，对生命终极意义的再一次追问与探索，成为他们通信的基础。二人之所以会发生激烈碰撞，是由于他们分别代表着两种不同类型的年轻人。简单地说，老久代表着理性的现实批判者，而真真则代表着为数更多的在情感上对现实反感和疏离的人。小说开始时，老久和老邪门已经在自学中走完了从马克思到黑格尔，再走出德国观念论的思想转变过程，并企图用追求科学真理和知识来超越现实的束缚。

对这一思想历程，观涛在 1988 年自叙文章中，曾有过生动描述：“那足以动摇我的全部哲学信仰的危机出现在 1968

年。”那一年，当他把自己曾赤诚地相信的辩证法这一信念贯彻到底时，却发现“它会如不可控制的熊熊大火，将黑格尔体系和思辨方法烧得荡然无存”。“1968 年的冬天很寒冷。为了怕被外面正在武斗的同学发现我们在读书，我们不得不在没有暖气的屋子里呆上一整天。屋里冷得连墨水都冻住了，有时我们就烧一点擦油画笔的纸来取暖。”这些泡在北大图书馆的年轻人，“一遍又一遍地读科学名著，同时开始攻数学、物理和外语。从伽罗瓦的群论定律、黎曼空间、测度论以及集合论的基数等等”。他们在艰苦自学中看到远处一点光明，“这就是科学思想和方法”。尽管“前面的光明是那么小，那么远，可望而不可即”，并“不时被那些我所熟悉的树枝绊倒在地”，但仍然“竭尽全力向光明走去”。因为“我知道，呆在这个森林中是没有希望的”。“这个森林虽然黑，但我十分熟悉”，是“我从小就习惯的常识的传统思想方法和黑格尔式的思辨”的错误思想方法。在自学中，他和朋友们认识到“只有用科学大师的思想方法来纠正自己而别无他择”。[①]

---

① 金观涛:《我的哲学探索》，上海人民出版社 1988 年版，序言：二十年的追求，我和哲学。

真真代表另一种类型，这就是以真诚作为最为可贵的品质，通过求真、求诚来否定现实生活中的“假、大、空”。这一种类型代表着从道德乌托邦走出来后，人们自然地回归常识理性，以不被扭曲的自然感情和面对真实作为终极正当性。在“文化大革命”后期出现的老久那样的追求科学真理和知识理性的现实批判者，或是真真那样回归常识、常情的重个体情感的自由意志觉醒，代表着中国文化重建的两种内在力量，也是寻找探索生命意义的两个新方向。他们恋爱结局是这两种力量的结合。

敏感的读者们很容易感知这两种类型，并表明自己的偏好。《情书》女主人公真诚地追求美好事物和感情却一再受骗的经历，获得许多读者，特别是女青年的共鸣。有的称自己是“一个真真式的青年”（上海市，1980 年 2 月 22 日）。有的说：“我一口气看了一半，放下杂志，我惊住了。真的，我确确实实地惊住了。真真的性格、真真的感情、真真的爱好……和我多么相像！”（上海市，1980 年 9 月 24 日）一位读者在信中说，“我原来总天真地认为，粉碎‘四人帮’，一切都会好起来的。可是现实总是和善良人的愿望相反”，“学校的生活看来好像平平静静，人人谦让，个个好像正人君子。

可是每个人的心都像装在褐色的广口瓶中，你只知道它是跳动的，却不知是什么颜色”（河北省保定市，1980 年 10 月 20 日）。读者喜欢真真，是因为把寻找真诚、诚实作为年轻人可以信任的基本品质。

很多青年读者受到老久精神的感召，他或她这样说：“在对待理想和生活的问题上，您的作品使我看到了真正蓬勃向上的青年人的形象”（天津市，1980 年 2 月 29 日）；“我们相信这不是少数几个‘老久’的心里话，而是整整一代人的心里话”（上海市，1980 年 3 月 6 日）；甚至很喜欢老久“那种恋爱上的蛮横，坚强的意志，充满哲理性的语言”（上海市，1980 年 9 月 24 日）。他们说“老久、老邪门这样的人物是这一代人的精华”（四川省，1980 年 3 月 9 日），这两个人物使他们感到：“思想的机器太原始，思想的武器太陈旧，思想的方法太简单……人需要思想，思想要有冲击的力量”（四川省重庆市，1980 年 2 月 21 日）；“我渴求着新的精神力量和思维方式的出现，能填补时代精神巨大的空白”（吉林省延边市，1981 年 11 月 15 日）。他们说小说是“描述战士、强者内心的剧痛”，这是产生“新思想的剧痛”（天津市，1980 年 3 月 16 日）。

可以说，《情书》中表达了理想幻灭后，真真所代表的回归人之常识、常情和老久所代表的回到科学理性这样两个探索方向的相遇、结合。“文化大革命”之后出现的破除现代迷信、实践是检验真理的唯一标准、科学是生产力等一系列大讨论之所以深入人心，正是由于这两点已成为社会普遍共识和正当性标准。凡是经历过 20 世纪 80 年代思想解放运动的人，应该对这两种精神的复苏及其产生的巨大动员力，有深度体验吧。我想强调的是，在“文化大革命”后期中国人认识到思想自由的重要性，中国人终于有可能从道德理想主义的大传统中走出来，探索本民族的复兴和文化重建，只要具备这种开放自由的精神，就再也没有一种力量可以禁锢这个伟大民族的创造性。

五、对老一代的反叛

《情书》第三个特点是对老一代在精神上的反叛。小说通过老久与邬叔叔的关系、真真与她哥哥的通信，表现出这一代人与父兄辈的冲突。邬叔叔曾引导少年老久走上科学道路，运动中被打成“美国特务”挨批斗，自认有罪。他被解放后，老久去他家看他，见到玻璃窗上贴着红纸大“忠”字，心里感到很别扭，对邬叔叔说了点对“文化大革命”不理解的看法。这时，情同父子的二人发生了激烈冲突。邬叔叔斥责老久背叛革命，年轻人反击说：“如果说背叛的话，确实有几个野心家企图背叛历史的发展，背叛人民，践踏科学，蹂躏民意”，并暗讽邬叔叔“背叛了科学，背叛了现实生活，变成了只知道认罪的可怜虫”，惹得邬叔叔暴怒。最后，邬叔叔只能从追求道德是高尚的角度来弱弱地反驳说，总不能“追求科学而忘记了思想道德”，“文化大革命”要把社会变成人人都是活雷锋的君子国，“不是也很好吗？”

《情书》中真真在哥哥的劝诫长信上加了许多批语，调侃式展现了两代人的冲突。哥哥在信中说：“你我相差十多岁，但却相隔得太远了”，“你一向把你的一切对家里守口如瓶，现在终于儿戏般地透露，你要把石田甩掉”。然后搬出伦理学，即他说的“不同阶级、阶层的行为规范”，来这样评论真真的“个人品质”：“父亲倒霉时，你和他好；父亲解放了，你又甩掉人家。你的行为正义吗？”真真你“真的如多级火箭一般，必须靠甩掉别人来取得高度”，是“对亲人包括你自己，都不负责任了”，这是不道德的行为。“像你这样朝三暮四……人们会怎样评论你的行为？”对哥哥说的“人是不应该有私仇和偏见”，真真反讥说：“你的恨就是阶级的恨，你的敌人就是人类的敌人，没有比这更妙的逻辑了。我恨，我就恨，我有这个权利。我没有必要像你那样不敢说我恨，而要说我们大家恨。”邬叔叔和哥哥的劝诫充满善意和爱护，好像并不过分；但在老久和真真看来，父兄辈不敢谈个人的真实感受和个人权利、个人选择，总是用阶级的、道德的和社会舆论来要求、批评年轻人，是一种自欺欺人的懦弱表现，不但不能接受，反而应该鄙视。

读者对《情书》中两代人关系的问题也很敏感。一位 21 岁的青年用“被解放的老右派”来称呼老一代，指出“在他们那种软弱的虔诚、过于简单的纯洁、自欺欺人的怯懦心理、苟且偷安的人生观里面，有着那么多过去的烙印，染上一层淡淡的悲剧色彩。他们的认真、本分和坦白，没有得到好的结果，于是变得消极、畏缩了——这些人算不算时代的畸形儿呢？”“两代人之间必然要产生距离。每次看到‘变隔膜为友爱’的文章就不免发笑……这可能吗？”（天津市，1980 年 6 月 5 日）另一封信这样描述与老一代的关系：“感情上的联系和理想上的分别，我们常常在眼泪中战斗。既希望杀死他们的灵魂和理想，又想保住他们的肉体和感情。我们视他们的爱情观、人生观、人生目的都是干瘪的，而他们那种花岗岩般的顽固，又不是我们的理想所能熔化的。”老一代不但没有反省残酷的阶级斗争，反而是“把战争中才需要歌颂的东西带给了我们的社会”。他评论说：“已发表的关于《情书》的评论文章中不提这个问题，他们怕。”（天津市，1981 年 10 月 9 日）

《情书》读者来信中，只有极少数的几个人声称自己四十多岁，这个年龄段的人对小说的看法分歧很大。有一位说自己是“真真哥哥年龄的人”，非常喜爱小说，因为，“它不仅写出了生活实际是什么样子，而且写出了生活应该是什么样子”（北京市，1980 年 4 月 3 日）。另一位说自己是 1959 年大学毕业的中学教师说，《情书》在其周围朋友中引起极大争议：“说它好的（人极少）把它捧到天上；说它不好的，恨不得将它扔进公厕。”（北京市，1980 年 4 月 2 日）现实生活中，两代人在爱情观上的冲突仍在持续着。

一位读者转来她母亲读《情书》后给她的一封信。母亲在信中对她说：“为了听你的意见看一看《公开的情书》，简直把我累坏了。就像恩格斯在啃杜林论一样，是一个酸果。啃到现在把我酸得牙都丢了。”母亲认为，小说与当时社会上“一股怪风气”相呼应，想要“冲破社会道德品质，要不顾一切，更不要顾舆论和名声。要追求精神的什么自由”；而那种“敢于不顾第三者的痛苦、直接对准目标冲刺的‘勇气’，这些只顾自己不顾他人的极端的自私行为，目的是‘夺人之爱’”，“这对我来说是接受不了，认为是大逆不道的”；“总之我只同意真真哥哥的信”。她最后告诫说：“孩子，我告诉你，理想是一回事，现实又是一回事。……我们家亦不敢想要有这样太勇于冲破社会道德的女儿。”（浙江省舟山市，1980 年 4 月 28 日）1980 年在某刊的“道德法庭”专栏中《情书》成为被告，引起讨论。

《情书》中青年人和老一代的感情冲突，对父兄辈的反叛，其背后有比恋爱婚姻道德更为深层的问题。今年端午节期间，与一位五十岁左右的朋友吃饭时，他说，这两天又看了一遍《公开的情书》，很激动。只有经历过“文化大革命”的人才会了解，人们曾经历了怎样一种压抑啊。那时，许多人含泪阅读《牛虻》。阿瑟作为虔诚的宗教信徒和争取意大利独立的革命者，当他发现自己竟然被视为精神支柱的神父出卖了，更致命的，这位神父居然还是他的生父，阿瑟陷入了发疯般的极度痛苦中。在情感上，年轻人最憎恨的就是自己被最信任的长辈、被献身的崇高理想所欺骗。难道世界上你最崇敬的人对你说：放弃独立思考吧！你就可以点头同意吗？这时，年轻只有诉诸个人自主和思想自由的权利，才能大声对此说“不”！

回看20世纪两次启蒙运动，两代人之间的尖锐冲突是一个共同点。新文化运动时期，出于对前辈的极度反感，最激进的如钱玄同的狂言：“人到四十便该死，否则应该绑赴天桥执行枪决。”新文化运动后期，冲破封建家长制约束的年轻人，纷纷加入国共两党，建立了不同于传统社会的两种政治体制，取代了作为绅士的上一代。同样地，经历过“文化大革命”的年轻人从初期“反传统”和“反体制”到后来面临理想幻灭的痛苦，他们找不到值得信任和尊敬的父兄一辈，在一个封闭的环境中，他们只有自己站起来，自己去寻找。2009年黄平先生邀我在《上海文化》上做了一个笔谈[1]，文中

---

① 参见刘青峰、黄平《〈公开的情书〉与70年代》，《上海文化》2009年第3期。

提到《情书》的发表，很大程度上是出于对当时父兄辈右派作家作品的不满，当时，回到五四是我们的行动指南，我们宁可认爷爷辈——五四时期年轻人为精神前辈。

1980年以后，在我们投身于民间文化运动过程中，接触到不少父兄辈的人，逐渐改变了我们对他们的看法。1979年《中国社会科学》创刊，讨论后决定退掉我们“论中国封建社会是一个超稳定系统”的稿件，这种做法对史学门外汉的无名之辈是再正常不过的事了。但是该刊总编辑、历史学家黎澍先生却主动约我们去他家，对我们说：“从来只有好文章给刊物撑台面，你们的论文赶快另投他刊吧。”对晚辈的鼓励爱护之情溢于言表。又如，为“走向未来”丛书找挂靠单位，我们去拜访青少所钟沛璋先生，刚坐下来，他就问：“你们想做什么？”观涛只答了三个字：“新青年。”他闻声而起说：“好！”至今也很难忘商务高崧先生的一句话：“小金，你不做官，但要做大事。”马嵩山、胡凡等编辑以百折不挠的毅力来推动我们著作的出版。这些父兄辈的自由开放精神，传播新思想、新知识的坚定和热情，深深感染、鼓励着我们。如果没有他们的参与和支持，民间文化运动就不可能兴起。在这一过程中，我们与父兄辈成为合作者，同甘共苦，两代人之间的理解和情感共鸣一直持续到 1989 年之后。

20 世纪 80 年代的十年经历使我们体会到，中国人在争取思想解放的道路上，一代接一代从未中断过。每一代人都会变老，现在，我们已进入老年，又如何看《情书》把老一代人统统当作绊脚石呢？虽然，这个看法确实有些偏激，但是，我们认为在中国每一次思想大转折时期，年轻人对父兄辈持有决绝的精神反叛是必要的。要知道，大无畏地反传统，恰恰是中国文化最大、最惊人的传统，否则就不会有魏晋玄学兴起和佛学在中国的传播，不会有近百年来主导中国翻天覆地改造的革命。关键在于，还必须对此做出更深层次的反思，而反思的前提是不允许将任何其他价值凌驾于个人自主正当性之上。我相信，只要把《情书》中年轻人对老一代特有的偏激气质上升到这一高度来看，其偏激情绪仍然可以在当今年轻人那里得到回响。

但对个人来讲，与老一代人的冲突毕竟是不幸的。与父母的思想冲突、关系紧张，使得他们中很多人为直至父母去世都没有真正的感情沟通而懊悔不已，心中留下永不磨灭的印痕和创伤。也许，这是每一个中国文化大传统叛逆者都有的心灵创伤。《情书》的作者是这样一代人，他们不可能如同健全文化中的正常人，可以生活在和老一代和谐的亲情之中，经历正常的悲欢离合、生老病死。是的，被社会鄙视为不孝的这一代人正在老去、死去，或许后人将不知道曾有这样的男男女女存在过。尽管如此，每想起我们这一代人，心中就会涌现青年时代读过的诗句：“我为自己建立了一座非人工的纪念碑，在人们走向那儿的路径上，青草不再生长，它抬起那颗不肯屈服的头颅，高耸在亚历山大的纪念石柱之上。”[①]这样一代人的存在将会持续鼓舞着那些已经解放出来的灵魂。

六、黄河边上期待春天：告别文学，走向思想文化探索

1972 年春天《情书》成稿，抄在 32 开红塑料皮封套的笔记本上，此后它便以“小红书”之名的手抄本流传。除了第一位抄写者——妹妹刘进外，我并不了解其后的流传过程。1972 年前后，虽然还写过几个不曾发表的短篇小说，但对我来讲，那是相当私人化的事情，并没有把写《情书》和这些

---

① 普希金：《纪念碑》，戈宝权译，载 https://site.douban.com/139999/widget/notes/6929880/note/202972636/。

习作当作自己的事业，也不认为自己与文学创作有什么关系。1973年、1974年，我由贵州清镇中学、观涛从杭州塑料厂先后调入郑州大学中文系和化学系任教。在郑州大学任教的四五年，是我和观涛从事80年代民间文化运动之前很重要的一个阶段。正是在这里，我们完成了初步而必要的知识准备并写出论文大纲。

那时，我们还不到三十岁，但就个人经历而言，我们认为自己不再是青年。我们在郑大红十楼二楼走廊尽头一间房子安了家，并相继有了一个女儿和一个儿子。红十楼对面的平房是一个大食堂，有桌无凳，我们学会了端着饭盆蹲地吃饭，也常常端碗串门儿与朋友边吃边聊。最难忘春天的校园，3月，果园里苹果树枝头繁花似锦；5月，金水河河埂土坡上石榴树挂满艳红小花。每学期都有开门办学，我们分别带工农兵学员或坐火车，或乘长途汽车，往返于红十楼和工厂农村之间。郑州地处黄河南岸，每当坐火车跨越黄河，总免不了眺望感怀。河面时宽时窄，河水貌似平稳顺流，只有那两岸无限延伸的宽广河滩在提醒人们，黄河一旦泛滥将会多么放纵地流淌。我曾带学生到三门峡，目睹声闻黄河之狂野，恰如抗战歌曲所唱“黄河在咆哮”。也曾带学生到林县，身处太行黎明之境：随着朝阳从将升未升到斜照，巍峨起伏的山峦从森然之黑被照成半透明的青蓝，很快金顶闪光，再染成一片柔和的金红，太行日出之壮丽绚烂的变幻，令我震撼不已。现在，完全不记得郑大生活之清苦，记住了校园里的苹果树、石榴花。阔别多年，前年夏天我们重访郑大校园，满眼陌生建筑物，红十楼和果园已拆，河埂土坡砌成水泥，再也找不回当年记忆。

在郑大除教学、研究之外，我们还有另一面与现实政治相隔离的交友、读书、写作的隐秘生活。利用郑州交通之便，南来北往的朋友常常顺路下车来郑大造访我们。在红十楼小房间里，朋友或坐床，或坐凳，或坐小马扎，一人一碗面条，一杯清水，开怀畅谈，谈正在读什么书、看什么电影，也谈未来可能之变。夜深了，带朋友去郑大简陋的招待所，不用登记，见有空床，他们拉开被子便可以睡上一觉。对那些从来不洗、闪着乌黑油光的被子，我至今印象很深。那时，写作更不能公开，每逢寒暑假离校，我们把手稿塞进一个帆布旅行袋，交给在河南农村有家的北大同学保管，免去这些私下写作被他人发现而惹上麻烦。手稿中，除了信件、读书笔记、写作提纲和文稿外，也有未完成的文学作品，这就是

1975年写的电影诗《太阳岛的传说》。

1975年2月辽宁海城发生大地震，政府预告北方地区还将发生强震。国家正处在变革前夜，人们对未来的不确定性充满忧虑。这种气氛诱发了我们的创作灵感，正如后来观涛提到，“1975年海城地震之后和1976年唐山大地震之前，很多地方都处于一种大地震即将来临的惶惶不安之中。实际上，这正是中国将发生重大历史事件的预感。刘青峰和我就选择了以一个南太平洋小岛上的地震预报站为背景写了一部长诗”。[①]

《太阳岛的传说》以与世隔绝的复活节孤岛为背景，讲留守岛上地震观测站的老站长、地震研究者吕品和他更年轻的妻子白宁三个人的故事。在这个自然和仪器不分、耸立着灭绝文明遗留物的小岛上，三人之间几乎不讲话。坚信科学和启蒙精神的吕品发现即使自己浑身是嘴，也无法劝说年轻的妻子不被岛上的巨大石像所迷惑。然而当白宁惊愕地发现，老站长居然有着石像一样的微笑，便立即决定带上刚出生的孩子离开太阳岛。主要情节是种种观测迹象都预示将有大地震发生，但就在预测的那个时间点，不知地球用何种方式释

---

① 金观涛：《我的哲学探索》，序言：二十年的追求——我和哲学。

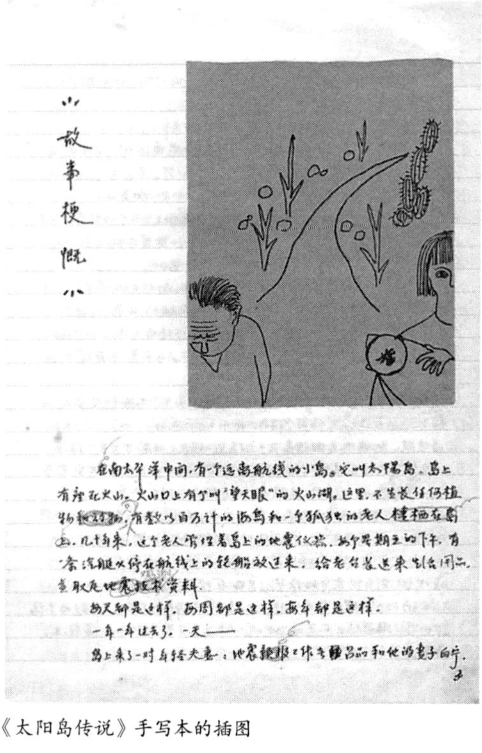
“故事梗概”

在南太平洋中间，有一个远离航线的小岛。它叫太阳岛。岛上有座死火山。火山口上有个叫“望天眼”的火山湖。这里，不生长任何植物和动物。有数以百万计的海鸟和一个孤独的老人栖栖在岛上。几十年来，这个老人管理着岛上的地震仪器。每个星期五的下午，有一条汽艇从停在航线上的轮船放过来，给老爷爷送来生活用品，并取走地震技术资料。

每天都是这样。每周都是这样。每年都是这样。

一年一年过去了。一天——

岛上来了一对年轻夫妻：地震预报工作者[illegible]和他的妻子白宁。

3

《太阳岛传说》手写本的插图

放了巨大能量，大地震并没有发生。如果说《情书》是带有自传式的心灵记录，那么《太阳岛的传说》则具有某种预言性质。

1975 年暑假期间，河南板桥等水库在短时间中相继决坝，洪水一泻千里，豫中南顿时变为泽国。暑假后，当我们和郑大师生一起参加烙大饼赈灾时，北大同学拎着旅行袋来找我们，他轻描淡写地说："幸好，旅行袋放在米缸里，没事儿。"我们这才知道手稿躲过了洪水一劫。大约在 1976 年早春写完《太阳岛的传说》，老友又为它画了十几幅水彩插图，我在 16 开练习本上抄下全诗并贴上这些图画。1975 年预报大地震一年多后，1976 年盛夏爆发了震惊世界的唐山大地震。刚入秋，毛泽东去世。多少人暗中猜测：是否会发生政治动荡？我们也做好应对动乱的准备。出乎大多数人预料，"四人帮"不久就垮台了，全民上街欢庆。一位看过《太阳岛的传说》的朋友笑着说："大妙！这是一首政治预言诗。"1987 年，作品在《走向未来》杂志第 2 期上发表，远没有引起如《情书》那样的社会关注，但我们心中更看重它。因为，它记录了我们青年时代心中那不可言说的巨大伤创，以及在封闭环境中我们对科学、文明和未来精神世界的想象。

完成《大阳岛的传说》后，我们还打算写电影剧本《郑和下西洋》。为什么要写郑和？其实，这也是《情书》中心思想的延续。《情书》中老久致真真的信中说："当生活的图画被各种原因无情地玷污的时候，在这十分沉闷、令人绝望的时候，伟大的时代把自己的豪情赋予另一些人，赋予在顽强的探索中追求祖国光明的未来、追求民族富强的人。"在这里，爱国及追求民族富强的理想已经与现实生活中派别斗争摘开了关系。一位读者很准确地评论说，《情书》这篇"作品中一个最值得称道的倾向——超脱党派的爱国主义"（天津市，1981 年 10 月 9 日）。我们试图写郑和题材电影剧本，正是想表达这一代理想主义者对民族复兴的追求，想表现历史上中国人，如明初郑和也曾带领两万多人的船队浩浩荡荡七下西洋，也曾有走向海洋、走向世界的雄心。我搜集材料，包括古代航海图，还写出一些散句和"蒲公英花开"歌词。可惜，未能完稿。

之所以没有完成这个作品，主要是受到一些深层问题的困扰。我们知道，要打破封闭，不但需要自学科技新知，还应该正视本民族历史，历史上，汉唐帝国是多么开放。"文化大革命"的体验使我们——如《情书》表达的——在走出道德乌托邦之后把理想主义对象转移到民族复兴上。而《太阳岛的传说》中描写白宁被古代巨大石像所迷惑，走不出历史的阴影，表现出民族历史文化可能是我们难以甩掉摆脱的包袱。到我们写《郑和下西洋》时，本来想要表现中国人曾经对开放的追求，但历史资料又告诉我们，郑和下西洋的目的是宣扬国威和寻找失踪的建文帝。当时我们已开始探索中国走不出历史上崩溃—重建循环的原因。只有在转入思想史研究后我们才了解到，如果没有深入思考民族认同与现代价值的关系，就不可能用更高的价值理念来驾驭民族主义情绪，就会发生如20世纪第一次世界大战那样的灾难。

《郑和下西洋》没有写下去，也和外部条件变化有关。“四人帮”倒台后，我们感到很多过去想做而未能做的事情可以做了。1977年冬，全国科学技术规划会召开，观涛出席了大会中的自然辩证法规划会，在北京住了整整一个月。这个会议决定由中科院创办《自然辩证法通讯》杂志，1978年春，观涛和我正式调入北京，出任该刊编辑。此后，平静的校园生活一去不复返，随着思想解放运动的到来，我们的生活也翻开新的一页。

就在1980年《十月》第1期刊出《情书》的同时，《贵阳师范学院学报》在这一年的第1、第2期连载了观涛和我的"试论中国封建社会是一个超稳定系统"长篇论文。这篇论文的主要观点，也是出于我们对历史的反思：20世纪中国历史上发生过数次激烈的反传统运动，但为什么不能摆脱传统的桎梏？如前所说，也就是在写作小说的同时，我们开始反思中国封建社会的独特性，引进控制论方法，写下研究提纲。在郑州大学工作期间，我们曾与朋友讨论这些观点。1980年这篇论文刊出后立即引起社会的极大关注。十分有意思的是，《情书》读者同时也在关注这篇论文，有位读者在信中说自己"深深地被你们在《十月》上那篇东西所打动"，看了《贵州师范学院学报》文章，又对作者将现代科学的方法引进大历史研究表示赞叹。（上海市，1980年5月3日）

《公开的情书》颂扬个人自主性和精神解放，《太阳岛的传说》贯穿着科学精神和人文追求，对我们来说，与这两部诞生在20世纪70年代作品之精神相衔接的，是实际参与到80年代的开放和思想解放大潮中。80年代是思想活跃、人才辈出的十年。我们生逢其时，在自己精力最旺盛的年华，有幸成为民间文化运动的参与者、推动者。从此，我完全告别了文学。1989年4月初，我们到香港中文大学访问并滞留长期工作后，转入办刊和学术研究，至今，又过去近三十年了。

如果是平时偶然翻看这两部青年时代的作品，一开始会感到对它们很陌生，似乎不是自己的作品，也不想提起。但只要读进去，又可以感到自己与作品的精神息息相通，这种精神早已如血液般灌注于我们身体中，支撑着我们从事文化事业和学术探索。所以，当去年我收到残缺的《公开的情书》油印本，企图追忆当时的人和事时，就想到应该写这样一篇东西，对逝去的朋友和时代，也是对当年的读者和自己有个交代。

本文一开始提到《情书》1978 年油印本小跋的最后一句是“未来永远属于青年”，当时写这句话有一种不堪回首、急于前行的心态。今天，当我们再说一次这句话时，感慨与那时就很不一样了。1978 年，中国人对未来充满希望。今天，民族振兴似乎已实现了，但又总觉得至少在表面看来，许多中国人还缺乏当年那种开放、自由的精神。炫富、耀武扬威的民族主义情绪，即使在中国传统文化看来都不足取，更何况中华民族经过了 20 世纪漫长革命的洗礼，中国文化通过第二次融合将进入更高的阶段。记得 1988 年观涛在接受海外记者采访被问及如何看待中国传统文化时，曾这样回答：一个现代人对自己民族文化热爱的最高表现是大无畏地研究她、批评她。

我们是中国文化的传承者，民族认同是生命的一部分，热爱并不在于用词不达意的夸张语句来表达。如果说，写于1972年的《公开的情书》是倡导用新的民族精神代替道德乌托邦，呼唤社会从封闭走向开放，从个人盲从走向精神独立自主，那么，在今天，这种精神仍然有其价值。在21世纪，中国已经成为与世界不可分割的举足轻重的经济大国，我们更需要再一次认真地研究和思考她走过的历史道路，需要思考如何实现与这种经济体量相匹配的文化重建。只有这样，我们才可能一方面有着健康的民族认同和对本民族文化的自信，同时接受并自觉遵守由现代文明衍生出的政治制度，并以此来规范个人的公共行为，与不同民族国家的人民共处于“地球村”。只有这样，才能避免20世纪民族主义引发的两次世界大战悲剧重演。

在历史中永生，这是中国人超越死亡之终极关怀的隐结构。在当今中国，人们常常感慨道德的沦丧，生命的终极意义将在何处安放？我们这一代探索者的命运也许是悲剧性的，他们既没有20世纪80年代开放后到国外留学、获得国际承认的机会，也没有被自己国家的大众所接受，其中很多人背负着社会的误解和鄙视离开了这个世界。但我要指出的是：他们从未害怕孤独，也敢于直面死亡。即使是流亡异乡，即使在生命垂危之际，他们仍没有忘记自己的祖国和给了他们力量、勇气并力图去改造的中国文化。虽然他们已进入老年，知道自己再也不能为这个民族做些什么，但仍在喃喃自语："水呵！你何时才流？雷呵！你何时才响？"[①]这是一些残存的不死的理想主义者，仅仅是民族主义或虚无主义都不可能给予这些孤立的个人以这种力量。因为他们不仅是生命终极意义的思考者，还是在为中国文化寻找新道路的探索者。

2017年9月初稿

2019年3月定稿

---

① 波德莱尔、里尔克：《图象与花朵》，陈敬荣译，湖南人民出版社1984年版，第40页。

第一辑

等待和寻找

（1970 年 2 月下旬—4 月下旬）

*

樱花盛开的早春，老嘎让真真跟老久通信。

——老久说，如果我理想的爱人在月球上，我也要去爱。

——老邪门对老久谈恋爱艺术。——真真等待奇迹的出现。

——姨父的管教、老泪和癌症。

第一封　老嘎致老久

老久，我的朋友：

明天，太阳升起来的时候，我就要背起画夹重新去流浪了。

是在山区的早春，樱花盛开的时候，我来到这里。真真热情地接待了我。不知不觉，半个月过去了。山区小镇的景色，它那凌乱、简陋的小木板房子，对我已变得如此亲切，以至于我将要离开时，一种怅惘的感情袭上心头……

昨天下午，我在搞泥塑，她在一旁捏了许多小猪、小狗、小猫，把它们排成圆圈。她乐得拍手大笑，像个天真的孩子。她对我讲起她童年时，如何为一只小猫和男孩子打架，怎样从住读小学偷跑出来，看长江上的落日和白帆，怎样拾橘子皮卖钱渡江去寻找绿色的花……我不由得想起了少年时代的一个夏夜，我从少年宫美术组活动完毕后回家，走在暴雨淋湿的大道上，华灯初放，灯影交织。走着走着，我被一种献身的激情所控制。我的脸发烧，心不安地跳动着，就在这一刻，我决心献身于艺术事业，去寻找辉煌的彼岸。大学毕业了，辗转于风尘之中，我失去了少年时代的幻想。由于现实苦雨的浇淋，心情抑郁不舒。但希望的烈火却烧得更旺了。这烈火将抵御绵绵阴雨和呼啸山风对我的侵袭。我想：什么时候，我内心的黑夜中才能升腾起理想的礼花呢？

真真外表很瘦弱，内心世界却很丰富。过去，我们在同一个年级过了五年的大学生活。她留给我的印象是：性格豪

放，热情坚定，还有点锋芒外露。女同学对她有种种流言蜚语，她却成天乐呵呵的，和一帮朋友混在一起，常常出去登山、划船、打扑克、弈棋、下饭馆……“文化大革命”前，她仗着出身好、业务好，红得发紫。“文化大革命”冲击了她的家庭，她也受到多次批判，被打成“黑手”。然而，她依然不减锐气，成天乐呵呵的。毕业分配到这高原山区的小镇，她不仅失去了浪漫的大学生活、广泛的社交活动，甚至也失去了她所鄙夷、嘲笑的舆论压力。她下到了真正的底层。我开始和她接近了。对人生意义的探索，苦恼着她。她说：“我不知道自己能干什么，又该干什么。我只感到自己是这样的软弱……”她很爱看书，但这只不过是一种习惯罢了。谈到她的男朋友时，她说：“他要一个温暖的家，而我要求独立的生活！”

有一天晚上，她突然打断我的话，兴奋地说：

“你看，星星！多么明亮的星星！”

她爱灿烂的群星。那是黑夜中透出的生命的闪光，遥远而光辉的希望。可我在想：她深邃的双眼不正是夜空里最明亮的星星么？

明天，我就要离开她了。在这里，我画了数十张速写，每天还画一张头像素描。记不清我对她讲过些什么话了，我只是深深地为她惋惜。我鼓励她干一件具体的事情——除了每天的教书匠工作外。我把你的哲学笔记留给她看了。我还让她给你写信，她同意了。

在这笼子似的、静静的山谷里，栖息着十多只异乡的鸟：有北农大的、清华的、南开的、武大的、川大的……他们生长在20世纪70年代，却又生活在刀耕火种的桃花源里，这是怎样一种“再教育”啊。

我心里总有点不安。

老嘎

第二封　真真致老嘎

老嘎：好！

早就想给你写信。可是，一提起笔来，我就感到用文字来表达自己的思想感情是件苦差事。写，或者说话，已经是够沉重的了，行动则更为吃力。一放下笔，各种思想就会像翻滚的泡沫一样浮泛起来，把我的感情搅得很混乱。

我向往着你目前这种没有约束的生活。我这个乡村小镇中学的教书匠，在学生眼中，不，在整个社会眼中，是可有可无的可怜虫。而你虽是个插队待分配的大学毕业生，但一背起画夹迈开双腿，就可以逃到你热爱着的朋友和大自然的怀抱中。在你来的那半个月里，我是怎样地企图振奋一下啊！

你和你的朋友们在如此艰难的条件下，依然刻苦地学习、勤奋地工作、自觉地前进，是那么勇敢、坚定。当我意识到我的同龄人仍然在做艰苦的探索时，我的心震动了。我甚至想，也许，和你们结识对我的一生有着重大而严肃的意义。然而，这一切又是那么短暂。当我还没有来得及向你报告我心中这一变化时，我的心又凉了。真想不到，当生活的打击在我明净如水的灵魂上留下阴森的暗影之后，我再也无力把它驱逐开了。它遮住了我的一切：我的欢乐，我的意志，我的热情，我的灵感，我的未来……但我还不甘沉沦。朋友们温暖着我的心。你说过我什么也不缺少，只缺少行动。但我总在想：行动？不错。可我的目标呢？通往未来的路在什么地方呢？我活着又是为什么呢？我不知道，我不知道啊！无论如何，有一点我是清楚的：我应该改变自己。

老嘎，我开始学习英语了——为了怕在空闲时消沉，怕在孤寂中颓废。你也许会高兴。但这种学习对社会又有什么价值呢？我真不知道该怎样忠于那不忠于我的生活。

我答应给老久写信，二十天过去了，今天才写。昨天，老久系里的一个同学路过这里，我向他打听老久。他几乎记不起有这么一个人了。想了半天，他说：“那是一个极为平常的人，老师和同学们很少注意他。”我觉得这很有意思。但我不知道该对这个我从未见过的人写什么才好。

过去的日子，已经成为悲哀的记忆了。最真实有力地束缚着我的，是周围的存在，当山沟中的阴风把粉末般的细雨洒在我麻木的脸上时，我感到格外清醒。路在什么地方呢？眼前是灰蒙蒙的一片。脚下是肮脏的泥泞。汽车鸣叫着刺耳的高音喇叭飞驰而过，赠给我一身污泥点。我就是这样，苍白、无力地站在这春雨之中……

真真

第三封　真真致老久

老久：好！

思想和梦想的混乱，
把我年轻的灵魂钉上十字架。
啊，有谁伸出他的手，
放到我这太苦的心上来？

是在一个晴和的午后，我给你写信。我不认识你，在学校时也从来没有听说过你。老嘎把你批判黑格尔的哲学笔记留给我看。有很多地方我看不懂，但觉得内容很新鲜。

老嘎十五天的来访，在我单调贫乏的生活中，像是一道划破阴晦夜空的闪电，一阵吹走沉闷空气的清风。因为在他来的这些日子里，我觉得生活是这样的舒爽。

在学校时，他以文质彬彬而著称，我以爽朗大方、不拘小节而闻名。分配以后，他在艰苦的环境中依然那么热情地画着，沉醉在艺术家的生活之中。而我呢，几乎可以说是在混日子。他像一面镜子，使我痛苦地照见了自己的消沉。

“要知道，缺乏对事业的热爱，多大才华也是无用的。”有一天，我偶然发现他在我的笔记本上写了这样一句话。必须承认，这是一句使我内心震动的话，我苦笑了。他望着我：“你不会生气吧？”我放声大笑起来。

“你什么条件都不缺乏，缺的就是行动！向前走啊，向前

走就有路！”他的语调轻柔温和，却充满了真诚的希望和热情。我又一次感动了，信口开河地乱谈起来——为了使他高兴。其实，我根本不知道自己该干什么。

我的苦恼是缺乏一个具体的目标来鼓舞我的意志和能力。我恼恨自己。

也许，正是他和你这样的人在现实中还保存着一个充实稳固的内心世界。你们奋发有为的精神状态，使我振奋。我钦佩你们，钦佩你们的精神，赞赏你们的行动！也许，有一天，我会像你们那样振作起来，干点事情。但现在不行——我不知道从何处下手。我早就想给你写信，又怕我这个闲人分散你这个忙人的精力。你们是忙人啊！

我非常喜欢俄国伏鲁贝尔画的那张闪烁着宝石光彩、震撼人们心灵的年轻魔鬼的油画。那里面蕴藏着多么巨大的力量、多么疯狂的热情、多么深沉的向往啊！如果有美，这就是美。艺术，如果没有震撼人们心灵的力量，引起人们感情深处共鸣的内在感染力，它也就没有生命了。

第一封信，不知道该对你说些什么才好。你愿意听听大自然留在我心中的深刻印象吗？那里面充满了我诗一般的幻想和激情啊！

好啦，我简直把你当作朋友了。此刻，在我的小房间里，我跟一个不认识的朋友谈心。我想象着你的模样：个子不高，但很结实，皮肤微黑，戴着一副眼镜；平时不太爱说话，见了人很和气，爱笑，常常抽着烟思考问题。对不对？

重要的话再说一遍：我们是老朋友啦！

寄上山区的一片春光——微风、细雨和山花。

寄上山区人的一片心意和问候。

春天来啦，春天是我们的季节。

真真

第四封　老久致真真

真真：春天好！

江南的春天来临的时候，我收到了您的信。

望着春风中哗啦啦乱舞的新绿的柳枝，我想，我会把这春天的枝条高高举起，像湖边放风筝的快乐的孩子一样。那将是我们的旗帜。

春天给树林带来了生气。我们厂的实验室坐落在一个无名的山脚下。矮屋顶上的避雷针从桃花丛中伸向天空。收到你的信后，我到山上浓密的松林里作了春天第一次散步。蓝色的春水从山里流出来，汇成欢乐的小溪。蓝色的、黄色的小花盛开在绿油油的草丛里。我的鞋沾湿了。我从山下采了一枝早开的映山红。花开得很豪放，充满了娇媚，带着一种倔强的美。我爱映山红。记得在我多病的童年，春天里妈妈常常拿着大把的映山红放在我的床头。现在，我深情地注视着手中这朵花。我想，应该把这朵花送给您。虽然我没见过您，可是我总觉得，这朵花就象征着您，象征着您的性格，您那爽朗的笑声。

回来的路上，我穿过松林中一片荒坟。一座座坟头上长满了春草，绽开着蓝色的野花。我突然发现，有一块墓碑的名字刷上了新的红漆，十分显眼。我不由想到，在这变化不定的大千世界中，还有生者怀念着死者。是追念先辈，还是痛悼爱人？死者埋入坟墓了，我们又踏着这片贫瘠的土地成长起来。可是春天呢，照例在这个时候准时到来，春水无忧无虑地流过这里。我想，坟墓中的人是不会想到，在这偏僻的山脚下建立起了现代化的实验室。怀着这样的想法，我回到工作台旁。我觉得应当尽快地工作，不要让青春白白地流逝……

您为什么喜欢伏鲁贝尔的魔鬼呢？ 19 世纪末，一些人内心的热情找不到出路，这幅画就是那种情绪的变态反映。过去，我也喜欢魔鬼。那是在痛苦彷徨的时候。我赞叹否定中包含的发展的力量。在心灵上，我要求冲破一切枷锁。我们的时代，需要的是大胆、明快、激动人心的形象。

时刻盼着您的信！老嘎画了一张您的速写头像，把它寄给了我。这样，我就认识您了。

老久

第五封　老久致老邪门

老邪门，我亲爱的朋友：

当我一天到晚盯着真真画像的时候，脑子中那些抽象的概念、公式、方程式都飞得无影无踪了。

不能否认，收到她给我的第一封信，我很激动。这真是一个神奇的姑娘的来信。她有谜一样的性格。她好像在唱着甜蜜的歌。这样的歌在哪里听到过呢？是在童年时野花盛开的春天的树丛里，还是在理性大海的海市蜃楼里？

你还记得吗，今年春节之后你利用探亲假来我这里，我们讨论了今年的工作安排。那时，我收到了老嘎介绍真真的来信，我们一起看完了那封信。灯光下，你眨着眼睛，狡猾地问我：

"朋友，你有何感想？"

当时，我毫不迟疑地回答：

"如果我碰到了理想的人物，我会不顾一切地追求。即使她在月球上，我也要去爱。"

我还说："如果她真像老嘎描述的那样，那么，虽然不能说我一定会爱上她，可是我愿意和她保持她愿意的一切关系。"

从那一天起，我就在等着她的来信。

料不到，这两天我内心的风暴会如此猛烈。我不能进行任何工作。难道她那封平淡的来信，就使我的心解冻了吗？这太没有道理。可是，这种直觉又很强烈。她的信在我心中产生了难忘的印象。她的大胆和直爽使我感到意外。她唤起了我对生活的向往：过一个真正的人的生活。我又一次怀疑：在生活中，除了事业之外，还有没有别的美存在？

我又想：如果有一个人，一个真正的人能了解我，爱上我……唉，我没有权利要求这些。我有自己的工作。我们要用自己毕生的精力，乃至牺牲个人的幸福，顶住现实的重压，艰难地从事我们的工作……她带给我的内心的风暴，归根到底会慢慢平息。最多不过是让我再经历一次痛苦而已。青春过去就过去吧，青春终究要过去！我的生活发生了什么变化？一切照旧啊！我什么也没有失去。可是，为什么我又常常怀着一种梦后初醒的空虚之感？好像我听了一段很美的音乐，演奏完了，空寂无声。也许，你会笑我凭着一封信就爱她了。不，我并不是为她而痛苦，我是为自己的理想而痛苦。我不是计算机、机器人，我是有生命的活人，我需要去爱我所爱的人和接受别人的爱。

我觉得，我们没有必要像很多高贵者那样把自己的名誉、地位看得很神圣，并摆出一副道德家的面孔，仿佛他们从来不知道孩子是怎么生出来的。我们忠于自己的感情，我们的感情是光明磊落的。我厌恶旧道德和宗教的虚伪。我们有自己的生活准则。我们仇恨欺骗和自我欺骗，从不因为追求真理要付出巨大代价而逃避真理。

不论我是痛苦还是激动，我都对自己感情的彻底感到满意。平时，我将感情锁在心房里，她的信把锁打开，风暴一个接着一个掀起。

最后，我还要问自己一个问题。我不想回避这个使我不安的问题：

“我会爱上她吗？”

我必须时时刻刻和这个念头作斗争。我必须时时刻刻注意，我面临的是现实的她，要从各种信息中观察和判断她，而不要越来越陷入理想中的她。

只能用一个办法来遏制我那向她滚滚涌去的感情洪流，那就是社会在我心灵上刻下的伤痕。我不能忘记一个社会下层里的小人物所受到的耻辱和蔑视！我不能忘记生活的教训……

算了，算了，不要多想。让生活自己展开吧！

春天来了，但依然寒冷，反复无常。

雨瑟瑟地下着，冲刷着春风的足迹。

你的老久

第六封　真真致老久

老久，我的朋友：

忙了一天，压抑了一天，回到自己的小屋子，关上门，我觉得又解放了。最近，到处流传着要揪“北京来的学生”，我这来自北京名牌大学的人更是在众目睽睽之下。晚饭后中学里开会搞运动，我觉得有些人看我的目光都变了，真没意思。

下午，我收到了你的信，直到现在才打开。晚风中，三页薄薄的信纸翕动着，发出轻柔好听的飒飒声，像召唤，像细语……

为什么这么客气呢？我讨厌在朋友（哪怕是第一次通信）

的信上看见“您”之类的字眼。这可恶的字眼把热情和友爱掩盖在彬彬有礼的冷漠中。

真的，你真好玩。收到信时，我捉摸不透信里装的什么东西，鼓鼓囊囊的。拆开一看，是一朵色泽变暗的花朵。映山红吗？我很爱它。

在这阴雨连绵、春天逝去的日子里，我是多么怀念在骄阳照耀下怒放着的映山红啊！

1967年夏天，我被打成“二月逆流”伸向群众组织的“黑手”。在那些限制行动的日子里，我努力学习马列著作。这是我当时唯一能看到的书。我真诚地希望这种学习能使我理解眼前发生的事情。后来，我读得有些厌倦了。一天早晨，我看见窗台上几只麻雀自由自在地、吱吱喳喳地叫着、跳着。一种想冲破樊笼、追求自由的愿望支配了我。我毅然从大学里偷跑出来，和几个中学生一起，爬上了开往大西南的货车。五天五夜，历尽艰辛，来到成都。

当我坐上了到阿坝高原拉木料的卡车时，我是多么兴奋啊！对高原景色的渴望，那色彩明丽的幻想，使我深深陶醉。

颠簸的汽车开到著名的大雪山脚下，墨绿油亮的叶子在盛夏酷烈的阳光下闪着鱼鳞似的白光。一切显得那么燥闷。

我竟流起鼻血来了。在疲乏单调的知了声中，我轻轻地阖上眼睛——怕晕车，也怕那刺目的阳光。汽车在“之”字形的公路上缓缓前进。

突然，一阵和煦的凉风温柔地抚摸我的皮肤，使我感到一种异样的清爽。当我猛地睁开眼睛时，是怎样的大自然的奇迹呈现在眼前啊！满山的春色一下子扑到我的面前，映山红满坡遍岭，开得那么热烈、那么豪放。一簇簇，一朵朵，红的，粉的，在绿叶丛中怒放着，欢笑着。我心中抑郁燥热的闷气一扫而光。我笑了，不由得笑出声来。司机扭头看了我一眼。我高兴地说：

“多么好啊，这里仍然是春天！”

望着车外飞快后退的映山红，我一直在微笑着。我能不笑吗？大自然在向我笑着，春天在向我笑着，我能不笑吗？

我曾经有过严冬慢慢过去、春天姗姗来迟的感受。但这种时间倒转，从闷热的夏天一下子扑入春天怀抱的感受还是第一次。当我在闷热之中熬着，咬紧牙根想着千万不能晕车，压根儿没有渴望春天的闲情的时候，春天却奇迹般地出现在我的面前。这种对春天的感受是多么奇特而令人难忘啊！那满山微笑着的映山红，至今还摇曳在我的心头，映山红，我心中神奇的春天。

汽车缓慢而艰难地向上盘旋。四周云雾缭绕，松树挺拔，云杉肃穆。但是，这森严冷峻的松林怎能叫我忘记被抛在山下的春天呢？怎能忘记那欢笑着忘情地陶醉于大自然中的映山红呢？

汽车开到了满目荒凉的高山坡上。萧瑟枯黄的野草在寒风中颤抖着。我的心一下子凉了，陡然起了一身鸡皮疙瘩。难道春天竟一点影子也没有了吗？我把棉衣穿上，裹紧了身子。看着车窗外凄冷的景色，我突然痛苦地感到，生活不应该是这种色调，不该这么没有生气、这么压抑、这么无情而灰暗！

快到山顶过山垭口时，下起了雪霰。单调、清冷、雪白的群山十分耀眼。我望着这无声的群山，觉得太冷、太贫乏了。

冷风吹得耳朵发疼。我把棉大衣的栽绒领子竖起来。这时，就在这冰天雪地的世界里，我偶然地发现一朵不大的黄花。我的心又激奋起来：花！多么坚强的生命！这时，司机停车对我说："马上要过山口了，你下车走走。要不，脚会冻坏的。"我感激地看了他一眼，跳下车，顾不得冻得有点麻木的双脚，奔到那朵黄色的小花前。

我仔细地看着这朵不知名的小花。花朵比拳头略小，蜡质的、半透明的花瓣是那么娇嫩，仿佛满含黄色的奶汁。它没有叶子，只有一根毛茸茸的粗茎。美啊，大自然的奇迹！不知名的黄花，你生长在风雪呼啸的高山之巅，是这样坚强、勇敢、美丽，充满蔑视冷酷环境的豪情！

坐了三天汽车，我到了临河的高原小城——马尔康。

一个极早的凌晨，为了看高原日出，我离开了温暖的被窝。

山谷里黑黝黝的，恐怖而寒冷。我踏上了河上的大吊桥，桥下的雪水河奔腾咆哮，轰鸣着，滚动着，发出春雷般的巨响，像战鼓擂动、像万马奔腾。这激越澎湃的声音像一只无形的巨手把我的心抓住了，捏紧了，紧得使我感到马上会有重大的事件发生。我处于焦躁的渴望和等待之中，大吊桥像沉重的巨锁套在这奔腾的急流上。翻滚的河水使人头晕目眩。桥在晃动着，似乎身子也浮在水面上伏波而下。我抓住冰冷潮湿的铁索站着。两边是陡峭的大山。桥的两头延伸着灰白的公路。沿着山谷里的公路望去，小城的灯火繁星似的闪动着……

水流哗哗。我的心紧紧收缩着，仿佛凝聚到一个很小很重的点上了，沉重地下坠着。我甚至不敢抬头看，我怕失望，怕看不到我渴望着的美景。我内心的感情洪流，需要由高山日出解放出来，像脚下的河水一样，要奔腾，要咆哮！

终于，我抬起了头。啊——我紧缩的心突然充血了，涨大了。我浑身发热。那是一种怎样奇丽的景色啊！远处，雪山顶峰在柔和明丽的朝晖的映照下，闪烁着神话般瑰丽多彩的颜色。在那静穆的群山之中，这是一座怎样令人神往的光彩夺目的顶峰啊！泪水“唰”地一下夺眶而出。泪花迷离中，我仰望着的宝光璀璨的峰巅更加迷人。那不是理想世界的闪光吗？我感到，我心中沸腾的热情，我对祖国、对人民、对生活、对大自然的最纯美、最强烈、最深沉的感情，这些无法用语言来表达的感情，一下子都集中体现在这最美的景物中了。也只有这高尚、纯洁、光辉的雪山顶峰，才能使我的感情升华，才能表达我的幻想、我的追求、我的希望！身边还是暗夜，雪山已经黎明。雪山把晨光折射得闪耀不定、绚丽多彩。一种渴望攀登那神奇顶峰的狂热控制了我。这种狂热在轰鸣着的急流水声的激发下，使我的精神达到一种忘我、忘情，既盲目又清醒的状态。

这时，汽车从我身边驰过，高声喇叭像警报似的狂叫着。桥晃动得厉害起来。我忽然发现，不知道什么时候，天已经亮了。一直闪耀在我心中的瑰丽雪峰早已变成单调的白色。人们在忙忙碌碌地走着，汽车频繁往来。我从幻想的天国又一下子跌进了现实的世界。突然，我感到异常的疲劳和痛苦。我真的哭了。难道一切竟这么快地消失了吗？难道我永远无法达到那光辉的顶峰吗？我的追求啊，我的幻想！我哭了，伤心，说不出的伤心。现实就是这么无情。

我紧紧抓住铁索、低下了头，不愿让来往的行人看到我泪流满面。人们一定会对我有种种猜测，他们又怎能理解我那时的兴奋和悲哀呢？

这些，已经成为回忆了。不过，我也产生了一种信念：只要我有不顾一切冲破樊笼的勇气，只要我对生活的美执着地追求，就会有雪峰般美好的奇迹出现在我的生活里。是吗？

真真

第七封　老久致老嘎

老嘎，我的朋友：

最近，情绪很坏。不知为什么，想痛痛快快哭一场。要是我还能流泪该多好！悲哀，迷茫。我只能忍受、忍受！连一个倾吐的地方也没有。现实生活需要只知道工作而没有丝毫感情的人。

我记起我推着自行车送老邪门到车站的那天。整个下午，我陪着他在太湖边漫步。我们谈论起友谊、爱情和生活。湖边是冷清的。自然界还处在残冬严寒之中。冷风吹来，我的心更悲伤了。朋友，也许，除了他以外，世界上只有你知道我的悲伤。难道热恋中的男女的离别能和这相比吗？在与英诀别的那一晚，我曾一个人在繁华的大街上茫然地走着，不知上哪儿去。我也曾在孤独的残冬夜晚离开了家乡，在那长途火车上看那蓝色的雪花在灯光下飘着、飘着……可是，这是一种不同的悲哀。现在是一种怎样的孤独啊，和老邪门就要分手了。我又要独自在生活的惊涛骇浪中搏斗。一种难言的凄凉涌上心头……我习惯了在繁忙的工作之余，在那无穷无尽的政治活动之余，把我的生命花在那少得可怜的属于我自己的一点时间上。我习惯了一个人走路，不管前面是什么，我都会无畏地走下去。我拼命地工作，痛苦地思考，在父母面前也从来不露声色。我只有用十倍的工作和学习才能酬答我远方的朋友。想到这个世界上还有两颗理解我的心在跳动，我身上就充满了勇气！

应该承认，你比在大学时改变了许多。至少那时你是不会有胆量做长达四个月的旅行的。突破这点以后，你会发现一切都没有什么了不起。如果一个人的活动总是以周围的舆论为转移，那么，他是什么事情也做不成的。旅行对于艺术家来说是绝对必要的。

我有一种很强烈的信念：在我们这一代人中间将会产生出无愧于我们时代的政治家、思想家、科学家和艺术家。

人们往往喜欢从历史中汲取浪漫的豪情，从各个时代的伟人那里汲取精神力量，追求他们的思想和生活态度。甚至有人抱怨自己为什么不生在那英雄辈出的时代。但是，我认为，更重要的是，每一个人必须正视自己生活的时代，认真考虑这个时代面临的新问题。历史是不会重复的。在我们的时代，世界正长驱直入到未知的领域中去。从这种观点来看，未来永远是属于青年的，属于现在正在进行种种艰苦探索的人们。人类生活的过程中，没有任何一个时代值得看轻和抱怨。它们都会在整个过程中显示出自己的意义。的确，我们现在的条件很艰苦，许多人消沉了，采取虚无主义的处世哲学，精神上的痛苦和焦渴是难以描述的。我们完全有权利说，我们这一代人所经历的道路的曲折和艰难，决不亚于我们的先辈。可是，请告诉我，什么时候，什么地方，又有哪一个伟大的人物选择了平坦易行的道路呢？对于我们这一代人来说，首先应该做一个不甘落后于时代的人。尽管我们被封闭着、被束缚着、被剥夺着、被种种势力包围着，我们仍然要拼命睁大眼睛去观察、寻找和发现世界上我们同时代人在自然科学和社会科学各个领域里所取得的有历史意义的进展。其次，我们要有继承和利用人类几千年积累的知识文明的魄力和能力。不具备这种能力，我们就始终是个弱者，始终走不远。当然，最重要的是，我们应该是探索者，也就是说，要以自己毕生的努力和创造性的工作，去开拓新世界。

她的画像收到了。脸部质感还可以，很浪漫。整个形象还是美的。眼睛是热情深沉的，闪耀着思想的光辉。可是，朋友，印象！你忘了这点。我要在这幅画中看到被强烈表现出来的性格。你的画法太古典了。宁可不像也不要紧。要夸张，要使人一看到就产生心灵的震动。或者说，一看画就会爱上她，你应该用全部灵感去画她，表达她对光明的追求，表达她那自由奔放的性格，激动人心的热情。如果有一天，你能创作出这样的形象，那将是光辉的杰作。这种形象会永远活在我们这一代正在艰苦奋斗的青年的心里，成为我们理想的象征！你应该去画闪电、画风暴、画波涛的怒吼，画自然界中那些不可思议的事物。在我看来，作品应表现出艺术家改造世界的魄力。一幅有责任感的作品，不仅仅是满足了作者表达自己思想感情的欲望，更要考虑它对一代人的影响。

在理性上，我嘲笑人生的短暂和欢乐的易逝，在别人看来，我是冷酷无情的。可是，我的心是柔和的，充满着任性的激情。我向往着可以献出自己一切的爱情，向往着在爱人怀里倾诉衷肠。这难道不是自相矛盾吗？

我收到她两封信。出人意料之外的大胆和直爽。她闯到我的精神生活里来了。显然，不论今后我和她保持什么关系，我的思想一定会或多或少地艺术化，会常常陷到诗的境界里。

老久

第八封　老久致真真

真真：

黎明前黑色的寒风，
驱赶着僵死的夜。
可是，我竟把
山中升起的明星
当作荒野的灯火。
晓星带着预告白昼的
光辉，升起了——
并把那蓝色的高傲的光芒
一直投到我的脚前。

以后我不再用“您”来称呼你了。你的来信，使我的情绪变得幽暗了。我茫然地伏到桌子上，不知道写些什么。或许有一天你会了解造成我这种情绪的最可悲的原因。那时，你会真正了解我这颗心的。

我热爱祖国的山河，可是没有时间忘情在大自然的怀抱里。记得，去年老嘎离开我时，我请求他为我唱支歌。也就是那天晚上，我突然感到我内心是那么热烈地向往着生活。看到你这封信，更激起了我对生活的热烈向往。可是，我知道这会加重内心的阴影。

在和你通信以前，我曾经想过，我和你生长在两个不同的社会阶层里。我的父亲是个普通的小学教师，母亲是平凡的家庭妇女。我们有着不同的童年和成长道路，有着不同的爱好和社会联系。本来，我们可以各走各的路，永远不会对对方发生兴趣。是一种什么样的社会力量使我们走到一起了呢？这是时代，是我们时代的需要。对于我，脱离了事业和工作将没有生存的必要。对于你，我关心的是你的激情。我们虽然没有见过面，可是我只要凭着你的热情——那种内心真正的激情，就会深深地了解你，甚至不需要别的解释。就凭这一点，我就会把你当作我一生最亲密的朋友。因为我相信，在这种感情和心灵上，将建立起我们共同的理想、共同的事业，使我们在共同的奋斗中建立起经得住任何考验的友谊。我认为，只有这样热情的心灵，才会有永远不倦的探索，持续不断的追求。有了这种追求，我们就会走到一起的。是的，把人们联系在一起的共同事业的力量是伟大的。

我从不怀疑你的才华和知识。我担心的是你有没有激情和灵感。你的来信不是在描绘自然，而是在描述你那颗永不安宁的心。我之所以要再三强调这点，是我认为，只有这种激情才能创造、才能产生献身伟大事业的动力。在未来，任何创造性的劳动中，工作的热情和灵感将推到首位。所以，我为你而感到自豪，为你的性格、为你成为我的朋友而感到自豪。

当生活的图画被各种原因无情地玷污的时候，在这十分沉闷、令人绝望的时候，伟大的时代把自己的豪情赋予另一些人，赋予在顽强的探索中追求祖国光明的未来、追求民族富强的人。这些人的一生是艰难而痛苦的，他们最了解生活的意义。他们是无畏的探索者，他们是坚强的战士。朋友，相信吧，我们的道路是正确的，关键在于我们能够走多远。我们这一代已经听到了历史的召唤。

近十几年来，涌现出一些强大的科学思潮。它们正在以怎样的力量向未知世界伸展啊！如果我们沉溺于束缚住我们的那点小天地，就根本不可能理解历史落到我们肩上的使命，也想象不到时代在如何逼迫着我们亲爱的祖国迅速强大起来……不知道，你对这些兴趣大不大？

真真，你的画像就挂在我房间的墙上。我好像在幽深的海底或梦幻中看见了微笑着的你。你和我想象中的差不多：清秀、开朗、热情奔放！

真真，感情会似海浪汹涌而来，又会似风暴悄然退去，把你的痛苦对我倾诉吧……

老久

第九封　老邪门致老久

老久，我亲爱的朋友：

我听到你热情的倾吐了。

是的，在感情问题上，我们也应该是个战士。我们正视自己的感情，分析自己的感情，把握自己的感情。老朋友，你的心情我完全理解。

你还犹豫什么呢？既然她是你的生活理想，那么，尽情地爱她吧，掀起你感情海洋的汹涌波涛吧！

坦率地讲，我全心全意地支持你内心的感情。为什么呢？这不仅是出于我对你的友谊，而且出于一种很奇怪的考虑。那就是，我竭力想在你身上保留那种激荡的、浪漫的感情。

我清醒地看到，在我身上，不可能有这种感情了。我的性格决定了我没有彻底爱上一个人的幸福。在我身上还保留着一种深沉含蓄的爱。这种爱使我富于自我牺牲，无论如何这和那种激动人心的热情不一样。我害怕我的性格给我们的工作带来铅一般沉重的调子。为此，我格外珍重你的诗情，如果你失去了这种热情，我们的工作会变成怎样的呢？想到这一点，我感到可怕。

我来预测一下，我们和她的关系今后会怎么发展。

她和我们走到一起来了。我们是因为追求真理而来的，她是为了追求精神的解放而来的。她将从我们的思想能给她多少光明来判断我们工作的价值。她追求的那种精神生活，在现在的条件下，只有和我们这种人在一起时才能得到。从这个观点看来，我们当中的某一个和她结合将不是没有可能的。

她经历过追求真理的痛苦。可惜，她至今仍不可能找到答案。从这种意义上来说，她和我们的相遇对她的一生有决定性的意义，这将是灵魂的生与死的选择。她见识广，求知欲强，但她的求知欲和我们的不同。我们是力图去理解知识与真理的深刻性，去展望未来；而她追求知识，追求新思想，是为了追求精神上的自由。所以她只可能在性格上对环境实行反抗，而不可能从理论上实行反抗。她和她的朋友们不会在理论上比我们走得更远。因为，如果从社会变动来分析一个人成长过程的话，每一个转折，我们都经历过。

再思考另一个问题：这样的姑娘是否会和我们合得来？

我们并不需要一个在理论的深刻性上和我们匹敌的爱人。这不仅是不可能的，也是没有必要的，我们需要的是奔放的激情。而真真，则可从我们工作中得到生气勃勃的精神生活。

我们搞自然科学的人喜欢用纯理智的态度来分析问题。在通信的信息交流中，重要的是抓住对方的感情旋律。但是，这里面有一种时滞作用，使这种控制往往是不稳定的。

爱她吧，我的朋友！我认为，在人类一切感情中，只有一种是不需要任何理由的，这就是爱。真、善、美从哲学上看是浅薄的，可是爱情上却是光辉的。因为只有在理想的爱情中，才有真正的善和美。

你的老邪门

第十封　真真致老久

老久，我的朋友：

现在，窗外是迷迷蒙蒙、混混沌沌的毛毛细雨，屋内冷冷清清，坐着我一个人。

“我关心的是你的激情，你的心灵。”我听见了你这亲切、诚挚的呼唤，我的心很不安宁。

昨天是星期天，上午我躺在床上翻看朋友们的来信。这些信，像酒一样，时间愈久就愈醇。我整个身心沉浸在回忆中，说不出是悲哀还是惆怅。离开学校一年多了，可是过去的一切还没有在我心中平息。下午，我收到姨父从北京寄来的短信。他用几乎平淡的口吻告诉我，他已确诊为肺癌，马上就要做手术。可他又说“真真，安心工作吧，一切都会好起来”。我知道，他多么想在手术前见我一面啊！我不能镇定自己的情绪。他毕竟是一个年老体弱、需要照顾的老人啊！我怀着恐惧，感到孤寂寒冷。这时，风雨大作，雷电裹着冰雹，气势汹汹地敲打门窗。天暗极了。我点燃了小煤油灯。灯光微弱，摇曳不定，昏黄而又惨淡。我对着这如豆般大小、如雾样迷蒙的灯光发愣，刻骨铭心地思念着我的姨父和我大江南北的朋友们。高原的雷鸣，十分可怕。那雷声从天边响起，从远处滚来，仿佛一直滚到心坎上才轰然炸裂，发出震耳的轰鸣。大滴的雨点从天空噼噼啪啪落下，点点滴滴敲打在我焦躁的心头。我的情绪十分激动，想呼喊，想奔走，甚至想痛哭一场。“文化大革命”前不久，我和姨父有一段时间很不和，虽然我是那么爱姨父，姨父也最疼爱我。

我是在南方读完小学的。父亲因我功课好，就送我到姨父家，在北京上中学。

姨父是个和蔼平易的中国近代史学者，没有孩子，却拥有丰富的藏书。古今中外，历史、文学、哲学，门类繁多。姨父的书橱成了我的精神仓库。有哪一天晚上，我不捧着一本心爱的书读到深夜呢？后来，我以优异的成绩考入大学。

现实在我面前铺开了一条多么宽阔而又坚实的道路啊！我觉得，我童年时代的梦想，少年时代培养起来的对科学的热爱，献身于建设强大的社会主义祖国的理想，都可以通过自己的努力学习而变为现实。甚至，我觉得可以沿着这条道路走到人生的光辉顶点。我幸福极了，我在少年宫天文组的一个最要好的朋友也考进了大学。我们互相勉励，深信纯真的友谊可以给我们攀登科学高峰以巨大的力量。

就这样，我读完了大学二年级。1966 年春天，我病了，好几个星期起不了床。那位朋友几乎天天到姨父家来看我。先是姨妈对他投以不信任的目光，后来姨父也很怀疑我们的关系。这时，报纸上开始批判“人性论”“人情味”，批判资产阶级唯心史学观，并且不点名地对我的姨父进行了批判。有天晚上，姨父和姨妈跟我进行了一次我永生难忘的谈话。“真真，必须和你严肃地谈一谈了。”他们一本正经地开始了谈话。我第一次感到自己是个成人了。灯光下，我看到姨妈手中握有一封拆开的信，信封上是我朋友的字迹。他们说：“我们对你、对你父母负有责任。”他们说我刚上大学就谈恋爱，忘记了祖国和人民的培养，还说我朋友的信里充满了小资产阶级人情味。姨妈还赤裸裸地说，像我这样一个出身革命家庭的女孩子沾染了资产阶级情调，人们一定会怪罪于姨父一家的影响。他们见我始终一言不发，采取抗拒的态度，就生气了，命令我断绝和这个朋友的联系，否则就通知我父母，他们无法管教我了。

这突如其来的粗暴干涉激怒了我。那天晚上，我整夜没睡。这是我一生中第一次失眠。我百思不得其解，姨父、姨妈平时对我那么好，甚至有些溺爱我，为什么突然板起面孔教训我？好像我犯了什么罪，不再是他们可爱的真真，而是随时可以给他们带来危险的人了。我对朋友和友谊有一种宗教般的信仰。我不能容忍长辈不经允许就拆我的信件，无视我的公民权。在我看来，宪法规定的公民权应该得到保护。第二天早饭时，我抗议他们拆信，并声明自己的友谊是纯洁的。我原以为学识渊博的姨父会理解我的。我说话时忍住泪水，始终以信任的目光看着姨父。但从姨父那冷淡坚定的目光中，我看到了他决不妥协的意志。我孤独无援了。这时我心里还有最后一块阵地在支持着我，这是友谊。我有一个信念，我们年轻人要走自己的路，这是我们自己的权利。当时，我是一个多么单纯的姑娘啊。我不想用虚伪代替真诚，也不想用世故代替天真。我相信，只要我内心有纯真的友情支持我，我就有足够的精神力量和老一辈对抗。

可是，没多久，这个朋友真的给了我一封充满了青年的柔情的信，我浑身直打哆嗦。这对我的精神是多么沉重的一击！半个多月来，我以沉默来表示我对姨父、姨妈的反抗，还准备迎接父母和哥哥的进攻，不都是因为我保证过我和朋友之间的关系是友谊而不是恋爱吗？而且，我的朋友不是一再对我发誓要用友谊激励我们刻苦学习，今后为祖国做出贡献吗？为什么朋友要欺骗我？难道我看过的许许多多的书中那种纯洁美好的友谊在现实中就不存在吗？难道一切事物中都充满了欺骗？不，我不能理解。我被友人的欺骗击垮了，坠入孤独、寂寞、混乱之中，失去了内心的和谐与平静。我默默观察学术观点上受到激烈批判的姨父。我发现，别看他表面上与所谓资产阶级情调势不两立，实际上他也垮了。生活中充满了欺骗——这就使我这样一个敏感热情的姑娘无法忍受。我沉思了。那条摆在我面前的、金光闪闪的道路突然中断了。我想，当科学家对一个人来说，只不过是外在的东西，它不能代替心灵的追求。我开始追求那没有欺骗的真、善、美，追求心灵的和谐，追求道德崇高的精神境界！

没过几个月，“文化大革命”就开始了。我姨父被当作反动学术权威揪了出来。批斗、抄家、任意打骂、做沉重的劳动。最令他难堪的是，他被用墨涂黑了脸，戴上写有名字的纸糊高帽，穿着象征封建遗老的纸糊背心，手持铜锣，边走边敲边叫："我是牛鬼蛇神！"此后，他变得沉默寡言了，每当我触到他那双曾经是那么明亮、闪着智慧火花而如今变得呆痴的双眼，每当我看到他迈着僵硬、艰难的步子，拿着扫帚去扫厕所的时候，我心里就免不了一阵刺痛。这时，口头上我还没有同姨父和解，但我心里却为姨父的处境不平。有一天，我去劳改大院给姨父送冬衣。趁着没有外人，我说了一句："姨父，您要保重身体啊！"姨父立即老泪纵横，泣不成声地说："孩子，姨父对不起你啊。那时我是怕啊，我挨了批判，我怕别人会把你的行为和你的性格气质统统都归结于我的影响。真真，我研究了一辈子历史，历史来惩罚我了。知识成了罪恶之源……我不愿意看到你再走我走过的路……好孩子，你，你会怎么看待姨父呢？"我也哭了。我没有能力去安慰一个痛苦的老人。他甚至怀疑起知识会对青年有腐蚀作用，他管我是为了爱我，为了使我不再遭受他经历的那种痛苦。我哭了。泪水融化了我和姨父的隔阂，姨父不也是个受损害的弱者吗？前不久，他解放了。回家后的第一件事，就是把经过浩劫所剩的书籍，当废纸卖掉。实在舍不得卖的，全部捆起来塞到床下。过去，姨父最反对抽烟。受审查以后，他开始嗜烟如命。他常常一个人呆呆地坐着，烦闷地抽烟，一句话也不说，一点表情变化也没有，一坐就是两三个钟点。有次，我掀开床板找书，弄得满身是土。姨父劝我对书不必那么认真。我故意说：“我读书不是为了生活，我生活是为了读书！做一个正直的知识分子又有什么不好呢？”显然，姨父被刺痛了。他深深地出了口长气，就不作声了。从此，姨父对我的钟爱更深了。

他半年前开始咯血。他对自己的病很麻木，要不是姨妈催逼他，他根本不会到医院看病。今天当我知道他得了肺癌，想到他盼我回去又不得不说让我安心工作的话时，我心疼极了。亲爱的朋友，一想到可能再也见不到姨父，我心里是多么悲哀啊！我简直不知道怎样给姨父写回信。

我们这里是停课半天搞运动，任何人不得请假。昨天，我校管政工的干部在会上点了另一个从北京分来的学生的名，然后说，其他北京来的人，有问题就主动交代，知道别人有什么问题就揭发，这是对运动的态度。生活有如一场没完没了的戏。我不再是主角了，而是配角，不，是观众。这一切什么时候才有个完结啊？我焦急而又厌倦。

我本来决定不顾学校不准请假的禁令，到北京去看姨父。但姨父信上说，快到“五一”了，为了首都的安全，这些日子天天在清查没有正式户口的人。像姨父这类人的家，总要格外小心才好。为了不加重他老人家的不安。只好过些日子再说。

朋友，你能理解我此刻的心情吗？

真真

第二辑

心的碰撞

（1970年4月下旬—5月底）

*

老嘎和老久都爱上了真真。——老久认为无权隐瞒朋友的爱，

便把老嘎的信和自己倾吐爱情的信，一起寄给真真。

——生活的大海是苦的。——如果你曾经用爱情去报答。

——精神流氓践踏真真的感情。——真真致石田的“哀的美敦书”。

——老久不允许有任何自我欺骗。——老邪门认为，爱的权利不能出让！

第一封　老嘎致老久

老久，我的朋友：

我在痛苦紊乱的心情下给你写信。从真真身边回来后，我的心情一直无法平静。在跟她的交谈中，我意识到了一系列的问题，这几乎要把几年来支持我生命的柱石摧毁。在离开她的时候，我内心痛苦极了。我恍恍惚惚地走上山路，几乎走错了方向。

我越是了解她的个性，就越想闭上眼睛，克制自己，不要再想下去——因为我不能给她幸福。

如果说，过去我是以一颗幼稚的心灵去寻找虚幻的感情寄托，那么，今天面对着这个值得尊敬、值得去爱的人，却没有能力去爱，这不是真正的痛苦吗？

因此，出现了这样的现象：我心中把她当作女神来给她画像，在嘴上只能说把她当作一尊雕像来画；给她写信时，内心汹涌的热情被压制住，却精心选择恰当的词句，显出冷漠无情的口吻。跟她谈话时，想马上离开她；等到真的要走了，又想再留一会儿，再留一会儿……

我成了个真正的不幸者。与她谈话，使我想起了少年时代报考上海戏剧学院舞台美术系的事。当时，我是镇定的。我蔑视考试录取时对我的判决。我知道，我的画是出色的，只是因为出身不好，有海外关系——父亲在美国开饭馆，才未被录取。对未来，我当时仍然抱着幻想。统考时我又考到了北京。似乎我受伤的心稍稍得到了安慰。然而，万万想不到从此我背负了现实的重压，内心的自我慢慢被消溶了，灵魂被侵蚀了，活跃、浪漫的个性被磨损了。我变得麻木不仁，谨小慎微，不敢大胆地表露自己的内心世界，不敢热烈地爱和恨……我沉浸在忘我的工作和学习中，时间一过就是七八年。朋友们唤醒了我内心的自我。我正面临一个复兴时期，我正需要大胆地正视生活！

然而，真正和她交了朋友，我才发现过去长期受压抑之后，我被生活抛离得多么远！我落伍了。一切都太晚了！她热烈地追求自由的性格、坚强的意志、大胆的热情，她崇高优美的情操照射得我睁不开眼。由此，我又想到了自己的出身、地位、经历，过去和未来……

我热爱祖国、献身于人民事业的感情曾经被践踏过，一个不值得去爱的人抛弃了我，这反而有利于我的艺术。然而，真是一个这样的女性啊！爱这样的人，才是真正的爱。我却

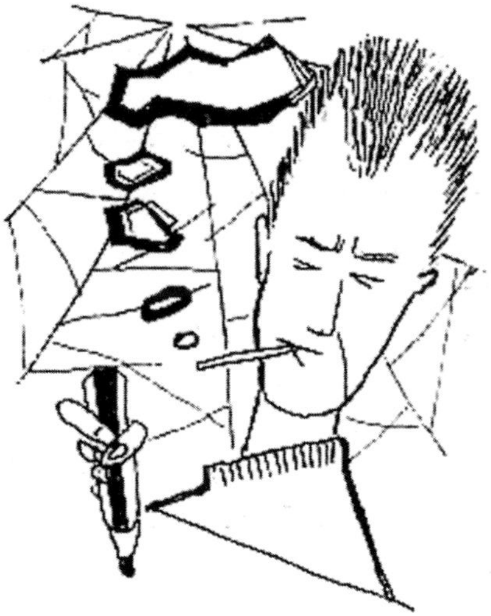

不能了，永远不能了。

我有什么罪？难道要我用一生辛勤的劳动去赎还父辈的“罪恶”吗？为什么我不能去爱值得爱的人？难道我只有生的权利，再没有任何其他权利了吗？难道我只能做根木头而不能成为一棵长满生命绿叶的大树了吗？

现实是这样的无情。多么凄凉啊——我第一次喊出了这样的呼声！想哭吗？我已经没有了眼泪。是的，在写出内心痛苦时，是更加痛苦的——因为它被意识到了。

难道我不能实现自己的理想了吗？支持我生命的这最后一点权利也要被剥夺掉吗？我永世没有出头之日了吗？我有什么罪？！

我为你祈祷，希望你能尊重这种崇高的感情，给她知识、力量和幸福，吸引她参加到为祖国的未来而奋斗的伟大行列中来。

我为我的朋友们感到骄傲。因为即使在最沉闷、最艰难的日子里，他们从未放松过工作和学习，从未敢忘记我们贫穷、落后的祖国到底需要干什么。我渴望着朋友们的圈子越来越扩大。至于我，无论如何，我忠于我们的友谊。我将含着辛酸的泪水去描绘我们艰苦的奋斗、未来的胜利和欢乐的图景。我将把屈辱深藏在心底去表现崇高的形象。

我不会损害她的自尊心和她的感情。我只是小心慎重地和她通信，不敢越雷池一步。但是，她内心的光芒刺痛了我。我不是虚无主义者。我相信生活本无所谓幸福不幸福，只要我永远向着我所见的光明，走我认为应该走的路，我就永远是幸福的。

我仰望群山，山峰上的余晖消失了……
我想听见满山的回响，却不能热情地呼喊；
血写的文字，只能永远埋葬在荒僻的山林，
不，我曾经向群山热情地呼喊，
但空空的山谷没有一丝回响。
春天来了，春天不属于我！

你的痛苦中的老嘎

第二封　老久致老嘎

老嘎，我亲爱的朋友：

不用为我祈祷了。一切还没有开始就已经结束了，没有希望了。现在，你给我的信和我给她的信都已经封在一个信封里了。你那么痛苦地在爱着她，却不想对她讲。但是，既然我知道了这一点，我就不能隐瞒。我要让她知道这一点，还要对她说出我的爱。当感情还没有成熟的时候，就把它讲出来，是非常可悲的，是注定要失败的。我不得不面临这心灵过早地相撞的一刻。

亲爱的朋友，我撕碎了我多情的幻想，撕碎了她——我生活的理想——的心。

这种撕裂的剧痛，是我有生以来第一次感到的。我绝望地呻吟着，不顾一切地写啊，写啊，我不愿停手。因为，我不是懦夫。

我并不是不爱她，也不是对她失望。仅仅是为了在爱情上我也是个战士，仅仅是为了我应有正视生活的勇气，为了不辱没我对生活的进取的性格，为了不辱没我对待人生的战斗的锋芒。仅仅是因为她是我理想中的爱人，只有这样做，才不辱没我对她高于一切的爱情。

在痛苦的黑夜里，我常常想到老邪门，想到我和他在多年的友谊里培育起来的这种对待生活的态度。我也常常想到你，你深沉的思想、高尚的灵魂、坎坷的经历。我了解你，同情你。但是，老嘎，我亲爱的朋友，你永远不要忘记，在碰到光辉理想的时候，在你伤心和绝望的时候，如果心中只有纯洁、脆弱的爱，那是不行的。这种爱是高尚的，但生活需要勇气，生活就是斗争。如果没有正视生活的勇气，那就决不能成为时代感情的伟大歌手——一个真正的艺术家。这是我对于你痛苦的心的赠言。我相信，它将比任何安慰更能使你勇敢。

我把你的爱和我的爱一起寄给她，是为了向她表明我是怎样一个人，如果她是我理想中的人，那么，她应该勇敢地奔向未来的生活，勇敢地投入争取光辉未来的事业中去。如果她只不过是一个浪漫的姑娘，那么，我就要破坏这一切。如果她应该在我们心中垮台，那么就让她垮台！我认为我碰到了理想的人，我就要拿出最高的标准要求她！如果我不是从这个角度来对待她，那就是对她的侮辱。

我知道，给真真的这封信一寄出，我会后悔。我痛苦地犹豫着。可是，我一定要寄出去。信就放在桌子上，里面包着我的心，也包着我朋友的一颗心——你痛苦的来信。最使我难受的是，我不能在生活中表露我的内心感情。许多人不了解我，在父母面前也只能保持可怕的沉默。在这种时候，我讨厌一切不了解我的人来打扰我。

我抗议我青春的宝贵时间被任意剥夺。我抗议持续不断的运动和会议把我那无数个心情愉快、头脑清醒、工作效率最高的白天统统占用，使我不得不把重要千百倍的工作和专业学习放到晚上的业余时间。用十分疲倦的精神，在少得十分可怜的几个小时里，从事十分重要的工作！我抗议和仇恨那些剥夺年轻人时间和生命、爱情和向往的人！

请原谅，我不能再写下去了。收到你的信后，我一连好几天没有合眼，我很累很累。我要看看这可恶的身体还能支撑多久！

我是无所畏惧的。可是，我担心你受不了。我是深深地了解你、热爱你的啊！

朋友，坚强起来！

你的老久

第三封　老久致真真

真真：

写这封信，使我经历了好几个不眠之夜。我曾经不顾一切地在夜路上走着、走着，毫无知觉地走着。

我不得不把这封信寄出，这里面有我朋友的痛苦的心。他爱着你，可又痛苦地压抑着自己的感情。不寄出就意味着对不起我的朋友，不寄出就意味着我是一个懦夫，一个害怕痛苦的懦夫。我也知道，这封信一旦寄出，意味着什么。

趁思想暂时平静的时刻，我要把想说的话写下来。再过几天，或许我已经没有力量动笔了。

我看轻道德家的庸俗；我也不需要做作的高傲；我更不

关心舆论和名声。我尊重感情，人心底的真正的感情。这是老嘎痛苦绝望的心。我没料到一切竟是这样，我不能保留这封信。我要让你知道，如果我害怕自己灵魂的撕裂，那我就是一个胆小鬼！一个不敢正视爱情的人，也不敢正视时代的使命。我必须把这一切告诉你，把一切跟你讲明。

我想，你应该预感到这一切。既然这一切已经是不可避免的了，那么，让秋风无情地摧残这希望之花吧！朋友，是我把一切向你说明的时候了。

3 月 17 日，是我收到你第一封信的日子。夜深了，我不能入眠，久久地在屋中踱步。我想趁感情卷入之前冷静地思考一下，生活将会怎样展开。从那一天起，我的情绪就从来没有好过，一天比一天恶化着。这就是一开始我企图用“您”来称呼你的原因。从那一天起，我就忧伤、难过，几乎无心看书了。一种直觉告诉我，我和你最终将要面临心灵碰撞的时刻。我常常提醒自己：要小心！和她打交道，一分钟也不能丧失理智。单凭感情，我会输在她手里。两颗心真正接触的时候，是会展开一场征服战的。这是一个人的性格和思想对另一个人的征服。我要小心，不要输，败在一个女孩子手里太不像话了。我的头脑被搅浑了。我常常咒骂自己真不是玩意儿！这颗心难道真的一钱不值了吗？为什么我要爱她？我还不认识她呢。也许我爱的只是自己心中的幻影？不要让爱情的美梦迷住了吧！我不能老想着她。我要工作！不行，要把主动权夺过来。

当你的来信越来越向我证明你有着和我一样的激情时，证明了我对你的一切估计以后，我兴奋得睡不着。但我下定决心，我永远不向你提起我的感情，我永远不会伤害你。要伤害的话，就让你来伤害我。可是，每当我回信的时候，心中总是汹涌着激情。特别是当我知道了你那不屈的灵魂、向往自由的性格、大胆灼人的热情以后，我觉得应该用自己的心来温暖你，捍卫你。我要鼓励你勇敢地站起来，奋勇地走向明天，决不能让这颗心在痛苦的生活中变冷。朋友，并不是我觉得我比你强。我只是认为我也有这样一颗心，我是在保护自己啊！我还希望过，有一天，也有这样一颗心来温暖我……

前几天，我收到了老嘎的信，难过万分。我经常想到你，却没有考虑到他……其实，这一切是多么自然。这是从他灵魂深处发出的呼喊，这是我朋友痛苦绝望的自白。我无权保留它。我日日夜夜都在躲避的时刻终于到来了。

你不能怪我。这时候，我得正视生活了。我不是懦夫，不能因为害怕灵魂的相撞而淹没朋友绝望的呼声。多么痛心啊！我一直不愿意走的一步，不得不由我首先迈出了。我要把我灵魂中一些重要的方面向你讲明。也许，今后不会有这样的机会了。

我是十分了解你的。当你信中讲到你担心和我通信会影响我的工作时，我笑了。你的灵魂几乎和我一样。我猜到了你在想什么。像今天这样的事情，你决不会第一次碰到。我从心里爱你大胆的热情，爱你自由的性格。可是，你又是怎样处理生活呢？这就是我向你提出谈谈你的感情经历的原因。可悲啊，以后，我再也听不到这样的倾吐了。

现在，心的疼痛使我写不下去了，但我必须写……

你可能从来没有碰到过我们这种性格的人。我将把我经历过的一个又一个艰难的转折告诉给你听。现在，我过早地揭示了尚未成熟的秘密。无情的命运女神召来了痛苦的风暴……

当我知道你开始看量子力学、仿生学、控制论等和你的教学工作无关的书籍时（老嘎在一封信中讲的），我高兴极了。从那时起，我就爱上了你。我常常想，你怎么会知道科学的新思想、新成就对我们时代的重要性呢？是老嘎对你讲的吗？你凭什么产生了这种信念呢？

但是，当我知道你和我一样热情时，我懂了。你的经历、你的追求、你的性格会告诉你一切。了解到这一点，我是多么高兴啊！我亲爱的朋友，你应该勇敢地站起来，向着科学前进，路是不会错的。科学给我们以力量，是时代使我们意识到，只有掌握和应用世界上最新的科学思想和科学成就，用它们来考虑以往和目前的一切事变，才能得出正确的答案。我们不能消沉。我们决不是无用的。我们决不能因为眼前的困难而放松了努力。我们必须跟上时代和科学发展的脚步。在我们祖国，这关键性的一步，不得不由我们——经历过大变革、大动荡而又有文化的青年人来走。我们不害怕现实的严酷，也不企求获得某几个不得人心的大人物的重用赏识，因为我们信赖的是科学的力量。追求真理，需要付出代价，那我们情愿牺牲自己。啊！我在跟你谈什么呢？我把你当作我灵魂的另一部分了。

老嘎给我的一封信中说，你担心他会被埋没。这句话我很有感触。你是个很好很好的姑娘，有很好的心肠。不过，对这个问题，你可能没有意识到，那就是我、你、他都是一个时代的人，我们的命运是连在一起的，埋没的决不会是少数几个人。我从来没有奢望过声誉和富贵。周围的存在使我感到孤独和冷漠。人们用冰冷的利害关系来对待我，我也用冰冷的态度回答人家。他们不了解我，我和他们之间没有共同的语言。亲爱的朋友，你也知道，凭我的条件和能力，我不难替自己营造一个温暖的小家庭，博得一些人的尊敬。可是，这又有什么意思呢？真真，我最爱的朋友，你想想，一个忘记了时代使命、躲在安静温情的小家庭里的人，是多么卑微可怜啊！他的灵魂是可鄙的，青春是没有光彩的。不瞒你说，最使我爱慕你的，是我了解到你经常回顾自己的过去，回顾自己的道路，思索人生的目的和意义。当我了解到这一点后是多么兴奋啊。因为有了这种回顾，总结了过去，才能更好地前进，才能产生一种向着既定目标勇往直前的献身精神。而这一点，在目前姑娘们里是多么罕见呀！真真，我不能不爱你啊！我是新时代的人，我要追求自己的理想。我要像一个真正的人那样勇敢地回答时代提出的问题。当然，对于一个青年人，生活中重要的一个方面——爱情，肯定也会打上时代的色彩的。不仅是色彩，我的爱情完全是和事业融会在一起，我分不出我是在爱事业还是在爱爱人。一个热爱我的人，一定爱我的理想和事业；而一个爱上我的理想、事业的人，她必将是我所爱的人。

如果有些朋友对这件事不理解，认为像我这样还没有见过你的面就爱上了你，未免有点太轻浮了；认为这种爱是没有基础的，不慎重的。这时候，我会提醒他们，这种分析对很多人可能是适用的，但对我是不适宜的。既然我勇敢地追求自己的理想，勇敢地为事业献身，那么，由于感情和性格的彻底性，为什么我不能勇敢地追求自己理想的爱人呢？我早就说过，如果现实世界中有我理想的人物，那么我会不顾一切地用我全部的热情去爱她，永远向她表示忠诚。因为，爱这样的人，就是爱自己的理想，就是爱自己为之奋斗的事业！对于这样的爱人，我是不顾一切的，甚至不顾她是否爱我。

我曾经梦想过，你是我的生活理想，你爱上了我，我梦想过我们今后的一切……

现在我不应该再写这些了，一切都已经完了。因为爱情和历史事变一样，在不成熟的时候早产，就一定会失败。企图改变事物发展进程的人往往是可悲的。朋友，我有时痛苦地想：这一天迟早要到来，为什么不让它早一点来呢？或许，现在来了，我会更好受一些。要知道，我已经经受过一次这样的痛苦了。不过，那时候我非常纯洁，纯洁到不懂社会、不懂生活。往昔的痛苦里面没有什么美的东西，只有阴影和悲伤。

完了，没有什么好写的了。我只是希望，这几张纸不要使你伤心。我实在不愿意这么做啊。这不是我的错，也不是老嘎的错，更不是你的错。你有什么错呢？天哪！谁叫我写这些呢？要错的话，可能是我的错，我不该在给老嘎的信中讲我情绪恶化的原因。那么，一切让我来负责吧！

我也想到这封信可能会使你伤心，伤那我本想抚慰的心。啊！有什么办法呢？你只要想到，对于你的每一点痛苦，我都将用十倍的痛苦来偿还，这也许能使你原谅我。你要知道，在黑夜里，当我一个人痛苦得不能忍受的时候，我就一次又一次地呼唤着你的名字！

如果这封信没有伤你的心，我将非常高兴。让我自己来撕裂灵魂吧，让我来忍受这一次吧。可是老嘎，他是艺术家，我可怜的朋友啊！

爱情是一把锋利的宝剑，无数鲜血使它放出彩虹一般的光辉。在这上面，也有我的血！这一切是多么好啊！

我必须结束这封信了。虽然我可以无休止地写下去，写下去，永远地写下去，但我太累了，不行了，我要结束这一切了。

在这封信里，在这块白云石的墓碑下，我埋葬了我的爱，一次不同于我的初恋的爱……

我在这块墓碑下站了很久很久，也徘徊了很久很久。我的眼泪也曾经洒在黄花绿草上。今天，我要和它告别了。我要站起来，像一个勇敢的青年那样，挥手和它告别。

现在是静静的江南之夜。晚安！我将最后吻你一下，抛开一切，看一篇外文资料来平静我的心。然后老老实实地躺上床，睡一觉。明天，我就复原了。一切对于我都过去了。这短暂的一切将成为难忘的记忆……我要重新投入我那中断了的工作中去。

我从噩梦中醒来了！

老久

第四封　老嘎致真真

真真：

我跑了很多地方，终于回来了。辗转于码头、车站，似乎更容易体会到人生的短暂。我访问了许多同学。当然，在你那里，我呆的时间最长。

我平均每两天就要画一幅头像，风景、风俗速写就更多了。但是，我至今没有像朋友要求的那样——拿出真正的作品来。我将要以怎样的努力才能达到这样的期望呢？我将要以怎样的勇气来克服内心的辛酸、悲哀与怯弱呢？我将要花费多大的气力来打破由于闭塞而造成的无知和寂寞呢？在荒漠之中，人只能用对美好生活的憧憬，作为自己的精神支柱。

想和你谈的话似乎很多，却又谈不出什么来，还是谈谈老久吧。

真真，当我得知你当真给我这位最亲密的朋友写信时，当我得知他收到你的信以后内心再也不能平静时，我就无心去山涧洗澡了。那一天，我收到了老久的来信——是怎样一种情感在翻腾着呀，我翻山越岭跑了回来，气喘吁吁坐不下来，于是冒着烈日去挑了一担水，又一担水……每次，我都像过节一样阅读着远方朋友的来信。虽然信总是写得不那么具体，但我们总是以自己的经历来领会对方披露的心情，引起一阵阵心弦的震动。是什么东西在激荡着心灵呢？是对友情的回味，是离别的痛苦，还是对不同命运的感叹？

我和老久相识时间不算短，但真正成为朋友却是在“文化大革命”开始后最激烈的年头。不，你不要误会，老久可不是那种卷入政治旋涡中的风云人物。他拼命地读书、思考，沉默着，不愿多说一句话。他对大字报浪潮、武斗、“忠”字化运动等表现出独特的冷漠。我有时劝他关心一下局势，他无动于衷，有时反问道：“什么是政治？”前年春天，学校里武斗升级，形势十分紧张。有天晚上，我们宿舍的小房间里来了位上海客人，他讲着种种见闻和自己百思而不得其解的问题。我们热烈地讨论着，从武斗到文斗，从国家到世界，从群众到领袖……电炉咝咝响着，钢精饭盒烧着开水，冒出腾腾热气。在凌晨两点钟左右，外面发生了骚乱。刺耳的哨子声，紧张的吆喝声，急促的脚步声，响成一片。可我们谁也没有兴趣开门去看看。直到我们的门被敲得砰砰作响，有人一脚踢开了房门时，我们才看见几个手持长矛、身穿军棉衣、领围白毛巾、头戴藤编安全帽的武斗勇士，脸红脖子粗地站到我们面前。“你们是哪一派的？快说！”一个嗓门大、个头小的人喝问道。对面宿舍里的同学，因为被他们认出是另一派的人，便被当作俘虏押走了。显然，这场突然袭击的占楼攻势是早有预谋的。当时，我气愤万分，对这种做法反感透顶，准备说出我们的观点，并表示我们是无所畏惧的。“快说！否则找你们同学来认了！”我刚想张嘴，老久狠狠捏了我一把，又轻轻握了一下我的手。我明白了，他不准我说实话。老邪门这时慢条斯理地说：“我们宿舍中的几个人刚串联回校，对运动还没有形成观点，另外几个人是外校来玩的。瞧，我们正在以茶待友，实在对那些事不感兴趣。”“滚！少啰嗦！”他们不耐烦了。我们被迫离开了宿舍。下楼时，我见到几个同学被押着走时，羞愧极了，低下了头。而老久和老邪门却会意地对视了一眼，坦然地走了下来。外面的空气多新鲜啊，星星也格外明亮。眼前却是骚乱。我实在憋不住了，问道："难道你们害怕吗？"老邪门冷嘲地说："难道派的表态也称得上观点？红小兵才这么幼稚！"老久的表情严肃，冷冷地说了一句："我们的自由，比一时的英雄气概更有价值。"

那年夏天，我们一起到杭州串联访友。老久刚学会游泳不久，却硬要去横渡钱塘江。我劝他不住，便决定我在桥上走，他在江中游，万一出事，我去呼救。我看到他在急流中镇定地把头露出水面，用力向对岸游去。他游得那么慢，使我担心他有没有足够的力气游过去。好几次，浪头淹没了他。一会儿，又可以看见他那倔强的头。他游着，我走着，一种庄严肃穆的情绪控制了我，仿佛我们正在干一件意义重大的工作。终于，他游到了岸边，上岸时连连摔了两个跟头。我跑到桥下。他十分疲惫地用双臂支撑着身体。夕阳照着他的胸膛。他的双眼熠熠闪光，我甚至可以觉察到他嘴角挂着一丝微笑。我们沉默地坐了许久许久。他突然大声对我说了一句："人家能做到的，我们也能做到！"

真真，不需我多说，你可以从这两件小事上认识老久是个什么样的人了。他表面上是那么平凡，但决不迎合时髦的浪潮。这几乎是他十分突出的特点，而要在目前这样激烈的变动中做到这一点，没有一个坚强的内心世界，几乎是不可能的。他曾在一封信中对我说过：“我们的强，表现在变动发生时，能够自觉地支配自己的生活，既不盲目，也不悲观。”

和他在一起时，我的心总是踏实的。真真，我多么希望他幸福啊！

想找张他的照片给你，可惜没有。寄给你一张我们三人的合影吧。中间那位，就是老久。

老嘎

第五封　真真致老嘎

老嘎，我的朋友：

今天，同时收到了你和他的两封信。不，应该说是你的两封，他的一封。他厚厚的来信中，还夹着一封你给他的信。

我反复读着那动人肺腑的、真挚热情的句子。在没有看到你写给他的那封信以前，我已经感到了在你小心翼翼的热情中包含着多么深沉的内容。我不应该让朋友失望或者伤心。但我又怎样才能不使朋友失望或伤心呢？——这实在是一个我无法回答的问题，我深深感到不安。

自从你和早春一起闯到我的心里，自从你和你的朋友们，用你们的奋斗精神和探索真理的热忱，敲响了我心灵深处的沉钟，我仿佛从一场噩梦中渐渐苏醒了。当最早开放的樱花开始凋谢的时候，我的精神开始被你和你的朋友们在我眼前展开的新天地吸引住了。从此，我时时想着你和他。

是的，我深深了解你的抱负和才华，也深知你道路的艰难。我好像时时刻刻看见你在崎岖的山谷中奔走，两旁是冷漠严峻的悬崖，地上铺满了刀尖般的怪石。当阴云密布、狂风怒吼时，风沙遮没了一切，我看不清你前进的步伐。当天空晴朗时，山中的小鸟会告诉我你走到了什么地方。我担心你走不出这条幽暗的峡谷。我担心天才的火花还未发出夺目的光彩就被狂风吹灭。所以，我常常对你说，无论如何不能中断前进。中断或停顿就意味着消沉，而消沉就是灵魂的死亡。同时，我很清楚地了解，要走到底，路是多么长、多么长，多么难、多么难啊！

我说过，你习惯于在屈辱和压抑中生活，你真正的本性都变了形。你要成为一个艺术家，就必须勇敢地挖掘自己丰富的内心世界。

我知道，即便是一个坚强的战士，在沉闷而冷酷的现实中，他的灵魂也渴求着安慰。但是，我又能给你什么呢？我不知道，我不相信我有这种能力。

你的生活刚刚开始，你的道路刚刚开始，你的自我刚刚觉醒，为什么你要说“多么凄凉啊”？与其说是我不理解你的这一呼声，倒不如说是我不同意你的这一慨叹。不要这么伤感吧！我坚信，当你真正的自我重新被挖掘出来之后，你就会摆脱可恶的习惯留给你的怯弱和自我关闭，像一个真正的坚强的艺术家那样勇敢地、创造性地开拓自己的道路。我坚信，那一天，你的热情会汹涌澎湃地鼓舞你去创作，而那创造的才能会开放出绚烂夺目的艺术之花！

如果说，过去我对你的创作的支持是出于我对一切美好事物的态度的话，那么，现在我对你的支持就深刻得多了。这是出于真正的理解。我不把自己对你或其他朋友的理解和支持当作个人的义务和责任，而是看作时代对我的指示和召唤。

现在，我把自己的热情无保留地献给我所热爱的并期待着我的热情与友爱的朋友们。我希望这种热情成为鼓舞朋友们前进的力量，而不要带来任何心灵的痛苦。

我和老久通信才数十天，我还没有见过他的面，然而，生活已经以意想不到的速度展开了。他好像一块新大陆，我还来不及去理解和探索，就欣喜万状地向他靠拢了。但是，易感的心早已使我有种种预感。我还不知道怎么办，事情就发生了……

他在信里向我热情大胆地倾吐了。我怕他忍受不了等待的煎熬，立即给他写了回信，但这不是答复。我不知道应有什么样的答复，我只是要把我的生活经历告诉他。也许，这会使他失望。可又有什么办法呢？

一切都太突然了啊！

真真

第六封　真真致老久

老久，我亲爱的朋友：

我反复读着你的来信，忘记了时间，就好像这些话不是对我的倾诉，而是来自那我不可企及的境界里的心灵的流露。

当预感中的事情发生的时候，我并不感到慌乱，也不感到惊奇，只是感到它来得太快了、太猛了，感到茫然和不安。如果说在我的不安中有伤心的成分的话，那么，这种伤心决不是来自你和你的感情，而是来自过去的经历留在我心上的沉重的包袱。然而，你倾吐了。这是怎样的生活难题啊！

事到如今，我不得不对你诉说我经历的坎坷。当你了解到这些经历在我心上留下的创伤以后，你就会明白我现在感情上的缄默。

我不是不会爱，也不是不能爱。我并不缺乏勇气，也敢于藐视不值钱的舆论。但是，生活是那么重地伤了我的心。我不愿去缝补被生活残酷撕裂了的感情碎片，也不愿意把这被玷污了的感情再献给任何一个值得我爱的朋友——正因为真正地爱着。密茨凯维支[①]说过：

不幸者是一个人能够爱却不能得到爱的温存，

更不幸者是一个人不能够爱什么人，

最不幸者是一个人没有争取幸福的决心。

我写这封信，就是希求你对我这最不幸者的理解！

也许，在旁人看来，这一切很平淡，很容易忘却。然而，我却不能！如果下地狱就能忘却，我情愿与魔鬼为伍。我的青春啊！有谁知道，一个爱笑、爱玩、爱唱、爱闹、爽朗乐观的姑娘，她怎样在痛苦时还不得不笑，想沉默、想孤独时

---

① 编者注：密茨凯维支（1798—1855），波兰诗人，革命家，作品有《先人祭》《塔杜施先生》等。

还要和不相干的人混在一起——借以掩盖她那颗破碎绝望的心呢？

我已经对你讲过“文化大革命”前不久我和姨父的那次冲突。当我接到少年朋友的信后，一个人陷于痛苦之中，我立即断绝了和他的友谊。说我是资产阶级情调也好，人情味也好，我不信。用长辈的忠告和威吓来劝来压，甚至命令我服从，我不怕。但是，我怕受骗。生活骗了我，友人骗了我，我热爱的书籍骗了我，我尊敬的姨父不理解我。什么是理想？什么是未来？什么是生活？一切都搞乱了。当我和姨父和解以后，当我理解他倒不是出于内心的责任感和真诚的信仰来压我，而是出于一种自己受冲击后的恐惧心理，出于怕犯罪（他真以为他的思想是对青年人的犯罪）的胆怯心理，我不但谅解了姨父，我也开始感到那位少年朋友的无辜。我心里保存着对他的温暖回忆。如果历史能够重演的话，我愿再去爱他。然而，当时他真的爱了，为什么又要在一开始信誓旦旦地把友谊绝对化？正是在这一点上，我一直不能原谅他。社会，就是这样无情地摧残了和嘲弄了生长在纯洁心田里的感情之花。

我是个感情丰富的人。我有自己的爱情、理想和追求。

我总觉得，我心中汹涌着奔腾不息的激情。这种热情要求发泄，要求表现自己。这种热情还伴随着偶尔迸发的诗句和绚丽的想象。创造的欲望诞生了，这种欲望弄得我心绪不宁。在我一个人与姨父姨妈对抗的那些日子里，我写了许多幼稚的诗句——我的挣扎、呐喊，我的追求以及受损害的悲哀。我觉得，我需要有一个理想的人来爱我，也需要把自己的爱无私地献给他。我想象不出理想中的爱人长得是什么样子，会有着什么样的经历。但只要有一点就够了：他能够真正打动我的心，他能够解放我心中的热情。我的爱情啊，它不是清泉流水，也不是月明松青；它是大江奔腾，它是奇峰突起；它是海涛汹涌，一泻汪洋，像那泛滥的春水一样融汇着丰沛、强烈的生命。我感到自己没有力量解放内心的热情。但我深信，我理想的爱人和他的爱情的力量有这种能力。因为只有比我具有更热烈、更深沉的感情的人，才能打动我的心。那么，不管这个人的出身、经历、相貌如何，只要他有一颗磁石般吸引我的心，我就会爱他。这就是在那些痛苦的日子里，我成熟了的爱情的理想。我没有真正地爱过，但有谁能像我这样强烈地爱呢？我等待着，观察着。然而，在我周围从来没有出现过这样一个人。这样，我这个高干子弟便过着一种高高在上的、孤独空虚的精神生活。

“文化大革命”的巨浪把我从养尊处优的特权地位无情地抛到坚实的地面上。我摔痛了，流血了，但我没有哭。我睁大了眼睛看着，我努力理解眼前发生的突变。父亲被监禁了。姨父成了反动权威。我也成了“黑帮子女”，成了“精神贵族的臭小姐”。反动加反动，使我跌入了屈辱困窘的深渊。起初，我一下子变得沉默寡言了，像是被恶作剧的孩子追打的小猫，蜷缩在一隅瑟瑟发抖，说不清是恐惧还是愤怒。渐渐地，我的思想又开始活动了。我几乎失去了一切：富裕的物质生活、高高在上的优越感、出众的学习成绩。这时，我才第一次感到：我是个人，我应该有人的尊严，我应该有和别人一样的权利。特权的被剥夺，只能使我清醒。昨天人们百般吹捧而今天又被大肆侮辱的是我这同一个人。我大声疾呼：我是人！我要普通人的权利！过去吹捧我最厉害的马屁精、势利眼们，现在神气地向我吐来肮脏的唾沫，从鼻孔里哼道：“哼！你也想革命？我这次革命就是革你老子的命。你这黑帮之女！你们这样的人从骨子里就是反动的。”我不怕这些打击，仍然不顾一切地投入了运动，成为一个在学校里和社会上都相当活跃的人。

由于过度劳累，我病了，不得不暂时回姨父家住。那时，姨父已经住进了“劳改大院”。姨父家的客厅和书房，被一个什么大学造反联络站当作了办公室和卧室。

那批神气活现的大学生，对我这个他们批判对象的外甥女有怎样的轻蔑态度和严格界限啊！我以牙还牙，不理他们。我常常咬着牙躺在小房间里听他们高声谈笑。

一天，是冬天的一个寒冷的黄昏，我躺在床上，不知为什么突然对自己的命运伤感起来。我过去很少有这样的情绪。我总认为自己不需要依靠任何人，哪怕父辈彻底完蛋了，我仍然可以像一个真正的人那样闯自己的路。可是那天，我觉得人们待我太不公平了，太不公平了。难道我就比所有的人都矮一截吗？……这时，我听到一阵悠扬的笛声，笛音仿佛是在向我倾诉着什么，我感动得几乎落泪。我从床上爬起来，走出去，装着无意路过书房的样子，故意去看看是什么人能这样动感情地吹笛子。啊，是他，就是那个平时不太爱说话但很有主意的石田。

以后，我经常听到这笛声。这笛音像是在安慰我。如果有哪一天听不到，我就会觉得生活中少了点什么。后来，我实在忍不住了。趁着一天书房中只有石田一个人的时候，我借故去找书，和他攀谈起来。他是历史系四年级学生，一个铁路工人的儿子。我看着他，细高的个子，狭长而黧黑的脸，端正的鼻子，长着一双清秀多情的大眼睛。他待人和气，甚至有点窘怯，不自然。我们成了朋友。

1967年，在反击所谓的“二月逆流”中，我被打成伸向群众组织的“黑手”。运动一开始，就有文件规定像我这样出身的人是不能参加群众组织的，否则就是“黑手”。一天，我正发着烧，我们学校几个人闯入我家，勒令我当天下午赶回去，接受群众批判。这时，不知什么时候赶进屋来的石田说：“她在生病、发烧呢！”“关你什么事，你少啰嗦！”他们横蛮地把我带走了。

那一天，我很晚才回家。姨妈等着我，深情地对我说：“孩子，还烧吗？石田来等了好一会儿，这是他送来的药。”我扑到姨妈怀里，忍了半天的眼泪终于夺眶而出……

后来，那个联络站解散了，那些大学生要回校复课闹革命。和石田分手时，我偶然发现他噙着泪水。“你……”我说不出话。他赶紧扭过头去。我的心颤栗了：他爱着我呢，默默地爱着我呢！在这种处境下，居然会有这么一颗纯厚的心在同情着、依恋着、爱慕着我。我感动了，但这不是爱。我也不能爱。我不能影响他的未来。黑帮子女——我早已背上了这黑色的十字架。

回校后，我继续受到批判。我响应号召参加“文化大革命”何罪之有？为什么一定要我承认犯了反党反人民、破坏运动的弥天大罪才算态度好？即使我的观点不对，也犯不着没完没了的这样对待我呀！每次批判会上，我不动声色地听着。有时还忍不住盯一眼发言者。心想：天啊！他怎么会说出这么难听的话啊！我没有流过泪，也没有乞求过。有时，为了强迫自己压下内心的愤怒，不发作不争吵，控制住自己对那几个如狼似虎的政治打手的强烈蔑视，我放在袖筒里的手把胳膊都掐青了、掐肿了……一次批判会散场后，一个心眼歹毒的女同学故意让我听见她的话，说：“小心她！她该不会……”她做了个自杀的手势。在这之前两天，我们系一个被打成反革命集团成员的同学刚刚自杀。我是多么愤怒啊！我怎么会死？我还没活够，我从来不想死！我对自己的未来还没有丧失信心！

有一次，专案组审问我时，一个本系高年级的同学偷偷塞给我一个纸条。我捏在手里，出来后一看，上面写着：“你很顽强。今晚我在圆明园等你。童汝。”

那是个初夏的晚上，我请假回家拿衣服获准后，就径自跑到圆明园。马路两旁静静的、高大的白杨树在微风中摇摆着。它们好像在轻轻地扫着那晴朗的夜空。一簇簇的槐花，香气浓烈极了。我和童汝走着，不再把他看作专案组的成员，而看成一个可以信赖的大哥。月光透过飒飒作响的树叶，星星点点地洒在我们身上。他身材高大，皮肤白皙，戴一副黑边眼镜，平时总显得过分矜持，一本正经，又显得很有学问。他虽然还是个青年，走路却有些驼背了。他边走边对我说："你太幼稚了，不要这么倔。你说，心中无鬼不怕鬼，可现在，心中无鬼也怕鬼啊！尽管如此，你还是应该相信，即使在最艰难的时候，也有真、善、美的力量存在着，要相信好人到处有。"他又教我怎样应付专案组提出的问题，还告诫我，别人最讨厌的是始终没有打下我的"反动气焰"，让我装得老实点，这样不会吃苦头。我是多么感激他啊！就在这个艰难的初夏，我们那不能公开的友谊诞生了。我也真觉得好人处处有，把自己美好真挚、纯洁坦率的友谊献给这位患难之交。有什么问题，我都秘密地找他商量、请教。

盛夏到了，我再也憋不住了。前面一封信中我对你讲过，我逃出来到大西南去串联。串联以前，我去石田的学校找他，约他同往。因和他分手后，他一直在追求我。我很感激他对我的感情，觉得他只是同情我，却不了解我。我劝他一同出去，他不肯。说中央文件规定停止串联了，他还劝我不要乱跑，否则回来后向学校专案组交不了差。他说得都对，可是，我就是不能接受。我可没有那么老实！我实在是忍不住了！我和几个中学生跑到成都。后来在马尔康我结识了另一批大学生。他们都是高年级的大学生，不和我一个系。他们主张对运动保持相对距离，既不能毫不关心，又不能被人当枪使唤。我和他们一起去游了泰山、庐山、华山。在忘情于祖国大江南北壮丽河山的那些日子里，我们一起讨论了祖国的未来。他们说眼前的混乱是不正常的，应该考虑一下今后我们国家的出路。我从个人的不幸中感到了一股力量。他们把我当作妹妹看，亲切地叫我“小丫头”。我身体不好，在串联途中病过两次，他们热情地看护我。有一次我病了，发烧不能起床，到南京的船票眼看就要到期了。我劝他们先走，他们不肯，说：宁肯抬着我走遍天涯，也决不把我一个人丢下。在他们友爱的阳光的温暖下，我那几乎枯萎的心又复活了。一度变得沉默消沉的我，又像以前一样爱说爱笑了。

1968 年春节前夕，我的一个大朋友要回河北老家过年。

我送他到车站的路上，他突然对我说，他最不堪忍受的是要离开我。我愕然了，简直说不出话来。我了解他。他的含蓄，他的深沉，他的刻苦耐劳，他对我种种细心的关照，我都知道。我把他当作大朋友、大哥哥。我劝他不要这样对待我，因为我已经有了朋友。

我把这件事情告诉了石田。石田很生气，居然说那些朋友对我都不怀好意。我也生气了，说他无权干涉我。

那个朋友从老家回来后，我听说他在农村匆匆找了一个对象，又匆匆吹掉了。他的这一举动是怎样地刺激了我啊！难道我所尊敬的朋友，对待感情和生活竟采取这么草率的、不严肃的态度吗？他也是这么软弱吗？难道他这样做就不会后悔吗？我甚至想报复一下他对自己感情的不尊重。于是，我把和石田的关系确定了，对他说："你放心好啦！以后我给你当老婆。"

这就是我那没有爱的爱情。从此，我压抑自己的感情，铲除爱的萌芽，抱着一种怕人说我忘恩负义的犯罪心理，忠实于石田。现在我才知道，在这种不平等的关系中，什么不公平的事都会发生啊！矛盾很快激化了。

有一天，我正在听那群大朋友讨论南斯拉夫经济问题。

我们吵吵嚷嚷，很热闹，突然，响起急促的敲门声。门被扭开了。气得脸色发白的石田站在门口说：“原来你在这里！好高兴哟！”我刚想叫他进来，还没出声，只听他“砰”的一声关上门，走了。屋内热烈的气氛突然冷落下来，大家看着我。我想了一会儿，笑起来：“啊！我忘了，我和他今天有个约会。”大家让我去追，劝他别生气。我说：“我才不去呢。他不是气我失约，我是常常失约的，他是气我和你们在一起。”

事后，他明确地提出说我身边有一帮坏人，他们会把我引向邪路，并劝我要安分守己，多想想今后我们要建立的小家庭。我气愤地说他自私狭隘。每逢我的火大了，他就默不作声，用温情的大眼睛看着我。事情就这样过去了。1968 年夏天以后，六六级大学生都分配了，我和石田的关系缓和了下来。童汝也在这次分配中留校当了系革委会委员，还在政工组当了个干事。

原先多次对我宣称独身主义的童汝，分配后不久，便和外系留校的一个女同学结了婚，但对我仍然很好。那帮大朋友离开北京后，他就成了我最亲密的朋友。我始终忘不了在我受批判的日子里他对我的关心和帮助。他认为我和石田是两种类型的人，早晚要分开，劝我中断和他的关系。我伤心地说：“既然我在生活中碰不到一个我所爱的、能打动我的心的人，那么，为什么我要去伤害一个有恩于我的好心人呢？”

毕业分配时，我的父亲刚刚解放，正在等待安排工作。但我头上“可教育子女”的帽子还没有摘掉。我和进驻学校的工宣队师傅吵过架，我知道他们会在分配问题上给我出难题。但我决不愿意屈辱地去讨好、拉关系、送礼品。果然，把我分到了这大西南的山区小镇。当时，石田面临着两个选择：或者同我一起去西南，或者参军。他各方面的条件都很好。他给我分析道：他必须参军，军人的政治地位最高。而且，一旦我父亲安排了工作，就可以通过关系把我也弄到部队里去。这样，我们就有了一个美好而稳定的生活前景。对他设计的这幅生活蓝图，我很厌恶，但我支持他参军，因为我不应当耽误他的前途啊！他参军之后分到东北某部当参谋，开始给我写信。这些信使我越来越不能忍受。起先他是向我炫耀他的顺利：“要知道，只有穿上军装的大学生，才是最吃得开的，再也没人敢骂我是臭老九了。”他得到了领导的赏识。可是，我和其他的朋友们却在底层，用非所学，备尝物质生活和精神生活的艰辛。我们被视为一批处理品，胡乱分配，随意处置。学数学力学的一个同学，因为个子大，被分配到火葬场抬死人。学物理的一个女同学去卖酱油。我还好，在公社中学教书。可是我们不知道怎么开展教学活动，因为既让我们教书，又不准我们教给学生任何有用的知识。仿佛知识就是罪恶。在这种情况下，石田的炫耀，使我不能忍受。最使我讨厌的是当他得知我姨父“解放”后补发了工资，就让我多靠拢姨父，跟他保持密切关系，并向我暗示那笔钱将来会属于我们。看了那封信，气得我一把把它撕得粉碎，扑到床上痛哭了一场。他太卑鄙了！不仅仅是自私，简直是无耻！他不仅向我索取感情，好像我欠了他一辈子的债，还要向我的亲人索取。我仿佛从噩梦中惊醒过来，奇怪自己为什么能容忍这种关系维持下去。我开始考虑断绝和他的往来，各走各的路。

这时，我的心灵也开始解冻了。我自己也不明白，我的心变得十分容易感动。大自然的一切在我眼里显得那么多情，就连一只被夕阳照得通身透亮的、扭动着屁股的绒毛小鸭子——一个笨拙可笑的小生命，也会使我高兴，感动得流泪。

去年夏天，童汝来信约我利用暑假到大连——他爱人的家乡去休养一段时间。我多么感激他啊！因为我从小就向往着海，爱着海，可是我还没有见过真正的海。

当我还是一个淘气的小姑娘时，就非常渴慕大海。大海在我幼小心灵上留下的第一个也是永远不可磨灭的印象，是安徒生童话中描写的海。我在房间的一个角落中，一个字一个字地读着《海的女儿》，听任大颗大颗的泪水滴到书页上。我仿佛与海的女儿一起，透过淡蓝色的水波，在海底看见了像葵花般的太阳闪着紫色的光。我仿佛看到了海面上被朝阳照得闪闪发亮的、玫瑰色的泡沫。凭着一颗单纯幼稚的心，我去体味那纯洁优美的情操。太阳下山的时候，我常常从住读小学中偷跑到长江边上，羡慕地望着江面上的白帆。我多么愿意变成一滴水顺流而下，投入大海那广阔的怀抱啊！

一到大连，我就奔向海边，童汝和他爱人陪着我。天已经黑了，我几乎已看不到海，只是感到海的存在。那湿腻腻的、带着苦腥味的海风，是那样轻柔地抚摸着我的皮肤，使我的每一个毛孔都感到大海对我的抚爱和温存。街灯亮了，在海滨夜雾中发出迷蒙昏黄的光芒，一切都变得富有诗情画意。童年时的幻想被唤醒了。涨潮的浪涛汹涌着，哗哗地推涌而来，好像大海在向我倾吐它深沉的爱和无穷的秘密。大海在召唤我啊，我停下了脚步，认真地听着，仔细地看着。

我感到，海的女儿马上要从海面上升起，去寻找她心爱的王子……

第二天，我们到海滨浴场游泳。白天看去，大海给我的印象太平凡了，既没有我幻想中的绚烂的色彩，也没有我渴望见到的澎湃激昂的波涛。淡绿色的海水懒洋洋地铺向天边。人们在酷日下疲惫地走着。叫卖冰糕的声音也显得悠长而懒散。

可是，当我的脚丫踩着被夏日太阳晒得热乎乎的温暖的细沙时，我整个身心又沉浸在兴高采烈的情绪中了。我开心地笑起来，奔向我向往已久的真正的大海。我想，大海对我会格外温存，因为我是这样真诚地爱着大海啊！然而，当我一迈进冰冷的海水中，就有一股森森冷气袭上来。我的愉快心情顿时凉了半截。我扎进海水，不知怎的又呛了一口水。“好苦哟！”我的心叫着，一下子停住了，再也不愿意向前游了。一切不愉快的回忆都涌现在我心中，心顿时凉了。我打了一个哆嗦，起了一身鸡皮疙瘩。嘴唇也冷得发颤。“太冷了，我不游了。”我自言自语地向海边沙滩游去。我想快点离开海水，我走上了温暖的沙滩。

“海水原来是苦的啊。苦得有点发涩。”我心中反复叨念着这句话——仿佛我受过的全部教育都没有使我了解海水成分里有盐类化合物似的。我并不是怕海水的冷和苦，我是怕心中的偶像被无情的现实打碎啊！我坐在沙滩上，望着向前游去的人们，忧郁地想着自己的心事。我那么热爱生活，为什么总是得不到幸福？为什么童汝能幸福地和爱人在海里游泳，而我却没有这种幸福？

可是，万万没有想到的是，就在这些日子里，最令我难堪和痛心的事情发生了。一次晚饭后，我和童汝单独散步。他突然向我表白说，他从开始搞我的专案那天起就爱上了我；说他和他爱人没有感情；说他万分想念我，为我安排了这次旅行。我没有说话。我一直认为他在北京工作，又有个幸福的家庭。他靠近身子对我说，我对他也有一种不自觉的、朦胧的爱，只不过这种爱被禁锢着罢了。我否认了。我说，我既没有爱过他，也不爱石田，我还没有真正爱过任何一个人；如果我爱了，我的热情一定会流露出来，不会自己也不知道。他又说，他对我拿出了全部热情，却从来没有打动过我——一个他唯一爱着的人。我反问他："你不是有爱人了吗？""唉，没有办法。你始终不明白我的心啊，老婆和爱人不是一码事！"他深深地叹了一口气。我似乎被他的真诚感动了。当时，我已准备和石田断绝关系。我的心处于迷乱之中。

而处于迷乱和痛苦中的人，是多么容易被诱惑啊！我难过地低下了头。这天晚上，在海滨的木椅子上，他吻了我。我的心乱极了。难道他真的爱我？我真的爱他？不爱，为什么又要让他亲吻呢？……

暑假后我回到了山区小镇，没几天，我收到了童汝的来信。这封信写得多么卑鄙啊！我甚至不愿向你重复。但是，我要无保留地告诉你一切！老久，你会惊讶的，童汝在这封信中无耻地说他把心中的爱情无保留地献给我，让我同石田结婚，然后在他和我之间保持一种谁也不知道的情人关系。他说这种关系在世界上是很多的。如果我有个丈夫，将会更方便些。无耻的恶棍！我把信撕碎了。想哭，又气得哭不出来。我上当了！又上当了！这个恶棍，一切便宜都要让他占有：他要占有一个稳定的社会地位和家庭，同时又要秘密地占有我的感情，并让我把自己出卖给我不爱的人——为了他更彻底、更稳妥地占有我。真不要脸！骨鲠在喉，不吐不快！怨气回肠，不舒不畅！我憎恨人世间的虚伪。我虽则善良，但并不软弱；虽则纯真，但并不是傻瓜。最不能容忍的是自己纯真的感情被人——被自己长期信赖、热爱的朋友——玩弄、践踏。而践踏我的感情是为了实现他卑劣的、见不得人的目的。他不是成天对我讲什么真、善、美吗？世界上的真就是这么虚伪？善就是这么隐含着恶？美就是这么奇特的丑吗！丑恶！实在丑恶！我受不了这一切啊！为什么要让这么一个人，一个我的患难之交，一个成天把理想、事业挂在口头，有时还能做出似乎是成人之美的侠义之举的人，一个被世人尊为君子、有礼貌的人来粉碎我对真、善、美的精神追求？我自由、豁达、明朗、痛快，但为什么他要把我拖进一种欺骗、庸俗、虚伪、病态的三角关系中？我差一点、差一点就要陷进去了！这个魔鬼，他要在真、善、美的幌子下实行最可耻的买卖。我不是那种贱骨头。我写信痛骂了他。我恨不得我的每一个字都变成一支利箭刺向他。我断绝了和他的一切来往。

我陷于绝望之中。这不是对他的绝望，而是对自己理想和生活道路的绝望。我在痛苦的现实中认清了他——一个在政治大动荡中涌现的精神流氓。他们是一群精神怪物。整人专案，他们获得了地位；依靠欺骗，他们取得了尊敬。童汝追求地位和名誉，也得到了地位和名誉。但他并不满足，还要追求和占有别人的感情。为什么我的遭遇这么悲惨？我早就不追求什么名利了，只追求心灵的正直和崇高。可在我对真、善、美执着的追求中，五年了，付出了最宝贵的青春的代价，结果却一无所获。骗子、混蛋、恶棍、市侩是怎样一次又一次地捉弄和摧残我的精神啊！眼前是一片可怕的空白。难道世界上就再也没有任何东西可以信仰和追求了吗？我的青春啊，没有爱情的光辉，没有事业的召唤，没有心灵的和谐。就这样，五年，整整五年，狂风中，急雨中，暗夜中，有多少次我把双臂虔诚地举过头，伸向那茫茫的太空！昂首向天：为什么在我的生活中没有明朗的晴空，没有灿烂的星星，没有绚丽的朝霞？为什么？？为什么？？？

就像大海告诉我的那样：海水是苦的，苦得有点发涩。一眼看去，大海在那么温顺地动荡着。它那一排排白色的浪花就好像可爱的孩子用柔软的手轻轻地抚摸着大地母亲的脸庞。海是那么安静地躺在大地的摇篮里，对着蓝天和阳光幸福地微笑着。有时，大海黑浪排空，发出雷鸣般的咆哮。它要压倒一切、吞没一切、毁坏一切！它那疯狂的白色的浪花，就像激怒了的老人摇着满头的白发……大海啊，你的色彩变幻无穷，时而灰绿，时而碧绿，时而湛蓝，有时又闪着金碧辉煌的色彩。在夕阳的辉耀下，就好像是燃烧着的天空；在明月的映照下，就像是闪烁着珠宝的王宫……大海啊，你就是丰富多彩的生活本身啊！我热爱生活，追求生活中的美和光明，向往大海的丰富和深沉。我孜孜不懈地追求着。而生活却让我尝尽了苦果。当我来到大海的身边，大海却无情地告诉我：海水也是苦的！如同生活那样，只要你投身进去，而不是作一个旁观者，就会尝到生活海洋的苦味，苦得有点发涩……

过去，即使在我父亲、姨父被关起来，我自己挨批判的那些艰难日子里，我的精神始终是统一的，行动是坚定的。然而，在我最信赖的朋友无耻地玩弄了我的感情后，我的内心世界分裂了。支持我前进的动力在哪里？我为什么活着？难道我用青春和热情追求的终极目标，就是这一片布满精神瓦砾、感情碎片的、寂寞孤独的荒野么？鲜花和阳光在哪里？有多少个夜晚，人们都已进入梦乡，我却突然拉开灯，从床上惊跳起来，抱着头，呆呆地盯着墙上的地图，心里发抖地叫着："啊，我活着，活着干吗？难道我的一生就这样永远暗淡下去了吗？祖国啊，我怎样才能对得起你？时代啊，我怎样才能不白白地度过这短暂的一生？……"

这次精神危机使我得出一个结论：现实生活中不能追求不可企及的东西。这使我恢复了和石田的关系。是的，我从来没有把他理想化过，所以他也没有过度地使我失望。从此我不相信再有什么力量能复活我的感情了。我经历了密茨凯维支讲的感情的三个悲剧阶段。想到这一切，难道不是很惨很惨吗？如今我悲哀地说：我心中只有今天和昨天，没有明天，那不是太令人痛心、太使人痛苦吗？

就在这时候，你和老嘎闯入了我的生活。我内心中新的光明出现了。

朋友，我在这封信中表示了对你倾吐的感情的理解，并且向你坦率地谈了我的生活经历。我请求你也能够真正理解我。我连自己都无法安慰，又怎么能去安慰别人呢？是啊，任何安慰，比起我们在生活中经受的巨大痛苦来说，分量都显得太轻、太轻了……

我觉得，我无法写完这封信，但又不得不写完它。我想说的话太多了，然而我不能把一切话都说完。为了不使你失望和等待，我沉重地写下了这封既不能使你满意也不能使我自己满意的信。

原谅我，理解我吧，朋友！

真真

第七封　真真致老久

老久，我的朋友：

收到你的信后，又过了整整两天两夜，我的头一直发昏发涨。老天爷啊！

不论我怎样强迫自己忘记一切，我依然静不下心来，不得不严肃地考虑我该怎么处理和石田的关系。过去，许多朋友劝我和石田吹，结果呢，都没有成。似乎我甘愿和他凑合一辈子。然而，为什么我要忍受这感情上的酷刑？为什么我要给自己戴上这生活的镣铐？为什么我要为恶棍们做的孽去受苦？难道我的心真的死了吗？不行！我应该马上写封信告诉他，我们之间的一切早该完结，那么，现在就让它完结吧！我翻身拉开灯，想写信，没想到又是停电。我只好重新躺下来。难道我和他的一切真的就这样完了吗？我已经习惯了他，习惯了自己的痛苦啊！黑暗中，我仿佛看见他那柔软的黑发那双美丽多情的大眼睛。我们毕竟已相处了好几年了啊！难道就找不到一点值得留恋的东西吗？我发现只有心灵上的陌生。那俊美的外貌掩盖着一颗多么空虚、多么丑恶的灵魂啊！痛苦也好，悔恨也好，几年就这么过去了。啊，一个人的青春能有多少岁月可以这样浪费？！这几年，我的心就被这空虚的灵魂占据着。想到这里，我恨他。如果说他曾经有恩于我，那我已经用自己的痛苦加倍地偿还了他。但是让我重新选择又太艰难了。我宁肯忍受已经习惯了的痛苦，也不愿再经历一次感情的冒险。也许，我告别了旧的痛苦之后，会有新的幸福到来？可是，我害怕感情泛滥的洪水重新把我吞没……

今天上午，我终于写了。我对他说，一切已经无可挽回了。我宁肯去死，也不愿再忍受这没有尽头的痛苦。我写了……写完了，赶快跑到邮局发信。我怕自己有一分钟的犹豫就迈不出这一步了。回到我的小房间后，一种怅惘的情绪控制了我。难道我这样做不太轻率了吗？我习惯了的一切都将成为过去吗？禁不住地，我哭了起来……不知是一时的怯弱，还是出于对未来的恐惧。我终于抹掉了泪水。不管前面是狂风，是巨浪，我只有闯过去了。我已经经受了那么多，就不怕再经受什么了。只希望这昏乱快一点过去，快点，再快点。煎熬是最难忍受的啊！

亲爱的朋友，我非常严肃地恳求你，看看我这颗心吧，它已经乱了。让我静一静吧！我还要处理很多事情。你的心，我理解，但是现在什么也不能说，什么也说不出来。请你不要再给我谈这个问题——一切我都知道了。当我不能对你说什么的时候，我不希望你再用这种感情把我折磨得太苦。

真真

第八封　真真致石田

石田：

似乎，对你没有什么好说的了。这是我作为你的女朋友，给你的最后一封信。让早该结束的一切就在今天结束吧！

我知道，你会像我前两次给你写断交信时那样，悔过呀，谅解呀，泪水呀，生病呀……用一切可以使我心软的手段来对付我。因为你总是在恰当的时候表现出你比那些恶棍有较多的人性，因为你太深知我精神和感情的脆弱。不过，请你以后不要再麻烦我了。这是我给你的最后一封“哀的美敦书”。

不用我多说，我们在性格、志趣和生活追求上是如此的不同。你的狭隘和自私，我可以原谅；但我现在才认识到，最不能原谅的，是我自己的苟且凑合。而且，我认为，依你的好条件，你完全可以达到你追求的生活理想。而从我这一方面，你想要的温暖的小家庭、稳定的生活，却一点也不能给你。唉，这样的话我也不愿意重复了。最简单的一句话就是：我不爱你。不但不爱你的思想、性格，也不爱甚至讨厌你的生活追求。我们两个在一起就像一只生不着火的炉子，只会冒烟，污染空气。更何况我并不相信你会从此变得可爱起来。

也许，你会把我这封信，又看作某个对我别有用心的坏人蛊惑的结果。可以老实告诉你，这回算你说对了。一个和我几乎素不相识的青年充当了外力。可是，说什么你也不会理解，打动我的，与其说是这个人，不如说是这个人对生活的态度。我没有见过他，也不能预测我和他今后的关系如何。但是，他对生活的态度，使我认识到我同你苟且凑合下去是胆小鬼的行为。

石田，我想，我们还是愉快地分手、愉快地告别为好。今后，我们还可以是朋友，可以像朋友那样来往。你在我处于极为困难的时候，第一个平等地对待我，甚至爱我。这事我一辈子也不会忘记。但是，以后的生活，你也知道，没什么好说的了。我不希望再听到你的辩解。对你自己的行为的任何辩解都不能使我动心。因为我现在是自己在救自己啊！我希望得到你的应允，请你不要再抱任何期望！我的决心如此之大：即使我已经和你结过婚了，我也要和你离婚！

再见了！

真真

第九封　老久致真真

真真，我亲爱的：

连续收到你的两封信。

看了你叙述自己感情遭遇的信，我久久不能平静。我原想沉默。又看到你和石田绝交的信，祝贺你，你在生活中勇敢地迈步了。

信中所说的一切，有些是我想象不到的。我读着，读着，想用我的心、我的灵魂来安慰你。你的真情和痛苦使我决定：不管你对我怎样，我要爱你！这是一个意志刚强、永不欺骗的人的爱啊！

但是，继续看下去，看到后面，我的心就冷了。后来，我简直愤怒了。料不到你会写出这样的信来。不爱我，这是你的事，我不生气，我不能强迫你爱，但你也不能强迫我不爱。如果有一天我了解到你是出于怜悯而给我写这封信的话，那么，我会疯狂地恨你。

你可以满足于一种自我安慰——所谓的纯洁的友爱。我可不能允许感情上的欺骗。如果我是你，我会大胆地去爱值得爱的人，跟他们保持一种明快、大胆、激动人心的关系。

生活是多么奇怪啊！你寻找、追求理想的爱人，追求新的生活，可是当他来了，你又害怕了、后退了。你渴慕大海，可又害怕大海。当真正的大海出现在你的面前，你又退却了，逃跑了。你最仇恨的是欺骗。可是，你现在不也在进行一场自我欺骗吗？你以为我没有发觉吗？

我的这些话会刺痛你，真真，但我要说实话。知道你在生活中勇敢地迈步了，我祝贺你的胜利。不论你落得个什么下场，我永远爱着你。不要害怕，抛弃那黑暗的阴影，你就会成为光明的战士！

最重要的是明天，是新的生活！

老久

第十封　老邪门致老嘎

老嘎，我最亲爱的朋友：

一切我都知道了。你们——我的两个好朋友都爱上了她。我给你们写了两封内容大致相同的信。我只能这样做——支持你们心中的爱情。

你还犹豫什么呢？为什么只是向我诉说？为什么不能到她身边去倾吐？

朋友，我从来不会安慰人。我只能理解你们的痛苦。现在，把一切都抛在她的神坛下面等待她的判决吧！

每个人都有爱的权利。这种权利同追求理想的权利、争取自由的权利同样神圣。这种权利既不能剥夺，也不能出让。

行使这种权利吧，我的朋友！

为什么要害怕激情呢？尽管我不可能陷入这种感情，但我全心全意支持你们进入忘我的状态。一个人，只有当他忘我地学习、忘我地工作、忘我地斗争、忘我地去爱时，才能显示出他坚强的个性。老嘎，我理解你的心，它是悲痛的。有时，你会感到非常凄凉。真的，非常凄凉。请不要被这种凄凉之感压倒。你应该成为一个坚强的、有独创性的艺术家！你生活在20世纪70年代，千万不要忘记这一点。我们的时代既不喜欢那种按照程序设计“革命音乐”“革命舞蹈”的所谓文艺匠，也不喜欢那种哼着缠绵小调的庸俗歌手。一颗软弱的心是容纳不了世界上正在经历着的史诗般的激变的。你是我们新时代的艺术家，你应该是一把火，一柄剑！

我们的理想是：公民和战士！

你的工作不能期望得到公正的报酬。我们也会给你毫不留情的批评。你将长久地痛苦，但你仍然必须前进。因为这种在艺术上探索道路的职责，你是无法推卸的。你必须从屈辱和困窘中站起来，勇敢地前进。

目前，在我们这一代人中间，有很多人因为看不清前途而彷徨，甚至消沉。他们恰恰没有意识到道路只能由我们自己走出来。这个真理曾经被人们用各种方式机智地说明过，但仍然不妨碍看不清自己力量这种错误一再被重复。我们的一切努力无非是向人们指出，对于新生活的希望是可以而且能够实现的。我们还是这样的年轻啊。

我目前的生活是千篇一律的，在农场繁重的体力劳动和繁忙的政治学习中，属于我自己的只有高傲的思想。我冷漠地应付一切。我唯一的愿望是：人们少来打搅我。

对于我们这些人来讲，带着宗教色彩的所谓爱情的贞洁是没有意义的。勇敢地冲向生活的海洋吧！我很欣赏下面的诗句：

不，我愿同风暴比一比力量，
把最后的瞬息交给战斗。
我不愿挣扎着登上沉寂的海岸，
悲哀地计算身上的伤口。

你的老邪门

第三辑

带着镣铐的爱情

（1970年6月初—7月中旬）

*

难道只有和尚才知道怎样恋爱？——哥哥责备真真太轻浮。
——初恋使老久认识到：为了爱必须斗争。——真真谈被狗咬的感受。
——老一代的悲剧。老久不想成为邬叔叔那样的科学家。
——大火烧了五个年头，他的心也着了火，他成了战士。
——真真怕承担石田“自杀”的责任。
——老久说：只有科学，才能使我坚强。

第一封　真真致老久

老久，我的朋友：

最近几天，我交了好运。骑车在路上逮了一只鳖，足有一斤多；在教室写材料，一只山鸟又自投罗网。有意思。

我的好兴致是从前几天收到北京来信开始的。姨父的手术很顺利，医生说问题不大。我知道，肺癌这种病不容易治好，但我总可以再见到姨父了。

前些日子，我一直摆出等着挨整的架势，没想到，今天县革委会给我校革委会主任打电话，要抽我到县专案办公室去。我想你也一定会猜出其中的奥妙了吧。最近，我父亲安排了工作，见了报。今天，那些“坚定的革命派”对我的态度就来了个一百八十度的大转弯！

在别人眼里，哪怕当个专案办公室的额外办事员，也神气得像个大爷。可我想，这顶多不过是当个书写工具。一切都有文件框框，还有地方特点的土政策层层加码，七整八整，分析研究，上纲上线，把问题说得越严重，越复杂，似乎就越有成绩。我常常想，周围这些忙忙碌碌的人，有几个对自己的工作感兴趣呢？全国从事外调、专案工作的人有几万、几十万乃至上百万。耗费了那么多的钱，得到了多少真实的材料呢？甲到乙那儿去调查，乙到甲这儿来调查，往来频繁，紧张忙碌。这样清队下去，不是越清越乱吗？每想及此，感到太可怕了。但是，回校教书，难道又能好一点么？连自己都不相信的话，拿去硬塞给学生，又有什么意思呢？

为什么你把我看作一个狠心而又残酷的人呢？难道你不知道，我，一个备尝生活苦果的人，对于自己的朋友除了最真诚的友爱外，从来不会有一丝一毫的伤害吗？

我已经做出那个断然的举动了。我的意志是坚定的。我向着我看到的光明走去。我至今还没有收到石田的回信。今天收到一位多年好友和我哥哥的来信。你可以看看，我有多么值得自豪的朋友。他还不知道我已经给石田写了绝交信。

当然，我哥哥的信令人失望。他们这批四十来岁的人，总和我们格格不入。似乎我们和他们的距离比那些七八十岁的老人还要远得多。我那些充满才华的朋友，虽有一颗纯洁美好的心，却在底层辗转着，没有人想到把他们放在合适的位置上。一些重要的位置，已经被童汝这样的人挤满了。真是太可悲了。

真真

附一　朋友致真真

真真，我的好朋友：

你好！从乡下麦收回来，收到了你厚厚的来信。

暴雨过后的夜晚，显得格外宁静。大地沐浴着雨神的洗礼，正安详地睡去。山脚下的小溪在琤琮地奔鸣，那是夏夜的清歌。多么美好啊！这静谧的、纯洁的、深沉的夜！

拿出纸笔，再燃起一支劣等香烟，给我的朋友回信，继续我们早已开始了的讨论。

俗语说："当局者迷，旁观者清。"这并不是说只有小狗才知道怎样去逮耗子，只有接生婆才知道怎样投胎，只有和尚才知道怎样写情书。不是的，我是说，当我清楚地了解一切之后，我为自己的朋友深深地痛惜着。

谈到爱情，我们首先要感谢上帝。他在所有的自然法则之外又加上了这一条。他使世间的男女除了爱其他之外，又有两性之爱。其次，我们要感谢人类自己。人类本身和文明的发展使人从男女间互相爱悦、要求结合和延续种族这样一个原始的自然法则下得到相对的解放，使人区别于公牛和母牛而建立了人类所特有的爱情法则。（老久批：不会生孩子的爱情是不完美的。如果说婚姻是为了种的延续，那么新时代的爱情将是为了新思想、新道德的诞生。我们追求真正的有情，但决不轻视爱的生理基础。对于我们来说，精神的爱不是对肉体的爱的遮羞布，肉体的爱要在理想的爱中得到体现，二者是统一的。否则，精神的爱就变成了宗教。）对于社会的人来说，对于不仅用感情而且用理性来生活的人来说，这个爱情法则要求双方思想的基本一致。共同的爱好、共同的志向、共同的斗争才能使共同的生活充满乐趣，才能使人生和爱情的意义得到体现。建立在这样基础上的爱情才是崇高的、纯洁的、动人的。我不知道几十万年后人类的爱情还会有什么变迁。至少，在今天和今后几十年内，只有这样的爱情才是最理想的。今天的诗人、文学家如果只会描写那些鸳鸯蝴蝶式、卿卿我我式、齐眉举案式、一见钟情式的爱情，那不管写得怎样出色，他们都将愧对 18 世纪写出了《红楼梦》的作者曹雪芹。除了迎合市侩、庸夫俗子的口味外，这样的作品在今天是不会感动人的，是没有生命力的。

像你这样的人，有事业心、有才华、有能力的人，是需要真正地被你理想中的对象来爱的。你也应当毫无保留地把自己的爱情献给值得爱的人。你的热情和能力正需要借助爱情的力量来启发和鼓舞。在共同的生活中互相帮助，为共同的目标一起斗争，在困难和厄运降临时风雨同舟，在人生坎坷而崎岖的道路上手挽手一起勇敢地向前走。这是你应有的幸福。

如果一切都很好，你就不会，或者很少考虑到谁跟你在一起，而会独自走自己的路。你甚至可以把丈夫的选择看得很轻。即使是一个市侩，一个没有头脑的家伙，你也可以准备跟他结婚，因为你并不希图从他那里得到什么。有他和没他反正差不多。但是，当你不走运，或者当你年老的时候，你就会想到你身边的是谁，你会感到需要依靠他，从他那里得到力量。如果他是一个能和你终生走共同道路的人，你就会因为你自己没有孤独的烦恼而感到幸福。你会发现你所要求的正是灵魂的美德、纯洁、意志和力量。爱情决不是可有可无的东西。爱情所赋予人的力量，应当照亮整个人生的道路。当然，作为你的终生好友、患难与共的至交，朋友的幸福也是我们的幸福。

爱情是友谊的一种，而决不是对立的东西。（老久批：完全正确！更大胆一点说，在未来，爱情就是友谊。为什么只能爱一个人呢？）（真真对批语的批语：我十分希望你把这个重要问题展开来谈。如果说爱情就是友谊，那么我有许多真正的朋友，我就已经有了爱情，就不应再追求什么了。我有广泛的社会联系，作为一个女子，这要抗拒很多庸俗的舆论。我把这种联系看作一种自身的解放。然而，我碰到了许多友谊和爱情的问题。）我不能同意你那种“爱情里没有友谊，友谊里没有爱情，爱情不能使友谊向更高处发展”的形而上学的观点。这只能被认为是你从自己以往个人生活里得出的、非常片面的结论。它不符合一般的规律，也不符合正在发展着的事实。我始终认为，由友谊发展到爱情正是一种必然。对于一个理智的人来说，感情不是别的，只是思想的自然发展。（老久批：胡说！人类的激情从来不是思想的自然发展，相反，伟大的思想却来自激情。）我们不是爱情至上主义者，也不是独身主义或禁欲主义者。（老久批：我是爱情、热情至上主义者。）我们必须有承认在生活中存在真正崇高的、纯洁的爱情的勇气。你不应该怀疑它存在的合法性，不应当回避它发展的必然性。

我不想把石田这个市侩再搬出来讨论。我上面所谈的作为一个爱人应有的一切，他都不能给你半点。如果你有幸和他结婚，他一定可以让你见识许多你现在还不曾想到过的事情。（老久批：有远见的朋友！）

你有许多值得你爱的朋友。你没有必要把自己和石田拴在一起，而拒绝其他朋友的友谊和爱情。你并不是个拘于世俗偏见的人。我们正是从这方面感到你的可亲可近。此外，时下一般人关切的诸如门第、金钱、职位、相貌之类的东西，我们就没有必要在笔下细论了。

我以为，你完全可以在朋友中实现理想的结合。你会说：谈理想是一回事，谈现实又是一回事。是的，生活中理想状态是相对的，而不理想的存在是绝对的，正如物理学中理想状态不存在一样。但是理想之所以提出，就表明人们对生活中真、善、美的希望和追求。（老久批：不深刻。应改成对未来的追求，对激动人心的生活的追求。）人是凭着希望生活的。没有希望，人的生命也就停止了。人正是凭着不再当猴儿的希望才创造了劳动工具，才永远摆脱了动物的生涯。从这个角度讲，有理想和为实现理想而奋斗正是人的本性，人的天职。只有这样，人类社会才会前进，思想才不会僵化。

就你的经历而论，那么过去的一切只不过是生活中起了一场小小的风波。一个扰乱其间的小人童汝，一个市侩石田，先后表演了一番。看起来，事情好像很复杂。其实，有时候一件无足轻重的事情会对人生产生重大的影响。（老久批：不对！那件事无非是生活中的导火线。真真，真正使你陷入悲剧的是希望的破灭。难道把希望寄托在一个不欺骗你的人身上，你就不会伤心和失望了吗？）（真真对批语的批语：为了你这个非常好的批语，让我吻你一下！以后不啦！你说出了我的心里话。石田也没有欺骗过我。我以为我的悲剧在于没有看清方向，没有力量摆脱束缚。）我们不应该成为那种易于被环境左右、易于被谬误战胜的人。我们不应该成为对自己应有的幸福丧失希望、对存在着的美好前景放弃争取、对自己的青春和爱情缺乏责任心的人。不管发生了什么，我们都应当去争取事情应有的合理的结果。不用说是这样一场小小的风波，不用说是这样一点稍微棘手的麻烦，就是再大的波折，我们也应当昂起头来，勇敢地走自己的路。

我想关键不在于你没有爱的理想，不在于这个世界上没有值得你去爱和真正爱你的人，不在于你感情的被玷污，不在于貌似陷于无路的现状，而在于你缺乏争取崇高、纯洁的爱情的勇气！

一个真正的人应当有自己的理想、自己的生活、自己的道路、自己的爱情。在外界贬低我们的价值的时候，我们应当看到自己的力量。如果你热爱一个值得爱的人，就应当无所畏惧地为自己的爱情开辟道路，不管眼前的道路是多么崎岖艰难，都要大胆地闯过去！

你难道没有想过，为什么要被一个卑鄙的伪君子来左右自己的道路和爱情呢？（老久批：不是因为某个人，使她陷于绝望的，是找不到出路。）你放弃了一个阳光灿烂的未来，放弃了自己应有的新生，准备走一条自己不愿意走的路——仅仅是为了一个卑鄙的伪君子的恶作剧。你难道没有想过，这是多不值得，多么可笑啊！这样的自我牺牲不是太廉价了吗？

如果你说你并不惧怕充当悲剧的主角，你勇于让一场悲剧来激愤自己，你愿以你的青春去殉一个真理，那也是站不住脚的。确实，我们不应当惧怕悲剧的发生。不幸的降临，常常可以使有志者坚强起来，但世界上只有那种有价值的殉道、动人的牺牲、神圣的献身才能使悲剧放出绚烂的光彩。只有这种悲剧才能给人们以无穷的力量，激发人们为真理而斗争。但你所准备做出的牺牲却不能给人以这样的力量。而且迟早有一天，你会为自己听凭一个伪君子导演了这样一场悲剧而后悔。

如果你采取回避态度，撇开所有这一切不管，正像你所说的那样，“也许我会走独身的道路，也许我会和一个更陌生的人在一起生活”，这就更表现出你的怯弱。大丈夫“修身齐家治国平天下”，这固然是儒生老调，但很难想象一个人连自己的个人问题都不敢正视，都没有信心去得当处置，而在更大的问题上他能够不听天由命！（老久批：大妙之言！这句古老的格言对中国任何时代的正直的知识分子都是适用的——尽管它的内容应随着时代的不同而不同。在中国知识分子心中，家事国事天下事从来都是统一的。这正是我们的民族精神。）

分配一年多了，我们被某些大人物当作十六年的处理品，毫不吝惜地塞到一些偏僻的角落——不是为了使用我们，而是为了把我们从生活的激流中赶出去。一年多来的现实给我们提出这样的课题：为什么还要对现实抱有幻想呢？为什么不可以去创造新的现实呢？难道这种创造不也应该是一种现实吗？

一切问题的解决只在于你拿出勇气和决心来。对生活的前景，我们尽管可以做出许多假设，但我们仍应以理智的决断来投这重要的一票！（老久批：我服从时代精神的裁决！）

如果说辩证法的本质在于突变的话，我殷切地希望看到辩证法的胜利。

你的老朋友

附二 哥哥致真真

真真：

你的事我多思考了几天，这是一件严肃的事情。我有义务谈谈我的看法。（真真批：什么义务？一只吃了盐的蛤蟆！）

我觉得口吻严厉是内心严肃与真诚的表现。你的悲剧是怎样发生的呢？读了欧里庇德斯的《美狄亚》，才知道悲剧是按照两千三百多年前的样子发生的。背信弃义者所使用的辩词也一般无二。真真，你想想，石田有什么错呢？时代不仅仅使美狄亚与伊阿宋男女易位，而且使“悲剧主人”有了“新思想”。（真真批：那么说我吃了十只大苍蝇好吗？）我总觉得，《马克思传》，其他伟大人物的传记，还有鲁迅的杂文，已经净化了人的灵魂。我明白了人是不应当有私仇和偏见的。（老久批：是的，你从来没有私仇，你的恨就是阶级的恨，你的敌人就是人类的敌人，没有比这更妙的逻辑了。我恨，我就恨，我有这个权利。我没有必要像你那样不敢说我恨，而要说我们大家恨。）但我仍然不得不说：你过分了。如果你真的尊重历史，建议你把过去的东西都抖搂出来给家里人看看。（真真批：把这个给父亲看看，把那个给祖父看看，再把另一个给曾祖父看看，我听得耳朵都发腻了。）

真真你不要嗔怪。我看你信中唯一有价值的部分是关于“进退”一句。你不是已经懂了辩证法吗？进与退，无论在日常生活中，物理的、生物的、思维的运动中，都是辩证统一的。不过，屡进屡退，人总不应该“进退失据”——失去做人的根本、根据。（真真批：他“根”在上级，“本”在经典上。）这根据便是理想与伦理。从你的信上来看，你还没有弄懂“伦理”一词的意思。伦理就是不同时代的道德理想，更重要的是各个不同阶级、阶层的行动规范。也就是你讨厌的“条条”。还是不要讨厌条条吧。伦理学是人类的第一门社会哲学。如果说自然哲学是在人与自然的斗争中产生的话，那么伦理学也首先是由于人类自身“异化”的结果。（真真批：

“异化”，好难懂的词哟！)(老久批：异化，异化，你是你爸爸的异化，我可不愿成为你的异化。）问题倒不在于条条的多寡，而是在于你按哪些“条条”办事。(真真批：好哥哥，我不讨厌“条条”，“条条”万岁！好吗？)

至于个人品质，它至少应该包括两个方面的意义：一、“道德”在个人身上的实现；二、个人在实践中获得的知识、才能、意志状况和体质状况。(真真批：哥哥，你有肾炎，你的“个人品质”不好。)“历史”究竟对不对个人做出评价？什么才是历史的“评价”？我对历史的理解，主要是历史的进程；对“评价”的理解，则主要是价值本身。(真真批：妙极了！历史就是历史的本身，价值就是价值本身。）历史既然创造了“个人品质”，历史就需要“个人品质”。对走在历史行列前面的人，尤其是如此。因为他们的“个人品质”会转化为“社会品质”。有谁能说陈涉的不具备军事才能和失信于人，不是导致起义失败的重大原因呢？同样，道德鼓吹革命，革命也需要道德。整个历史说明，它并非“从不对个人品质做出评价”，而恰恰相反，它“从来”对个人品质做出了过高的评价，变成了“英雄造时势”。

真真，我并不想同你辩论你个人品质的高低，也并不想接受你对我“道学先生”的光彩命名。我痛心地看到，你轻率地提出命题，只不过是为取消道德做辩护。我再三提醒你：闪光的东西不一定都是金子。（真真批：我追求闪光，但他总是一再对我说：闪光的不一定都是金子。）

如果说，你真的如多级火箭一般，必须靠甩掉别人来取得高度，那我已经看得多了。但是你又说，你是在追求理想，你要追求你失去的理想。这是什么意思呢？我无可奈何地感到，你已经孤注一掷地走上了一条不负任何责任的道路。这样，你就对亲人包括你自己，都不负责任了。你想做强者，倒把自己摆到了弱者的地位。

我作为你的哥哥，对你有不可推卸的责任。我的主要错误是没有抓住关键的东西。你我相差十多岁，但却相隔得太远了。我们的确太不同了，在你一天一个高度，几乎要与整个世界决裂的“自我批评”里，我感到我们的差距越来越大了。

你一向把你的一切对家里守口如瓶，现在终于儿戏般地透露，你要把石田甩掉。很好，你还没忘了我。

我一再申明，作为哥哥我希望你幸福，希望你有一个理想的爱人。但是，像你这样朝三暮四，又有何理想可言？人们会怎样评论你的行为？我见过好几次石田，印象颇好。那不是个忠实淳朴的青年吗？一个学历史的大学生，能服从分配到部队就很不简单。到了部队无论是搞文书工作，还是当政治辅导员、搞专案、当采购，他干一行爱一行，受到领导的好评和重视，这说明他是一个有前途的青年。我看，你就缺乏点这种螺丝钉精神。（真真批：我想当螺丝钉，可人家把我们扔在这里不用，让我们生锈啊！）（老久批：科学的进步正在是给机器安上电脑，而有些人念念不忘的是把人的脑袋拧下来，变成由他们这些超人拧来拧去的螺丝钉！）父亲倒霉时，你和他好；父亲解放了，你又甩掉人家。你的行为正义吗？我觉得你又在进行一次欺骗。欺骗，这是人类私有制产生后的第一个坏念头。以前你不理会我说过我们这些人做树根，让你们这些比我更年轻的人做春花秋果的比喻。你打岔说什么你爱火柴，“之所以爱，是因为它会发光”。这根火柴受潮了呢？毫无疑问，潜台词是：扔掉。因为火柴两分钱一包啊！我觉得你这是寄希望于一种新的侥幸的冒险。

你总爱骂我，说我爱训人，借以“往自己脸上贴金”。可是，我纵贴成如来金身，神通广大，你也不会听我的忠告。但我相信世界上有比火柴更有价值的东西。既然你能那样轻松地看待过去的“历史”，我又何必由于过分认真而失去生活的幽默感呢？我想，在化装舞会上，大可不必为自己不愿化装而痛苦失望。而一旦大家都摘去了面具，无论见到哪一位，倒都是乏味的了。这样，我是不是就不庸俗了呢？

真真，还是从“碧桃天上栽和露，不是凡花数”的自我陶醉中清醒过来吧。还是认真思考些问题吧。建议你读读新近出版的克鲁普斯卡娅写的《列宁回忆录》。请你不妨思考一下，你是天人还是凡人。

我的话，知道你目前不会相信，而却会去相信一些神话和鬼话。但我希望你有一天会想起这些话。会的，你会想起的。

祝你

思有所得！

哥哥

第二封　老久致真真

真真，亲爱的真真：

太阳下山了。山上的实验室里只留下我一个人。晚上，我还要把未做完的实验进行下去。

我走到门口一株叶子茂盛的桂花树下，躺了下来。亲爱的真真，让我对你讲讲我的初恋吧！

两年前，我还很不成熟，二十刚出头，我的初恋来得是那样突然，去得又是那样迅速。她带来的欢乐是那么短暂，而痛苦是那么急促，以致留下的既不是甜蜜的回忆，也不是无穷的伤感，而只是一次心灵的猛烈激荡！

英并不漂亮，一切都很平常。中等个儿，皮肤因游泳晒得黑黑的，脸上透出青春的红晕。一双眼睛不太匀称，然而却闪着少女纯洁的光辉。她也是个干部子女，有大方、爽朗的性格，是我中学的同学，在上海读大学。

一开始，我们的通信只限于友谊，谈学习和生活。确实，我们谁也没有感觉到这里有爱情。一个青年的初恋是怎样开始的呢？就连他自己也不知道。

1968年，学校发生了武斗。武斗逐渐升级。6月，我乘快车，踏上返家的途程，绕道到上海去看她。几天飞快地过去了，我就要离开上海回家。这时候，我突然发现我不愿意离开她。那时候，我真单纯得可笑，因为我竟连“爱情”这两个字也说不出口。

那是一个没有月光的夜晚。幽暗的树丛在晚风中飒飒低语。路灯亮了。铺展在我们面前的大路一直伸到郊外。我们走着、走着，不知哪儿是尽头，哪儿是方向……

我开始说了。从遥远的古代到人类的未来，从社会到个人生活，从哲学到文学。噢，真糟糕，这些怎么能联系在一起？但是初恋纯洁的美，也许正在于此。我书呆子般地想用哲学来告诉她，我在爱她，我对她说：生活中充满了变化，万象更新，日新月异。难道我们的一切不都是这样？从少年到青年，从中学到大学，谁说一切都在渐变？我说：“世界充满了飞跃，从友谊到爱情，难道就不可能在一夜之间实现？”我终于挤出了激荡在心中的意思。哦，这是多么艰难！一旦这感情的闸门被打开，那滚滚的心潮，就奔腾地倾诉出来。

她怎么了？惊惶？害羞？不安？那方正的脸上露出的是兴奋还是讨厌？我诅咒这可恶的黑暗。我看不清她的面容。我变得越来越不安了。

她默默地低头走着，不说一句话，也不望我一眼。她好像在聆听，又好像在沉思。怎么回事呀？是故作冷淡，还是用沉默来抑制内心的不安？

我又说了，爱情的灿烂决不只是享受和欢乐，也不仅仅是两个人情投意合，为小家庭奔波；爱情的力量在于两个人互相鼓励，哪怕在漆黑的夜里，也决不灰心，勇敢地去迎接黑暗后的黎明。

这就是我当时对爱情的理想。虽然光明，却也浅薄。因为一个少年只能从文艺作品和传闻中，从自己对爱情的幻想中去体验爱情的含义。我当然不可能想象到，只有经过等待、渴望，只有在现实生活中经历过失去爱的痛苦，而最终又去追求真正的爱的人，才能体会这些话的含义。

我多么盼望她能了解我的思想，我对未来的热望。少年的激情就像银光四射的明月，虽然浅薄单纯，却也使人终生难忘。

“朋友，难道一定要我开口？沉默不也是一种表态吗？”她说。

她就在我身边，我们在一条长凳子上坐下来。我拉着她柔软的手，听着她均匀的呼吸。我们又回到了那天真无邪的童年时代，回味着中学生活。往事一件件，多么亲切，多么深情。路灯投下长长的影子。我们心灵中闪动着幸福的火光。

我永远记得我一生中这个迷人的夜晚。

初恋时，一个人往往对异性含情脉脉的目光，起伏不停的胸脯，柔软的手臂，脸上淡淡的红晕，以及有点不自然的举止，特别敏感。这一切都使他激动、神往。实际上，这仅仅是他初次领略爱的甘露，远不是爱的本身。然而，可悲的是，大多数人对爱的理解，往往停留在这种表面阶段，而不去发掘更深的意义。对于很多人来说，生活进一步地展开，只能是性欲和现实的小家庭。只有少数人，才去进一步探索“爱”的更深沉的内容。

我和英的恋爱，从一开始就遭到我父母的反对。他们说：“你的爱情是不会有好结果的！”父亲摆出两条过硬的理由：

第一，她父亲是省里的大干部，即使是现在，也还是门当户对的好，那样的姑娘，我们侍候不起；第二，尽管她父亲现在得势，谁又能保证他以后的命运呢？而一个大干部的倒台，就意味着株连所有亲属永世不得翻身。听到父亲的分析，我像被蝎子蜇了一口，跳了起来。我讨厌社会等级在人心中挖下的鸿沟。我认为，因出身高贵而看不起社会地位比自己低的人固然是愚蠢和丑恶的，反过来，因自己社会地位低而抱有一种清高的态度来对待爱情也是病态的。不幸，我父亲的预言却是对的。

秋风怒号着，无情地席卷着地上的落叶。几个月后，我收到了她冷冰冰的来信。

开头没有称呼，突然的字句一个个地跳入我的眼睛。信不长，然而它却威严地铺在我的面前，好像寒冬的一片冰雪。那蓝色的格子，熟悉的字迹，慢慢扭动着，模糊了，幻化成一张陌生冷漠的脸。啊，不会，不，她不是这样的，她不会这个样子。——我呆呆地坐在窗前。我心中的她竟会这样说、这样做？一定是别有原因。一定是发生了什么意外。我应该马上到她身边把一切都弄清。

初恋中的年轻人总以为，自己为爱所受的痛苦和对现实生活的反抗，总会被对方理解，会消除一时的误解，对方会在爱的感召下重归于好。然而，后来他才明白，初恋往往是两个完全不同的人擦身而过，只不过朝对方看了一眼，拉了一下手，就被生活的洪流冲散了，从此再也不能聚集到一起了。年轻人的初恋不过是为自己塑造了一个爱人的形象来膜拜而已。这种空中楼阁般的理想，迟早要被现实所粉碎。

一个冷清的早晨，我坐上了去上海的火车，沉思起来。和她说什么呢？难道还需要心灵的表白？翻滚的心潮早就冲开了堤岸。难道去询问原因？这可怕的信里，一切已向我讲明。那么，去向她哀求吗？去用悲苦的心唤起她的同情？啊，不！我那痛苦的心猛然缩紧了。一个可怕的思想从我脑际划过。一切都是这样分明。我仿佛又看见了那封信，听见了那冷冷的声音：

“我深知你是个热情的人。然而，我和你不一样，我的一切都是别人给我安排好的，从幼儿园到小学，从无忧无虑的中学到大学……我怎么能够设想，我以后将永远和你以及你家里那些人住在一起？”我再也不能往下想了，我闭上了眼睛。

我沿着熟悉的马路又来到那多少次我随着梦神来到的

地方。

她还在午睡。匆匆过路的同学上去把她叫醒，她终于出来了。

我们站着，站着，好久没有说话。不知过了多少时间，也许只是一瞬，她低下了头，露出了我熟悉的不好意思的神色。我们又在漫长的马路上肩并肩地走着。

我内心深处的感情猛烈地激荡着。我倾吐着离别的深情、半夜的相思、突然的恐慌、心灵破碎的痛苦。她几乎颤栗起来，我紧绷的心焦急地等待着她的回音。

啊，她终于开始说了，那么低、那么轻，好像在沉闷凝固的空气中抖动着的弦音：

“不是我不懂得你的心情，不是我不知道你的痛苦，你永远也料不到我的心也和你一样创痛。我知道，我给你带来了悲痛、绝望。但这些难道不是同样撕裂着我的心？朋友，我了解你，你有一颗正直的心，有崇高的理想。但我的处境逼迫我走出了这一步。一个月来，我很少给你写信。就在这一个月里，我的家庭发生了变化。前几天，父亲派小车把我从大学接到家里。他得意地告诉我，奉中央首长之命，他升调到北京当部长去了。我并不感到兴奋，只觉得父亲离我越来越远了。父亲临走时，一再告诫我，不经他允许，不准我随便交朋友，不准我乱讲家中情况，尤其不准谈恋爱……我从来没有对父亲讲过你。现在，我更不敢讲了。我不能违背父亲的意志。不是我认为父亲正确，而是我从小就习惯于别人为我安排命运。我还没有学会生活。如今，我是多么悔恨啊，如果我早就将内心的一切告诉你，也许会得到你的谅解。我的一切努力，都冲不开家庭那堵凝固的铁壁——我的心已经够痛苦的了……”

夜晚的凉风吹着我。墨蓝的星空，那么高，那么冷。我的心也渐渐凉了。是的，一切都完了，完了。还有什么可说的呢？她是对的，对的。

我该走了，戏已经完了。难道还有什么可抱怨的？真的，一切开头得很好，结束得也不坏。为什么一定要追求永恒的东西？我耳边响起了哲学家的格言：“万古永恒的山岭并不胜于瞬息即逝的玫瑰。”

就这样，我们告别了，永远告别了。我甚至没有回头去看那渐渐远去的身影。

完了，要知道，一切都已结束了！我的初恋一闪就过去了。好像空谷里消失的回音，好像曙光初露的天空一下子又布满阴云。

真真，这就是我短暂的初恋。这件事使我整整痛苦了一年。是她家的社会地位迫使她把我遗弃。耻辱在我心中燃烧，从不平等的利害关系来处理爱情，使我感到憎恨。

回家以后，尽管我内心十分痛苦，但我一直不想让父母察觉。可我太年轻了，不能把痛苦隐藏起来。母亲企图安慰我，甚至给我张罗介绍对象。我非常反感这种安慰。老一代人并不理解我们青年人的痛苦。难道我仅仅是因为失去了爱而痛苦呢？不！我是为这不尊重爱的现实而痛苦。

老一辈的举动使我不由得想起小时候的一件事。我上小学时，有一段时间弄收音机着了迷。线圈啦、电阻啦、电容啦，摆了一桌子，枕头下面也塞了不少。母亲病了一个星期，我竟一点儿也不知道。一天，我正在专心地绕线圈，数着圈数，父亲一把把我拉到母亲床前，大声叫着："看看你妈妈！"母亲哭哭啼啼地说："把你养这么大，我病得快要死了，你也不问问，好狠心哪！白养了你这么个儿子……"当时，我呆住了，线圈滑落到地上，我"哇"的一声大哭起来。父亲说："哭什么？以后要懂事点，都那么大了。"事隔多年后，我总也忘不了这件事。因为自从这件事以后，我开始懂事了。干事不仅考虑自己，还常常观察周围和想到自己对亲友的责任。然而，我的心一直很沉重，因为我从此就告别了无忧无虑的童年。那时，我才十一岁。现在，每当我回忆起这件事时，我总这样想：每一个人都应该勇敢地承担自己的痛苦，没有权利让别人来分担，特别不能让孩子来分担。让孩子来分担老一辈的痛苦，是非常可怕的，是一种精神上的摧残。而这种现象，不是广泛地存在于我们的现实生活中吗?难怪乌云和苦难总是笼罩在我们民族的头顶上。

真真，这就是我的初恋。从此，我沉默寡言，似乎一下子大了十岁。一些朋友以为我从此对爱情失望了。实际上，的确有不少人被初恋的失败击垮，从此便只有婚姻，而不是爱情了。这些人是怯懦者。而我，并没有被击垮。我认真地思考着，把爱情深藏在心底，决不把它随便奉献给别人。我开始从一个成熟的人的角度，而不是从一个天真的青年或是一个被遗弃者的角度来思考这一切。我考察、研究了生活中大量存在的、爱情问题和婚姻问题上的不正常现象，终于得出结论：今天为了爱，我们必须去斗争，必须同偏见和社会习俗斗争。我们要改造这个不尊重爱的现实环境，成为握着真理之剑的战士。

瀑布可以用雷霆万钧之力倾注在山谷中，滚滚的乌云可以化成惊心动魄的倾盆大雨。然而，在没有遇到你之前，我能向谁诉说我内心的悲哀？

我亲爱的真真，我心中的光明啊，为什么至今我还听不到你对我最亲切的称呼呢？

我很累了。我多么希望你那洁白的手能放在我的心口上，在你的安抚下休息片刻啊！你不能把手拿开。我在睡梦中都是时时刻刻地吻着它啊！

永远爱你的老久

第三封　真真致老久

老久，我亲爱的朋友：

你好！现在，夜间十点半。今晚上是高原山区少有的星光璀璨的夏夜。起伏的山峦静静地站立在暗蓝而又透明的天穹下。一幢幢分散的茅屋，星星点点地撒在广阔的田野中。我抬头望着那被我称为希望的种子的群星。

我因为厌恶那整人、害人的专案工作，所以又回到山区公社中学来了。

今天黄昏，我差点儿被一条秃尾狗咬了。晚饭后，我去抓一只小公鸡。它是一个朋友送给我当滋补品的。可是它太瘦小了。这样，小公鸡便成为我的邻居——一位美术老师用画板钉成的鸡窝的住宿生。（非常痛心！这位中央美院的毕业生，再也不肯画画了。）但小公鸡不回窝，我就去抓。眼看要抓着时，只觉得身后一阵寒风，似有什么东西窜来。猛回头，只见一只秃尾巴大狗已冲到身旁，正恶狠狠地盯着我。这是一对什么样的眼睛啊！凶残、恶毒，闪着吞吃一切的贪婪目光。我这辈子再也忘不掉这一双恶眼。我以前也曾见过这种目光，只不过没有这样赤裸裸，这样凶相毕露。我拔脚想逃。亏我早迈出半步，大狗只咬住我的一条裤腿，“嘶啦”一声，从裤腰到裤脚撕成了三条。主人来吆喝狗了，大狗顿时失去神气。主人假惺惺地问我是否被咬着。我捏着裤子，生怕露出大腿，溜回屋里。这一次，我才真正体会到，咬人的狗往往是不叫的。狗叫，只表明它有吓唬你，并不想咬你。生活中要提防出其不意的袭击，提防这样凶恶的眼睛！该死的小公鸡成为我和美术老师的刀下物了，尽管它瘦得只有一把骨头。

你的初恋，我觉得平淡极了。但我发觉，你那么爱思考、挖掘。也许，这是你迅速成熟的原因吧。而我，总也不能接受教训。

这几天，我的心开始不安起来。整天想着石田为什么还不给我答复。我天天盼望着他的回信。即使他出差二十天，我也该收到他的信了啊。他会哭吗？会在黑暗中奔走吗？会痛不欲生吗？

昨夜，我几乎彻夜不眠。十点钟开始下暴雨，电闪惨白。我呆呆地坐着。当天花板开始漏雨，把肮脏的灰尘冲洗下来，滴落在我的头上、桌子上时，我才发觉。就让我这间木板房漏得彻底些吧！清理好、移动好床的位置，已经快十二点，雨也小了。

我躺在床上，浑身乏力。我觉得只要稍微放松一下自己的意志力，我就会立即垮掉。我的身体是这样的虚弱，甚至连走山路也感到吃力。我时时刻刻在等待着。也不知道未来会是什么样子。我感到黑暗和光明各自紧紧缠住我的半边，在争夺我。它们似乎要把我撕成碎片。我呼唤着，可是又有谁能听见我心里的呼唤呢？石田为什么不给我写信？如果没有出路，我宁肯去死。如果有热情的生命灌注到我生命之中，我将又一次新生。现在，我还是一个没有挣脱镣铐的人，我无法谈自由。朋友，你在我心中放了一把火，我现在多么需要你啊！

我在梦想，你就坐在我床边的椅子上，离我那么近，只要一伸手就可以摸到你。甚至我都听到了你那急促的呼吸声。我感到你在看着我，又慢慢拉住我的手。你的手是这么温暖有力。好几滴烫人的泪水滴在了我手上。你低下头来……啊！不！我一下子坐起来，发现周围是那么空，那么黑。我怕！我拉开灯，才深夜两点。我不能关灯，一关灯你和他就会在梦中出现。我钻出被窝，坐在床边。我多么渴望夜晚的凉风能冷却一下我的心啊！三点钟了，我感到冷，又钻进了被窝。

怎么打发这漫长的夜啊？不行，我不能胡思乱想。我应该稳定情绪。我找了一本书来看。为什么我总是不能入睡？是不是枕头太高？我把枕头下压着的衣服统统抽出来扔到床的另一头。唉，还是不舒服。也许，我根本不需要枕头。于是我把枕头又扔开了。混乱的思想纷至沓来：他看了我的信后会哭吗？他会寻死吗？不，他是胆小鬼，他多么留恋他现在的地位和未来的前程啊。那么，为什么他要缠住我不放呢？

当报晓的晨鸡打断了我混乱的思绪后，我感到疲乏极了。我是多么愿意入睡啊，睡着了，就会有甜蜜的梦。睡着有多好，这是一个多么寂寞烦躁的夜啊。朋友，你肯在我恳求你到我身边来的时候来吗？那时，如果我得不到你的回音，对我将是致命的打击。我有软弱的一面。不是在意志方面，而是在感情方面。我是深深地留恋我的朋友们！还有你。

云雀啊，云雀！什么时候你才能冲破樊笼，到那自由的蓝天上飞翔、歌唱？

想念你的真真

第四封 老久致真真

真真，我亲爱的：

看到白杨挺立的平原，
我的泪如泉涌。
祖国啊，
我是你一个有罪的儿子。

昨天，我觉得该收到你的信了，可没有收到，我变得非常不安。我呆呆地在太阳下走了三小时。太阳猛极了，我全身浸透了汗水。晚上，我悲哀地躺在床上。这几天，我一直沉浸在回忆中。伤感和孤独常常向我袭来。确实，再也没有比这种内心的伤感和孤独更可怕的了。这种感情，像浓雾般弥漫在我心中灵的海洋上，使我情绪灰暗，忧心忡忡……

前几天，我和家里吵架了，父母和我都很不愉快，到现在气氛还很紧张。吵架的原因你会觉得可笑，是由一只电灯引起的。我每晚都要工作到很晚，最近又加上和你通信，点灯的时间更多了。我的灯是四十瓦的，妈妈曾让我换个二十五瓦的，我一直没换。那天，我给你写信写到很晚。第二天一早，妈妈就对我发脾气："让你换个小的灯泡，你不换。家里不说你吧，和邻居合用一个电表，人家会有意见的……"妈妈啰嗦起来就没个完。以往，这种事经常发生，我总是忍着。而这次，我却像只野兽似的发作了，大叫一声："庸俗！"妈妈哭了。我心里也很难过，饭也没吃就上班去了。

我想，我有什么错呢？我们这一代人，什么都被剥夺了，只有晚上的时间是属于我们自己的。我们宁可少睡觉，也要学习、工作，也要给爱人写信啊！因为这是我们生活的权利。然而，父母又有什么错呢？他们不仅肩负生活的担子，还不得不与世俗打交道。起码不得罪人，才能使生活平静点。但他们却很少设身处地地想想他们年轻儿女们的心情。

一个偶然的机会，我在父亲忘记上锁的抽屉里，发现了一张褪了色的旧照片，照片上是一个年轻美丽的姑娘，穿着裙子，坐在滑梯上。照片背面写着父亲的名字和一句题词——“动荡艰难的时代把我们分开”，署名香玉。当时，我不禁大笑起来。原来父亲年轻时也浪漫过，也沐浴过如烟似雨的月光，也坐在湖边相思过。只是后来被贫困、疾病、生活的重担拖垮了，使他变成了斤斤计较于一分钱、一把米的人。他们经历过苦难，以为懂得了生活。我突然笑不下去了，有什么好笑的呢？这些事现在不是仍在千万次地重演吗？我隐隐地感到一种揪心的痛楚。我们必须改变世世代代压在我们民族身上的、这个把人变成庸人的、贫困落后的环境！

自从看到这张照片后，我一直想知道香玉是什么人。后来从姑姑那里了解到一点点情况，知道这张照片中埋藏着一部泪浸的恋爱史。

我的爷爷是无锡城郊的一个私塾先生，一辈子做着让我爸爸出人头地、光宗耀祖的梦。他省吃俭用送我爸爸到城里读高小，后来又送到南京上中学。中学时爸爸爱上了低年级的一个姑娘，那就是香玉。香玉也很爱我爸爸，两个人相敬相爱。正在热恋着的爸爸突然发觉他的一个好友——我们称他为邬叔叔——也在爱着香玉。邬叔叔和爸爸是同乡，他父亲是个大地主，在国民党军队里当官，在无锡城里有一片当铺。邬叔叔和爸爸先是同在我爷爷的私塾里读书，后来又一起上高小、中学。因爷爷家里穷，常付不起学费，邬叔叔就在经济上接济爸爸。当爸爸发现邬叔叔也爱香玉时，精神非常痛苦，觉得自己如果继续爱香玉姑娘就是忘恩负义，对不起朋友。经过反复考虑，爸爸忍痛断绝了和香玉姑娘的关系，并马上和我妈妈结了婚。深深爱着我父亲的香玉痛不欲生，投河自尽被人救起来后，也嫁了人。当邬叔叔知道这些后深感内疚，他告别了家乡，漂洋过海，到美国留学去了，并且因此一辈子没有结婚。抗日战争爆发时，我爷爷死了，父亲负起了生活的重担，开始了教书生涯……解放前两年邬叔叔回国了，他在美国获得了电机博士学位。他一回国就来看我父亲。当时我们家很贫困，他一点也不在乎，他对爸爸说：钱财是身外之物，可贵的是人的品德。邬叔叔送给爸爸两件礼物：一个是我家现在还用着的收音机，还有一本《韦氏大字典》。解放后邬叔叔在一个电机厂当总工程师，经常在经济上接济我们，使我能够读书……

真真，我常常想，父亲的恋爱悲剧应该归罪于谁呢？是邬叔叔吗？是父亲自己吗？他们都是多么正直、高尚的人啊。邬叔叔爱香玉，他有这个权利，但香玉不爱邬叔叔，邬叔叔一定很痛苦。父亲把这种痛苦归罪于自己，这合理吗？我觉得，悲剧的根源也许在于父亲仅仅把爱情看作自己私人的欢乐，从而无情地克制自己，甚至为义气和报恩出让自己的爱。他没有想到，他出让的不是一件东西，而是一个人，一个同样有爱的权利的人。爱情是属于恋爱者双方的，父亲没有出让爱情的权利。固然，邬叔叔是痛苦的，但这是一种人们应受的痛苦，是一种崇高的痛苦。正如人们为自己的生老病死、为美好的理想不能实现所受的痛苦一样，它是正常的痛苦，是激励人发奋的痛苦。可悲的是一种陈腐的道德观引起了有罪感，引起了心灵的迷乱。然而这一切并不能归罪于我父亲，而应归罪于他们生活的那个年代。那是一个从来不把女性真正当作平等的人，而是把她们的感情和肉体随意出让的封建社会啊！

真真，你不知道邬叔叔是一个多好的人。他几乎把所有的爱都倾注在我身上。是他引导我走上了科学的道路。他是我精神上的父亲，有些事我是终生难忘的。

我初中毕业时，偶尔看到了任鸿隽写的介绍爱因斯坦和他的相对论的小册子，我整个身心都被那不可思议的时空理论吸引住了。最使我震动的是爱因斯坦那种向传统观念挑战的非凡勇敢。有一个月的时间，我都沉浸在兴奋中。我把这次体会写了一篇作文。父亲把这篇作文送给邬叔叔看。一天，已经很晚了，我们都睡下了，只听见砰砰的敲门声和邬叔叔兴奋的声音。邬叔叔一进门，我也从被窝里钻出来，只见他披着衣服，穿着拖鞋，严肃地对我父亲说："这孩子应该成为一个科学家。"邬叔叔让我第二天放学后先到他家里去。

第二天，在邬叔叔的书房里，他和我进行了一次难忘的谈话。他说："孩子，你已经长大了，我要严肃地同你谈谈。"他指着书橱中一排排整齐的精装书说："这是人类知识的结晶和宝藏，从今天起，你应该自觉地、有计划地学习它们了。"书架上有马克思、黑格尔的哲学著作，有中外文的科技书。他又说："你的作文表现出你已经开始为新的科学思想激动了。任何创造，任何伟大的发现，都是从这种激动开始的。属于你自己的思想开始觉醒了，这使我很高兴。"邬叔叔的话，使我突然感到有一种伟大的事业在召唤着我。这就是科学。

邬叔叔还常感慨地说，在旧社会，像他那样出身于有钱有势家庭的人，因为不愿走父亲安排的路，因为祖国被外强凌辱，不得不个人奋斗。而今天，祖国欣欣向荣，有才能的孩子都有充分发展的可能，不必像他们一代人那样精神苦闷了。

我报考大学的志愿表，是邬叔叔给我填的。当时，父母舍不得让我离家太远。邬叔叔骂了我爸爸一顿，说孩子不是家庭的私有财产，孩子是属于民族和国家的，应该让他到第一流的大学去深造。就这样，我到了北京。临别时，我和邬叔叔在湖边散步，做长长的交谈。邬叔叔语重心长地对我说："孩子，你已经走过人生的乡间小道，开始踏上科学的大路了。北京，可以给你一个开阔的新天地。那里人才济济，书籍丰富。但是要记住：第一要虚心，学人家的长处；第二要有自信心，千万不要自卑，不要看重分数。要走自己独特的学习道路，形成自己学习和研究的风格，这样，你就会成功。"

因为家庭经济困难，我假期很少回家，刻苦学习着。我和邬叔叔一直在通信。1966 年暑假快到了，我正准备回家，"文化大革命"开始了。

1966年9月1日，是我最难忘的一天。那天我收到了父亲的一封信，信很短，让我不要再跟邬叔叔通信了，说他是资产阶级反动权威，是美国特务。我惊呆了，一整天没有说话。邬叔叔啊，邬叔叔！叫我怎么能相信这是真的?！尽管你出身不好，到过美国，可你是那样热爱祖国、热爱新社会、热爱党啊！世界上的事，难道可以这样由人信口雌黄吗？不，这是无耻的陷害！我要说明事实真相。

我写了封信给邬叔叔厂里“文革”领导小组。不久，信被退到系里。这一来，我几乎成了运动的重点对象。本来，运动一开始我很积极热情。现在，我厌恶把好人当坏人整的混乱，他们否定邬叔叔，进而又否定我，我开始怀疑关在学校“牛棚”中的“黑帮”是不是都像邬叔叔那样的为人，他们是被不公正地虐待着了。

“文化大革命”开始一年多以后，我回到家乡，被允许在劳改大院与邬叔叔一见。我几乎认不出他了，他不再是那个热情、有朝气、知识渊博的邬叔叔了。那是一个头发花白的小老头，面部不时地抽搐着，身体瘦弱不支。他的身体垮了，但我相信他的精神还是坚强的。

“啊，你来了。”他淡淡地说，“我有罪，不要来看我了。”“什么？邬叔叔，你真的认为自己有罪吗？”我惊奇地问。“孩子，我们应当相信群众，相信党，这是两条根本的原理。我有罪，我的父亲是剥削阶级，手上还沾满了人民的血。我是资产阶级知识分子，精神贵族，过着剥削劳动人民的寄生生活……”邬叔叔背书般认真地说。“不！邬叔叔，我从小就听你说要爱党、爱祖国、爱人民，要为建设富强的社会主义国家做一个有为的科学家。难道这些话都是假的吗？难道你认为他们这样虐待你是公平的吗？”我有些惊慌失措了，想不到邬叔叔会自认有罪。

“我没有欺骗过你。但是，”他伤感而又虔诚地说，“我的灵魂是肮脏的，我有罪，我心甘情愿地接受批判，斗争。”我什么也不想说了。他还教训我不要意气用事，提醒我不要在大原则问题上摔跟头等等。

真真，听到这些话，好像一桶冷水迎头浇下。我突然发现，以前我只看到了邬叔叔光明的一面，今天才发现他还有另一面。我第一次感到了我们和老一代的差别。他们中很多人的人格中，光明和阴影是分裂的。他们掌握的科学武器只能破除对自然界的迷信，却不能破除对社会、对人的迷信。

那天，我在湖边漫步到深夜。我站在陡峭的石壁下，向着茫茫的湖水愤怒发问：在世界上许多地方，科学是荣誉，为什么在我们可爱的祖国，知识成了罪恶？在世界上许多地方，科学突飞猛进，为什么在我们这里科学像罪犯一样横遭囚禁？他们把邬叔叔这样正直的科学家的灵魂扭曲成这个样子，我感到无比的痛苦。我不甘让我一直视为楷模的邬叔叔就这样彻底地在我心中倒台！他用光明的东西教育过我，自己却甘心困厄于黑暗屈辱之中，没有丝毫怨言和反抗。难道只有逆来顺受、只有把不公正的遭遇视为命运，才叫忠于神圣的事业吗？我痛苦极了，为我自己尊敬的人有如此怯弱、不敢正视现实的灵魂而难过。

去年年初，我分配回家乡。这时邬叔叔已经解放了。我到他家去，看到过去挂着白窗帘的门窗上贴了红纸剪的大“忠”字。我觉很别扭，但想到现在盛行“忠”字化、红海洋的热潮，也难怪他了。邬叔叔家的书橱里，只剩下马克思、恩格斯、列宁、斯大林和毛主席的著作。书橱显得空荡荡的。我坦率地对邬叔叔讲了我对当前运动的一些不理解，也希望他对我敞开心灵，像过去一样。邬叔叔严肃地说：“你怎么能这样思考问题？如果你还是个孩子，可以原谅你。可你是个成人了，是个大学生，这种说法不但不能原谅，而且可以说是背叛。”“背叛?！”我忍不住反驳道，“我背叛了祖国还是人民？如果说背叛的话，确实有几个野心家企图背叛历史的发展，背叛人民，践踏科学，蹂躏民意。还有的人，背叛了科学，背叛了现实生活，变成了只知认罪的可怜虫……”我的话显然刺痛了他。他勃然大怒，叫了起来：“你怎么这样说话？就算有些做法是不要文学、不要科学吧，我看社会能回到君子国描写的境地也好。要是人人都是活雷锋，共产主义

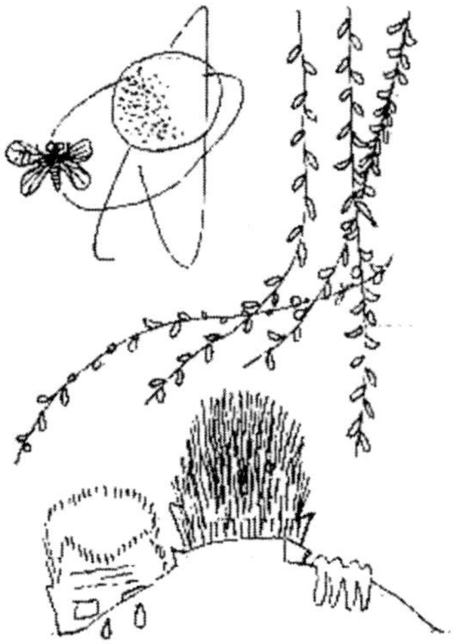

道德得以实现，即使生活苦一点，不也是很好吗？如果单纯追求科学而忘记了思想道德，又有什么意思呢？”我针锋相对地回答：“问题是什么叫道德？难道现在让人人认罪、大家斗私批修的做法能够提高道德水平？你认为不公平的虐待就是革命道德？”“我不认为我受到虐待，虽然群众有些过火行为，但那是支流。”邬叔叔声音低了下来，“我确实是个资产阶级分子，我有房产，长期拿房租，一直想献给国家，但是……”我再也听不下去了。

这次会面，使我思考了很多问题。当时，我已受到了初恋失败的挫伤，邬叔叔在我心中又彻底垮台，使我思想上完成了一个很大的转变。我感到，我们和邬叔叔他们虽然都在追求科学，但我和他的信仰之间有着本质的差别。我们信仰科学，信仰辩证法，是因为我们认为生活应该进步，进步只有依靠科学。信仰对于我们是战斗的武器，是人类发展和进步的准则。它必须在前进的实践中受到检验，必须抛弃陈旧的信条，不断在现实中吸取新鲜血液。而对于邬叔叔他们来说，信仰却是一种安慰自己的宗教，是用来和缓因内心分裂而带来的痛苦的麻醉剂。从这个区别中我意识到，我不能沉醉于当科学家的梦了，我不愿意成为邬叔叔那样软弱的人。

我要成为一个仇恨欺骗、敢于正视生活的人。

真真，经过这次和邬叔叔精神上的交锋，我感到我们这一代人在意志上比父辈们强悍。我也由此而想到了我们这一代人对祖国和民族所担负的责任。爱祖国，就是要用自己毕生的努力使她成为当代最强大的国家，使我们的民族成为世界的骄傲。

真真，通过这封信，你更加了解我了吗？

你不让我写信倾吐我心中的爱，而我除此之外什么也写不出来。

昨天晚上，我读一篇论文时，突然想起了你，怎么也看不下去了，这样的日子真不好过。怎么办呢？一个人的感情真是奇怪极了，奇怪极了……

漫长的夜里，我陷入激烈的思考之中。我想起一首古老的、奴隶的恋歌：

“他点着灿烂的北斗，向往着自由！”

永远爱你的老久

第五封　真真致老久

老久，我亲爱的朋友：

可怕的死一般的沉默啊，我实在无法忍受了。直到现在石田仍未回信，日子过得真艰难啊！

他为什么不回答？难道他觉得说也没用？如果是这样，那真要感激老天给了他一个明智的头脑。如果这种沉默包含了十分可怕的因素的话，我只希望它早一点爆发。让该发生的事情早一天发生吧！千万不要搞这种我的精神和体力都不允许的疲劳战。

风暴来临前，空气变得多么沉闷，时间变得格外慢，甚至连秒针都踱起时针的步子了。为什么我注定要受这种煎熬?！晚上，我盯着天花板，看见了一场生死的搏斗。在屋角，一只蜘蛛和一只落网的大苍蝇在搏斗。苍蝇使足了劲拼命地挣脱，蜘蛛网摇得眼看要破了，只剩下几丝还挂在墙上。蜘蛛沉着、果断地补着网，并趁狂怒的苍蝇不注意时，把丝缠在它的翅膀上，然后迅速把另一头黏结在墙上。半小时之后，苍蝇被缚牢了，再也动不了了。我呆呆地想了一个多小时，心中说不出的悲凉。我还没挣脱束缚啊！

朋友，尽管你可以凭你的乐意把我称作你的爱人，但是，作为一个没有获得自由的人，我怎能说什么爱不爱呢？你要我干什么啊？我又能用什么回答你呢？我能戴着镣铐去见你吗？难道一个没有得到解放的奴隶能奢谈未来和希望吗？不，我要在这里击退生活的打击，让他来纠缠我吧，我不怕！

石田这个人，我从来没把他当成一个恶棍，我只是无法忍受他的庸俗和空虚。他从来还没有不择手段地欺骗过人，这就使他显得比较正派，在这个动荡的时代甚至显得有点高尚。至少他没有靠整人和政治赌博捞取高官和特权。他的生活理想完全可以在一个安分守己的姑娘和一条笔直的裤缝上得到满足。我也从来没有感到需要他这样一种爱。这种爱是对我本性的束缚。唉，我知道，他是真的爱着，用他的方式爱着我呢。他的心肠也很好，不会害我的。如果他急疯了，我这一辈子精神上就不能平静。我怕这种后果，这将使我在心灵上受到创伤。“我害过一个人，一个爱过我的好人。”——这是一种多么不堪忍受的精神负担。我宁肯死，也不愿背上这沉重的精神枷锁啊！

我知道，你会对我的态度感到失望。有什么办法呢？向往未来吗？那只不过是卖火柴的小女孩手中的一根火柴：是个幻觉，一闪即灭。

信刚写到这里，一位同事送来了石田的短函。没有答呼和署名，最后两行是血写的，太可怕了。我受不了啊！

真真

附　石田致真真

我无法改变你做出的决定。但是，由于我对你有了比以前更深刻的认识，我的完全出自内心的对你的爱，比以前不知要强烈多少倍！但你不允许我赎罪和弥补了。

我对你的爱不会改变的，永远不变！我要带着这种爱去见上帝！

第六封　真真致老久

老久：

为了你不按时回信给我带来的痛苦，我诅咒你！我的朋友，在这种时刻，你不能沉默，你不该沉默！如果你怕了，退却了，畏缩了，那么我将嘲笑你。我也会用我的沉默来报复你。

多少年来，只有别人损害我的心灵和感情，我从来没有报复过。就连那个童汝，我也没有伤害他。可是，为什么我总是一次又一次遭受打击？为什么你也对我这样无情？难道你觉得我心灵上的创伤还不够深吗？为什么你点起了一把火，又不让处在黑暗中奋斗的人看到光明和希望呢？无论如何，对于你的冷淡，我无法忍受。我得不到支持和力量，这使我太伤心了。然而，我只有向前走啊，必须走到底！

你无法想象我每天盼你来信的焦急状况。在学校收不到信，我就会跑到邮局去查找。唉，为什么我要对你说这一切呢？想到我其他的老朋友在华北农村小煤油灯下写给我的亲切的信，我的心渐渐明朗了。对你，我真的生气了。

我诅咒你的沉默！

真真

第七封 老久致真真

真真，我最亲爱的真真：

好姑娘！我读着你诅咒我的简短来信，热爱和赞叹你这强烈的个性。

你责怪我的沉默，可是我看到你在信上写到竟然想用爱情作宗教式的殉葬时，我怎能不愤怒，不沉默？我愤怒得眼泪都流出来了。我骂你了。我想，即使你从此恨我，我也要这么做。

为什么一个没有获得自由的人就不能对她所爱的人说“我爱你”？从某种意义上来说，我不也是个奴隶吗？为什么奴隶就不能大胆地诉说他的理想、他的爱情？为什么奴隶就不能拖着沉重的铁镣疯狂地奔向太阳？为什么我们不能相爱？

我的理智、意志和感情是统一的，而不像很多人那样用理智来约束感情。我有自己的理想，但我不是幻想家。在实现理想时，我是十分客观、冷静的。

还是在大学的时候，我和老邪门、老嘎等朋友常常挤在一间小房子里学习。冬天，电炉嗞嗞地响着，地上堆满了书。就在这里，我们读着、吃着。困了，就睡一会儿，起来又是学习和讨论，可以一连几天不下楼。我们都厌倦无休止的派性斗争，也不愿在武斗中无谓地流血。我们深深苦恼的是为什么年轻人的思想这么混乱，似乎理论的危机已使很多人从根本上对未来丧失了信心。但我们努力探索着，希望我们的工作成为茫茫大海中的一盏灯，给年轻的朋友们指明方向。我们坚持不懈地努力，不让奋斗精神丧失，不让热情的火花熄灭。我们决心走一条和许多年轻人不同的道路——在理论上进行探索的道路。我们希望我们的思考成果能成为扎在海底岩石之中的柱石，不管风暴多么猛，浪涛多么大，那些被飓风吹散的船只能靠到这里拴住它们的缆绳。

我们从现实的痛苦追溯到理论，又从理论的云端追溯到它的基础——哲学。我们甚至热烈地讨论着黑格尔和存在主义。我们深知理论的危机植根于一个时代的哲学之中。我们越是深入讨论，就越感到惊愕，甚至恐怖。那些不眠之夜，至今我还记忆犹新。我像是在那被闪电照射得忽明忽暗的哲学思想的密林深处狂跑。我发现了一些大树是没有根的。这样的大树不是愈高大愈危险吗？这时，我看了本世纪伟大的数学家哥德尔的著作。他证明了即使对于纯数学来说，一个完备体系本身必然是自相矛盾的，要不，就是不完备的。包罗万象的体系是不存在的。我终于懂得了，一个时代思想上的错误，是不可避免的，这只能用这个时代本身伟大的实践来修正。理论不能超出旧世界，它只能超出旧世界的理论。我们终于理解了我们生活的时代，理解了20世纪开始的科学技术革命的伟大意义。我们必须投入到这股强大的、科学技术革命的洪流中去。我们必须用科学来改造我们的哲学。学校尽管停课了，但我们一分钟也没有停止学习。从立志学科学，到“文化大革命”中思考现实，又由现实思考到理论、探索，到哲学，最后又回到科学，我们走过了一条多么痛苦的、思想斗争的路啊。一旦取得了明确的认识，我们发现许多人在运动中表现出的盲目性和精神上的巨大痛苦，都是因为他们不了解我们生活的时代。归根结底，他们还是被宗教般的狂热所左右。

真真，你问我为什么比你坚强，那是因为我相信科学，只有科学才能使人坚强。去年夏天，我决定用现代科学对我过去的哲学思想做一番清算。在一个狂风暴雨的天气里，我一个人伏在桌子上写一篇对黑格尔哲学体系的清算总结。天空发出了闪光和轰响。伟大的自然把雷电的力灌注到我的笔端。我越写越有劲，任凭疯狂的思想和乌云一起在高空翻卷，让觉醒的热情和急雨一同在大地上奔驰。我要和旧的世界观决裂，把自己交给未来和大自然。

是的，真真，我虽然没有在武斗中经过长矛的考验，也没有经受什么政治上的厄运，但是我的思想却经受了最深刻的考验，经历过痛苦的动摇，也沉溺过内在的孤独，对于一个面对现实而顽强地寻找光明的人，一个正视生活、意识到应负的历史使命的人，一个听从祖国召唤的人，怎么能说他没有经历过政治挫折和精神痛苦呢？是的，也许我们看透得太早了，我们不愿充当那些大大小小的政客的工具和牺牲品。我们始终清醒地观察着、思考着。我们不同于逍遥派，我们刻苦地学习着，因为我们深信祖国要富强，民族要前进。我们的使命是踢开前进中的绊脚石，让中华民族跟上历史前进的步伐！我们深深感到，任何新学科、新理论的形成，都不是靠一两个科学家所能办到的；任何一种工作的成功，都联系到一批人的成长。实际上，世界上没有一个巨人是独自走出来的。我们坚信，虽然现在我们人数不多，但在探索的道路上迟早会形成浩浩荡荡的队伍。我们所经历的痛苦和付出的努力决不会白费，我们的努力正代表着一代人的出路。

真真，我不能离开这些来回答你提出的问题。离开了这些，一切都变得毫无意义。

想到我的沉默给你带来了那么大的痛苦，我很难过……或许，当你了解到我在等你的信时那种极度难忍的盼望，你可以得到少许的安慰吧？只要你说需要我，我就会来到你的身边。

看了石田的短信，我想，如果他愿意赎罪的话，又该怎么赎呢？他不过是灵魂空虚、贪爱钱财和追求地位而已，只要还没发展到严重损人利己的地步，毕竟不能算犯罪。但是，一个空虚的灵魂企图扼杀年轻的生命和爱情，那就有罪了。要赎罪，就应该赎这个罪。如果他对你还有一点同情心的话，他应该和你分开。

我始终认为，最可怕的不是他，而是你的软弱的善良，没有同过去决裂的决心。记住你所爱的人对你的爱情吧，这会使你坚强！你缺乏勇气，我的真真，跟我在一起吧，跟我们在一起吧，你会勇敢起来的。世界上只有我的情怀才能容纳你的热情和灵感。可是，我是一个战士，战士只能是战士的爱人。你必须在过去和未来、庸人和战士之间抉择！

我亲爱的真真，你什么时候才能有勇气响亮地对我说出那三个光辉灿烂的字呢？

永远爱你的老久

第八封　真真致老久

老久，我亲爱的朋友：

今天，是个天气阴晦的假日，我把自己的思念整个地献给你。我是多么渴望你现在就在我的身边啊！我多么想看看你，听听你讲话，摸摸你，让我感到你切切实实地存在着啊！

今天早上，我迟迟不肯钻出被窝，无力地躺在床上。突然，有急促的敲门声，我跳起来拉开门，你就站在我的面前，像门口那株年轻的梧桐树一般。你绿色的短发被雨淋湿了，滴着晶莹的水珠。你黑亮亮的眼睛紧盯着我。我多心疼你啊，一下子扑到你的怀里，哭了起来。你吻我了。不！我推开了你。一阵痛苦使我清醒。我不能这样靠近新鲜的生命。“你应该休息”，我把你按在椅子上，用毛巾擦干你的头发，你痛苦地望着我：“为什么啊？”我笑了：“也许你来了就不会失望。”

当然，这是一个梦。

我想见到你，主要是我觉得像我们这种感情强烈的人，不会把我们之间的关系问题拖到第二次见面才解决。当一个人有了新的生命以后，就不会感到孤独了。

我觉得，你对我的感情尽管强烈，却又单纯。这种单纯，构成一种闪光的美。面对这种美，我的感情汹涌着，但始终冲不出我过去的经历筑成的堤坝。

你的爱，激起了我内心的风暴。我的灵魂像被狂风吹袭的大树，它借助风力抖落“过去”的枯叶。但尽管可以抖掉枯叶，它却终究摆脱不了那痛苦的树根……难道真有可以拔起树根的狂风吗？

在等待你的来信的煎熬中，我意识到我对你的爱是强烈的。这只能加深我的痛苦。既然我命中注定要和你相遇，上帝啊，为什么不让我们早点相遇？为什么在我受到这样多的耻辱，心灵上烙下流血的创伤以后，才看到真正的生活希望呢？你太阳般纯洁、明亮、温暖，你打动了我的心，你摇撼了我的灵魂，你点燃了我前进的勇气，但是你能够使我永远忘记过去的一切吗？

我怕石田会出什么意外。我等着风暴，却没有一丝风。我什么都猜，却什么也猜不着。我不爱他，可他却从自己的生活理想出发那么温柔地爱着我啊！不，我无法忍受他。他给我的痛苦太多了。我在生活中栽下了荆棘的种子，收获着刺人的苦果！

但是，他有什么错呢？他的痛苦、他的悲哀，甚至他的绝望，他那可怜的而又难于实现的生活理想，他的一切，不也具有一种社会悲剧的性质吗？我忍受不了这样一个无辜的人为我而死的谴责，但是，要让我成为这种软弱消极的社会力量的牺牲品吗？我不干。

我必须尽快知道我和你的关系今后能达到什么程度，而这只有在我们见面的那一天才能确定。

生活剥夺了我们许多欢乐，留下了沉重的阴影……

真真

第九封　老久致真真

真真，我亲爱的，吻你：

晚饭时收到了你的信。我要去值夜班。外面下着暴雨，我把你的信放在贴身的内衣口袋里，冒雨骑车夜行。到了实验室，我全身都湿透了，只有你的信贴在我火热的胸前。

在实验室白色的日光灯下，我一遍遍地读你的信。窗外的闪电时时勾画出树林、山岭的黑色轮廓。真空泵在嗒嗒地响着，夜显得格外宁静。

我感到你的手在抚摸我潮湿的身体。我想，当我第一次吻你时，你一定会说我生硬。是的，这将是我平生第一次吻自己的爱人。过去我只得到过冷冰冰的礼貌和庸俗的说教，我时刻都在等待着真正的爱。我内心艺术情感的流水枯竭了，灵感的火花几乎被压灭……可是，狂风尽可以把小草压倒在地，却压不死绿色的、自由的种子。

我总不明白，为什么你不能大胆地爱呢？真真啊，你说一句吧，在我们之间只有一种可能，我们是爱人。

你说你摆脱不了痛苦的根源，可是，一旦哗哗的春水流到这里，濒死的大树将会长出丰茂的枝叶。

真真，我爱科学，科学需要热情，热情是你的特点，所以我强烈地爱你。写到这里，我想起了一则小故事。

真真，你记得地图上德国的小城市哥廷根吗？在这个小城里，只用自行车就够了。秀丽的小城中有一个著名的哥廷根大学。本世纪初，这里成了科学前进的旗帜。这个城市对科学家和年轻自由的大学生们特别宽容。市民们不会责备大学生们整夜在咖啡馆里吵闹。酒店侍者也很尊重这些用菜汤在饭桌上写各种数学符号的人……那时，旧物理学体系面临瓦解，人类的认识深入到了原子的内部，突破就在眼前。有多少问题需要讨论啊！探索者们的思想富有诗意，深刻、大胆而又解放。量子力学就是在这种气氛中产生的。

不仅仅是这种气氛，还有哥廷根美丽的风景，使一大批优秀的科学家聚集在这里，酝酿出我们时代的新思想，有人讲过：“大自然的风景和最抽象的数学有一种神秘的联系。”伟大的数学家罗巴契夫斯基和奥斯特洛夫斯基都是在俄罗斯的蓝天下形成自己的思想的。这说明严格的训练和勤奋只能打基础，而新思想的产生还需要热情、灵感和想象力。

真真，我们见面时，我可以好好跟你谈谈我过去的生活。你会知道我是如何顽强地啃书本、学外语、攻数学的。当然我也写诗，也游泳。这一切是纯洁的。当然，我并不特别喜欢纯洁，因为纯洁往往和无知联系在一起。我紧张的生活中，确实有诗一般的旋律。无论是生活的贫困还是无聊的政治讨论，都不能使我忘记祖国最需要我们做的事。总的说来，思想上是一个接一个地突破，工作上是一个接着一个地胜利。

真真，你不必产生那么多的顾虑。如果你了解历史上的战争，你就会发现在战争中那种十全十美的、深思熟虑而万无一失的策略是根本没有的。真正有才能的统帅，如汉尼拔、拿破仑，都有一种逼人的锋芒，一种抓住敌人的不可克服的弱点的能力。一种决一死战的勇气，一种扭转乾坤的魄力。你只要在生活中保持逼人的锋芒，你就会胜利。

现在，我是这样任性地给你写信。真真，我最亲爱的，我心中的太阳，我爱你！无论你对我愤怒也好，嘲笑也好，我明白，都是出于你对我的爱。（千万不要否定这一点。你可以沉默，但不能骗我啊！）当一个人被他热爱的人爱着时，是多么幸福啊！

凭着我的忠诚、我的爱情以及我们的未来，我有权利骄傲地吻你！我吻你啦！

幼年起
我就膜拜
光辉的太阳。
多少次
睡梦里
我走近她的身旁：
那高山般巨大的火球
向我送来
汹涌的热浪。

爱情本是
生活的锋芒！

那是两颗黑夜里的星，

虽说陌生

却互相倾往

互相碰撞

发出

铿锵的声

火热的光！

永远爱你的老久

第四辑

只有一次生命

（1970年7月下旬—8月中旬）

*

真真骂老久是“现实的宠儿”。——真真梦见自己变成了魔术师的徒弟。

——老久拒绝和真真结成兄妹关系。——老嘎说：我想胡说八道，但我不会。

——老久的反思：从时代到现实，从现实到真理。

——老久对真真说：如果你忘记了真理的责任，就只能是个庸人！

——真真焚烧过去。——栀子花的叶子是绿的。真真和老久成为爱人。

——艺术家老嘎重新开始流浪。

第一封　真真致老久

老久：

不要爱我吧。爱一个不幸者也是一种不幸！

今天，我病了，躺在床上，收到了你的信。当你沉浸在甜蜜幸福的感情中的时候，我心里却郁结着怎样愤怒的感情啊！我流泪了。

你信中充满着幸福感、自豪感、强烈的自信心。读你的信时我心中浮现出一个踌躇满志的“现实的宠儿”的形象。这个形象强烈地刺激着我，使我不能忍受！你有高尚的目标，使你区别于一些骗子和混蛋，但你毕竟是在现实中得到充分发展的人啊！你走过一条顺利的路，有一个光明的未来。我却想到了我那些辗转于泥土之中的朋友，想到了我的遭遇。唉！你太顺利了。我想到了许多和我命运差不多的青年，想到了一切不幸。你没有到过真正的底层，在没有路的地方继续走路，所以你不会理解我们！

难道说，你学会了几门外语就能证明比我们更有智慧、更有毅力吗？难道说你在工作上的成功是因为你比我们更有能力吗？难道你能在城市中、工厂的实验室里工作是因为命中注定比我们要高一等吗？我看完全不是这样。难道我们就没有这种毅力、智慧、能力吗？不，完全不是！阳光啊，阳光为什么不照到我们这里？！我们失去了那么多的时间，这是为什么？

我们曾经有一个好的开端，但是道路中断了。原有的思想那么彻底地毁灭了，剩下的只是一片荒凉和不能忍受的精神空白。理想没有了，活着又有什么意思？成名成家吗？那是多么无聊的把戏！友谊爱情吗？全是欺骗，最无耻的欺骗！我从小就接受的信仰吗？它在别人高举的皮鞭中被抽得粉碎。对于前途，我们都感到茫然。怪谁呢？怪我们吗？我们不会拍马屁，不会讨好，不会贿赂，不会踩着别人的身子往上爬，不会昧着良心搞出卖，不会在政治斗争中下赌注。我们失去了学习的条件，也失去了发展的机会。我们的道路比起你们来，艰难得多，也痛苦得多。你没有这种经历，根本不可能理解这一切。

你太纯洁啦！你的经历太单纯啦！你太顺利啦！称心的分配，良好的导师，学习的条件，你这现实的宠儿啊！当你流露你的幸运时，只能加深我的痛苦。现在，我只能站在一旁，按住流血的心口，恶狠狠地盯着你。啊，我太难过了。为什么？为什么偏偏是你，偏偏是你这个现实的宠儿打动了我的心呢？难道我真的爱上了我本能上厌恶的现实的宠儿吗？我不愿意和你在一起，我怕各种对比，我宁愿站在地狱的门口，也不愿靠近召唤我的幸福的天使。我怕在你身上看到我失去了的而又不愿失去的一切。我情愿和底层的朋友们站在一起。然而，我又是怎样地热爱着你啊！难道我注定要这样一个接着一个地追求，又一个接着一个地失败吗？我带着那么多现实给我的污秽，我不能和你在一起！我永远忘不了我的过去！

你的热情、大胆、思想的敏锐和深刻，我很喜欢。然而，在感情上，我似乎应当和你告别了。这爱情的光明的闪电啊，多么强烈，多么明亮，又多么短暂。唉，我的心呀，不要颤抖吧！我的泪水啊，不要流淌吧！这是心灵的痛苦的呐喊。你听得见吗？听得见吗？你这现实的宠儿啊！

缺乏激情的心灵只会产生浅薄的爱情。我不能要求石田献出他没有的东西。我已经和他分手，不再有任何精神重担了。你在我的生活中也擦出一道火光，我又要和你告别了。

但是，我为什么一定要遇到你呢？当老嘎在樱花盛开的早春对我兴致勃勃地讲起你的时候，我就被你吸引住了。短短几个月，生活像中了魔法似地狂奔起来，我拉不住我的心——这匹脱缰的马。我会被拉到悬崖上，落进万丈深渊，粉身碎骨。

昨夜，我做了个噩梦，就是《控制论》那本书中的故事。我是那个偷懒的学徒，当魔术师外出的时候，我命令扫帚挑水。扫帚拼命地挑啊，挑啊，挑满了水缸，它还在挑，不停地挑。我无法让它停下来，拉也拉不住，喊也喊不应。我急得出了一身汗。可它还在挑，不断地挑。当水淹到我的胸口时，我心口堵得发慌。我被那解放出来而又无法控制的魔力吞没了。水灌进我的鼻子。鼻子一酸，我醒了。我拉开灯，这是一个可怕的梦。我望着枕头边上的照片，你对我微笑着。泪水又涌上来了……

我的感情是复杂的。我没有爱情地爱过，玩过，沉溺过。你却纯洁得像张白纸，生平不曾和一个异性亲吻，而我……算了，还是让我成为你的好朋友、好姐妹吧。为了你，我不希望你爱我。收场吧！我怕更深地挫伤你啊！你的心灵上不应有点滴的污秽，更不能有我留下的创伤。

亲爱的朋友，让我们吻别吧！你看看，我的心在流血，眼在流泪，然而却这么坚定地和你告别。告别，并不等于忘却。有个哲学家讲过："我既站在这个地位上，也就不免要这么做。"怎么样？面对我这样一个人，你有什么感想呢？我是这样地赤诚啊！——难道你现在还不明白这一点吗？对你，我没有任何欺骗；对你，我也不能做任何伤害。

太阳啊，太阳，什么时候你才能照到我们这里？

真真

第二封　真真致老久

老久：

天气怎么这样闷啊！闷得叫人透不过气来。为什么还不下雨呢？闷啊，闷啊。下吧，下吧！

也许，这一切原本不过是一场彩色的梦？梦醒了，就这么闷。怎么连一丝儿风也没有？闷啊，下雨吧，下雨吧。

然而，我毕竟是前进一步了。我抛掉了一副枷锁，我不愿再戴上另一副了。我会拼命向前走的。只是，为什么这么闷啊？

你——我从来没有见过的人，我不知道你是什么样子。干吗这样盼着一个虚幻的人呢？也许，你根本不存在。你的出现只是一种心灵的启示。你要骂我吗？我的心太苦啦。一想到这些，我就喝酒。不知怎的，竟喝下了三两辛辣的劣等老白干。我的头晕极了，心苦极了……真想恸哭一场。可是，我哭不出来。只感到闷啊，闷啊。为什么还不下雨呢？下吧！

我想吐，又吐不出来，头晕极了，晕极了。躺在床上，天花板晃动起来。你模糊地在天花板上出现：冷酷地盯着我，骂我。我坐起来，心茫茫然。我想，今生今世再不能一下子喝这么多白酒了。

从小到大，我没有大发脾气过。不高兴时，我常常是闷声不响。我很怕我的亲人骂我。打我，我不怕疼。我怕伤心，怕委屈。太怪了，我怎么想到这里了呢？我多么爱高高兴兴、亲亲热热、朝气勃勃啊！我多么愿意天天大笑啊！可是，为什么现在这么闷？

昨天，一位同事对我说，省会出版社里有一个北京人，是个四十多岁的老姑娘，性格开朗，每顿饭要吃二两很辣的辣椒。她生活一点儿也不枯燥，还要天天喝点酒。

怎么办呢？我的头很晕，很疼。喝多了吧？

天上有几朵乌云，动也不动。

闷啊，闷啊。为什么不下雨呢？真怪。

明天会不会下雨呢？什么时候吹来一阵风就好了。太闷了啊，真的。

人啊，也真怪，怪得好玩……

真真

第三封　老久致真真

真真：

可悲的是一个人没有走向新生活的勇气！

可悲的是一个人没有去爱自己所爱的人的勇气！

我不能原谅一个不敢走向新生活的人。

如果你的宗教教义不打破，如果你永远只追求个人内心的安宁，那么，你只能是个永远痛苦的幻想家、宗教家！

你爱我，又不敢爱，要和我保持一种不远不近的关系。在我们两人的关系上，我宁可死，也要在这两点之间抉择：不是爱，就是仇。我不能接受你出于一种调和的教义而提出的那种兄弟姐妹的关系。

"你太纯洁啦！"一阵轻飘飘的声音掠过耳际。一阵冷汗，我全身的毛孔都张开来。我从一个甜蜜的梦里、温柔的吻里惊醒了。一盆冷水从头浇到脚。我呆呆地坐着。秒针嗒嗒地响着，我凝望着窗外黯淡的黄昏。

我的头脑被冰包围着。眼前是我熟悉的那个世界：女人、男人、金钱、利益、地位、权势、玩笑、调情、哭泣……那个被我思索过、研究过的世界。

"你太纯洁啦，我可怜的孩子。你不懂人生，不懂爱情……"一个牧师的声音。

一丝冷笑掠过我的唇边。我好像听到地狱里的狞笑和天堂中的喧闹……一切都消失了。无边无尽的、灰白色的、冷寂的雾漫上来了，我沉默了。

黄昏越来越浓，我看见一张又脏又乱的床。一个垂死的年轻数学家躺在那儿，没有爱人和亲人的哭声。孤独的黄昏中，他要死了。

远方赶来了他的朋友，点燃了唯一一盏灯。他走到数学家床边，喊着朋友的名字。他又听不到回答。

可怜的朋友啊，无名的年轻的数学家，难到你就永远听不见和你共同走过漫长道路的朋友的呼唤了吗？难道你再也领悟不到人生最后一点安慰了吗？一颗心就这样破碎了，沉没了……

朋友停止了呼吸。他在数学家耳边轻声而镇定地问："12的平方是多少？"

"144。"这是临死之人发出的最后的声音，是对那热情和友谊所做出的最后的回答……他死了。

在这孤寂的黄昏，我眼前出现了数学家光辉的墓碑："144。"

一道炫目的光射进窗来。门开了，房间里充溢着玫瑰色的阳光。一个美丽庄严的姑娘走进来。她愉快地微笑着，抚摸着我的头发。啊，我心中光明的女神，你来了！

"你难受吗？"

我点点头。

"你爱她吗？"

"是的。"

"你愿意做她的兄弟吗？"

"我光明的女神啊，你应该提醒她一下，历史上从来没有一种强烈的爱情会以兄弟姐妹关系而告终。"

真真，我可以原谅魔鬼，但决不原谅庸人。

我的眼睛又碰到“牛虻”天蓝色的眼睛。

“牛虻先生，靠边站吧。现在已经是 20 世纪 70 年代了。我们不需要那种病状的感情克制。我们这一代人将以自己豪迈的爱情，记录在人类感情发展的史诗上！”

老久

第四封　真真致老久

老久：

可悲！你的生活理想原来是寄托在一个宗教家、幻想家身上。她只配永生永世地受痛苦。这太简单了——收回你的爱吧。我既不需要救世主，也不需要恩赐！不要，不要，半点也不要。

既然如此，你为什么爱她？

不要以宣判者的口吻对处在剧烈转变关头的人下断语吧。这既不符合事实，也不公正——我拒绝这种无理的宣判！

真真

第五封　老久致老嘎

老嘎，我的朋友：

“为什么爱情被有些人视为撒旦呢？因为它不仅把人变成对象，而且把对象变成活生生的人。”我想起了这句话。

雨哗哗地打着窗子。我拉开窗帘，望着风雨中那盏幽暗的街灯。我的心冷了，思想的火花一下子都熄灭了，就连悲哀也没有了。四周一切是那么空旷，那么虚无，那么灰败……啊！雨还在下，地球还在慢慢转啊。我永远得不到她的感情了……一阵冷汗。

老嘎，我亲爱的老朋友，为什么你也要压抑自己的感情……你不该沉默呀！

我收到了她充满愤怨的火焰般的信，我认为她的感情是病态的。一个人不从追求个人幸福中摆脱出来，那他永远是不幸的。我觉得，值得人们自豪的精神从来都是为人类的进步和解放事业而献身。——唉，为什么我要对你讲这些呢？我要认真思考一下她提出的问题，认真地回答她。

是的，我承认，我爱她，始终爱她，现在更加疯狂地爱她。应该看到，我们和她的相遇，我对她的爱情，并不只是一种单纯的个人遭遇。这是两批人的相遇。我认为，我们比他们走得远，也更勇敢顽强。如果他们迟迟不完成必要的转变，不投入到刻苦的工作和学习中来，那么，他们的命运是可悲的。我从来不把我对她的感情仅仅看作私人的感情。

老嘎，不要胡说八道，怎么春天就不属于你了呢？怎么能说历史的审判现在已经做出了呢？我觉得，你身上的桎梏已经开始粉碎，你内心灵感的洪流开始奔腾——从你这次寄给我的作品可以明显地看出这一点。我为你新的艺术生命的诞生而欢呼。也就是说，我为你痛苦中的创作祝贺。

为什么你要那样狭隘地对待爱情？为什么我爱她了，你就不能爱她？你应该经常去看她，大胆地爱她。要知道，只有解放的爱情才是真正的爱情。你是有条件去看她的。她不是一个热心的、美丽的、心地善良的姑娘吗?

我希望你成为一个真正有力量的艺术家，而不做一个仅仅博得现实中庸人喝彩的画匠。艺术上应该走自己的路。不要受她的影响，她的风格太古典了。但是，她有极强烈的艺术激情，因为她心灵里包容着翻天覆地的感情风暴。这也是我爱她的原因。

我们已意识到祖国需要科学。朋友，记住我们肩上的使命吧，这会使你无比坚强。想想光明未来的那些敌人，那些庸俗保守腐朽的家伙正在嘲笑我们的奋斗是徒劳无益，那些消沉颓丧的人在冷眼看着我们顽强的努力是自讨苦吃，想想这些，我们就会更有力量。

让该死去的在荒野中死去吧！熊熊的烈火将在深山里燃烧起来。谁也不能遏制这种潮流，谁也不能阻拦，二三十年后，从这些努力奋斗的年轻人中产生出来可以和世界上最新最强的科学思潮相匹敌的新潮流。

时代在前进，生活在前进，人们的思想感情也在前进。人类已经越过了自己感情上的少年时代，已经不再需要刚刚踏进生活的那种女中学生羞羞答答的柔情。人类的青年时代需要大胆、明快的生活追求，深刻的思想，勇敢的探索，豪放的生活态度，不畏艰难永远奋进的决心。人类已经开始具备改造整个世界的伟大力量，并为这种力量而自豪了。

我亲爱的朋友，表现我们伟大的时代吧！表现人类的自豪感吧！歌颂我们年轻人的未来吧！

亲爱的朋友，到她身边去，倾吐你的感情，爱她吧！

而我已用感情的烈焰来烧她了。如果她是个战士，就会在闪电和火焰中得到新生；如果她只是个浪漫而又浪漫的姑娘，她就会在这烈焰中垮台！

你的老久

第六封　老嘎致老久

老久，老朋友：

我的一切言行都是无愧于我们的友谊的。离开了这一点，你将不会理解我的痛苦。要知道，有时痛苦完全是消极的。

也许，许多问题永远也说不清楚。因为你们谁也没有像我这样，一颗高傲的心还未长成就被蹂躏到这种地步，里面甚至还掺杂着亲手促成的毁灭。你不理解我。虽然，你讲的都对。

难道我会去追求庸俗的感情吗？我早就说过，爱她这样的人才是一种真正的爱。

我并没有胡说八道！我想胡说八道，但我不会胡说八道，我从来没有胡说八道过！

我的悲剧在于，历史和现实把我已经抛得这么远了。

我痛苦，因为我无力帮助她。我把希望寄托在朋友们身上，还是在今年2月，我就和她提起电影《孤星血泪》中的一个镜头：男主角扯下了巨大的腐朽的窗帘，让灿烂的阳光射进积满灰尘的大厅，带着女主角走出崩塌的城堡。只是，我只能充当男主角少年时代的角色，因为我献上的只是一个小男孩用心采集的花束，虽然鲜艳，但却单纯，但你给她带来了震撼心灵的雷鸣电闪……

我痛苦，因为我长久地关闭了心灵的大门。我认识我的可爱的朋友们太晚了。我老做太晚了的事情。活该！

最近，我要去看她一趟。

老嘎

第七封　老邪门致老久

老久，我的老朋友：

我建议你请假去看她！因为通信能传递的信息量是有限的，尤其是跟神经过敏的姑娘打交道，很容易在文字上出纰漏。正是在通信中信息传递的误差，葬送了历史上多少对恋人啊！

你很直率，但也太性急了。我们不能希图自己经过若干年苦心思索得到的结论，让别人在一个早上就全部接受。现实生活总是这样捉弄着理想主义者。你亮出一颗心，她却认为是在炫耀。糟就糟在这里。但是，我们这类人，又怎能为了寻求老婆而磨损自己的锋芒呢？

和她见面的主要目的，是对她的内心世界来一番彻底的改造。在她身上，我们已经看到了新的科学思想显示的作用——使旧世界观解体，冲破宗教教义、偏见和各种传统观念。然而，她要真正掌握新思想还不怎么容易。因为对旧世界的批判并不能代替新世界的开创。破中可以有立，但破不等于立。

必须使她从现有的生活圈子中跳出来。我们追求的永远是一代人的命运、一代人的出路，实质上就是寻找祖国的社会的出路。我们的先辈——老一辈无产阶级革命家，开创了我们的国家，创立了丰功伟绩。可是在很多人眼睛中，他们成了偶像，而看不到这仅仅是历史赋予他们的责任。现在，这种责任落到我们肩上了。我们应该而且能够超越自己社会地位的限制，这使我们成为解放的人、新时代的人。我们个人的结局也许是不幸的，但我们相信，我们为之奋斗的繁荣富强的新中国将会出现在我们下一代人面前。只有具备这样胸怀的人，才可以摆脱个人遭遇和内心感情的任何痛苦。你要大胆地跨进人们根据社会默契而禁止的界限。

要使她明白，当我们向旧世界宣战、决不向混乱的现实妥协的时候，就准备有一天恶势力都向我们扑来，而我们决不后退一步。我们有我们最初的和最后的阵地——坚实的理论基础和顽强的内心世界。用她的话讲，她应该在这场烈火中——实际上是爱情的烈火中——焚烧自己的过去，升华成一个新时代的人，一个和我们平等的、共同战斗的人。生活的洪流滚滚向前，只有在我们离开人世的那一天，历史才能对我们做判决：这是一个庸人还是一个战士。只有这一点，仅仅是这一点而已。悲壮的历史从来不对个人幸运和痛苦做出评价。

应该相信新思潮的威力，相信在她身上也将产生革命性的转变，这是我们应该争取的唯一的前途，也是可以实现的前途。说实话，我都有点忍不住了，想对真真提出抗议，她把我们通信中关于工作问题的讨论挤得无影无踪了。可以原谅你一段时间。长了可不行。警告你！

你的老邪门

第八封　老久致真真

真真，心爱的：

吻你！不瞒你，今天差点出了事故。厂里派我到郊区某地取药品，本来可以雇辆三轮卡车去办，但车不好叫，我怕因此而不能在下午取信时间赶回家，于是，我决定骑车去。太阳真猛啊，晒得人头晕眼花。上午十一点钟，我往回赶，在一条乡间土路上骑着，我一心一意想着你。突然，迎面一辆大卡车卷着黄尘急驰而来。我正骑在路中间，躲都来不及，我一拧车把，冲到路旁的小河沟里。拔出腿来，小腿上剐出很深的几道伤口，满腿是血。我用手帕扎好，继续骑车往回赶。进屋第一件事就是找你的信。哟！你怎么能一下子喝那么多酒？真要命！

真真，我受了点工伤，真高兴。这样，我可以不去上班了（最近几天因缺电，工厂停工，整天学习开会），可以整天想你，给你写信了。

这些天，我一直在考虑你信中提出的问题。我的心很不平静，有许多话要对你说。

看到你那封充满愤怒的信时，我想："天！她在说什么啊？原谅她的愤怒吧！"你的泪滴在我的手上了。你那愤怒屈辱的语言向我喷射着，你流着火一样的眼泪啊！

我读完了。你不了解我。什么时候、什么地方，我对你有过一丝一毫的轻视呢？我在哪一封信里伤过你的心呢？难道我们注定要发生这么可怕的误解？把你的痛苦倾吐出来吧，发泄到我身上吧。只要这样做能减轻你的痛苦，那就让我来承受一切吧！

前几封信中，我已意识到你的这种感情。现在，终于爆发出来了。我还是要说：你这种感情是病态的。可是，我爱你，谅解你。是的，在我回忆过去、想到未来的时候，确实有种豪迈的感情。这并不是因为我是什么"现实的宠儿"，而是我为自己的生活态度、为我们这一代人将献身于使伟大的中华民族富强的事业而感到自豪，为自己没有虚度光阴而自豪！是的，在目前这样的时候，能保持进取的人生态度，这使我们感到自豪。你问我，为什么阳光不照在你们心里？我可以告诉你：一个人如果不从追求个人幸福和内心世界的安宁中摆脱出来，那他在现实生活中将永远是不幸的。事实上，到目前为止，我们各方面的条件都是相当艰苦的。

给你讲两件小事。“文化大革命”开始的那年，我钻研黑格尔哲学入了迷。可是，我得不到更多的书，图书馆关闭了。有一天，我在废品回收站看见北大哲学系的一位年轻教师正在把黑格尔的著作当成废纸以八分钱一斤卖掉，我走上前去，压住自尊心的反抗，恳求他按原价卖给我。可是，他冷冷地说：“这些书有毒。何况，你根本看不懂。”我像乞丐一样哀求他，他翻脸了：“哲学家都啃不动它们，你要它干什么？！”我默默地走了。

1966 年运动开始不久，我也受了点小冲击。因为替邬叔叔鸣不平的信转回学校，联系我的日常表现，把我作为“修正主义业务苗子”“白专道路典型”来批判。当时，我的脚气病很厉害，脚全烂了，感染了，一步也不能走。只有一个朋友敢于帮助我，给我送饭，扶我上厕所。有天中午，天热极了，我挣扎着去校医院打针。半路上我摔倒了，再也爬不起来。当时，很少有行人路过，我准备爬也要爬去。有两个中学生模样的姑娘走了过来。她们赶忙扶起我，送我去医院。我永远忘不了这两位好心的姑娘，不是因为她们帮助了我，而是她们使我感到在孤独冷漠的环境中还存在着人类美好的感情。

你问我，为什么我心中没有留下过去的可怕阴影？问题在这里：我们和别人的一个重要差别就是，我们从来不仅仅追求个人的幸福和解放。

1967年，我和老邪门一起攻读外文，我们买了很多馒头，甚至门也不出。当我们弄懂了基本文法，记住了足够多的生字，终于攻下一门外语，可以看书时，老邪门很沉郁地对我说："这无非是在一个巨大的天平上加了一个微不足道的砝码而已，这至多不过是炼了炼我们的意志。"在我们坚持艰难的自学道路的人中，有的人绝望了，看不到知识还有什么用。还有人甚至嘲笑我们太天真，预言我们会失败。是的，当时知识被看作只能给人带来痛苦的屈辱，而不是力量和荣誉。但是，我们学知识不是为了自己啊！我们是为祖国而学。

"在痛苦的生活中学习、探索。"——这是我们的座右铭。我们的结论是：一个人的价值不在于他现在的水平有多高，而在于他是否能在生活中不停顿地前进。真理的道路是无数勇敢的探索者走出来的，对于一个真正的人来说，应该具有热爱真理、献身事业的精神。这就是人生的光明、人生的阳光！

我们生活在一个自然科学和社会科学都蓬勃发展的时代。这个时代已经把历史上最伟大的科学家、思想家抛到后面了。我们的时代需要我们提供前人没有提供也不可能提供的新思想、新成就。现在有不少人，他们取消了为变革现实而做的各种努力，于是无所事事，生活空虚，他们不可能不感到痛苦和绝望。这难道能怪命运女神不公正，她飞快的命运之梭只是由于偶然的转动，把阳光给了一些幸运儿，而把乌云给了另一些不幸者吗？难道真是这样的吗？

当夜幕降临的时候，我常常到公园里浓密的树荫中去。我仰望着从树影间隙中露出来的星星，好像看到了历史上那些思想家深邃的目光。这时，神圣的献身精神从心底升起。我是他们的后继者，虽说渺小，可是正沿着他们的足迹，举着他们举过的火把前进。我们并不想在历史的纪念碑上留下自己的名字。可是我们却愿意用自己无畏的、奋不顾身的一生来铸造这样一块纪念碑：人类伟大的奋斗精神永远不会中断。即使我们不能走出一条路来，也要用自己的肉体和鲜血，探清黑暗中的利石，用自己的毁灭来标出失足的深坑。

也许有一天，事实终将证明，我们仍然落在时代后面，成了可悲的落伍者。这种悲哀是人类其他的痛苦都不能相比的。这是历史对一个最勤奋、最忠诚的老战士的宣判：他掉队了。但是我们还是要向前走，尽一切力量向前走，直到生命火花最后熄灭。因为我们是这样地忠于历史，这样地忠于我们生活的时代！

人们常说，一个人摆脱不了时代的局限，但这不等于说时代预先已经给我们规定了局限。时代的限制只有在这个时代结束后才能说明。从这个意义上说，我们为什么要依靠时代呢？还不如让时代来依靠我们。未来是属于我们年轻一代的啊！

永远爱你的老久

第九封　老久致真真

真真，心爱的：

吻你！今天，我收到了你那封斩钉截铁的短信。真真，亲爱的，这封信显示出你那不屈服的个性，我兴奋得把信贴在胸口。

对于一个真正的人，他的弱点一旦被自己理解了，这种弱点就不存在了。新生力量中的最强者往往是旧营垒中倒戈的战士。

我觉得，走向虚无主义是当代青年的思想潜流。它出现在“文化大革命”开始之后的几年，这并不奇怪。他们没有掌握真正的科学思想，在他们看来，历史上一些伟人的思想体系都带有宗教色彩，既可以作为偶像来崇拜，也可以作为偶像来打倒。他们找不到新东西来代替旧东西。他们中间的优秀者忍受着极强烈的内心痛苦。你和你的朋友就是这样一批人。你们是生活在底层但又不甘沉沦的大学生中的佼佼者。你们不愿屈服于环境，在失望的等待中结成了亲密无间的友谊，在困难时互相支持、互相依靠，使精神得到安慰。但是，不论这种关系多么纯洁，多么富有桃源诗意，它仍然是无力的。现在，把人联系在一起的力量，不可能是某种纯粹的精神生活，而只能是时代的要求——献身于祖国的未来。说得更深一点，共同的民族需要和不甘落后的紧迫感把人联系在一起的力量，比其他任何力量要强得多。

我们之间的差别在于：你们把真理、事业看作精神生活的支柱，而我们却把真理、事业看作生命生活本身。你们倾向于个人的责任、美德，把事业看作实现品德的手段。我们认为，个人美德只不过是人类追求进步的大道两旁的鲜花。

你从小就追求一种美的生活、一种崇高的精神境界，可是生活却让你尝到了苦果。因为生活中不合理的现象，你向生活宣战；因为生活中找不到真、善、美，你对生活失望。你想超脱现实，追求富有诗意的平等的精神生活。童汝之流又粉碎了你这最后一点希望。这样，你始终苦闷着，找不到广阔的天地和光明的出路。你的心理在当前是有典型意义的。

我也常常想，童汝是怎样一个人呢？今天，社会的动荡是深刻的，不可避免地影响到每个人的生活方式。动乱的年代提供了比稳定时期更多的机会——使一批有能力和才智的人迅速成熟了，开始从个人生活小圈子中摆脱出来，清醒地认识到自己对祖国义不容辞的责任。还有一些人，迅速堕落下去，把整个民族甚至整个人类的利益当作自己生长的养料，取消了道德约束，贪婪地攫取地位和私利。童汝就是这种人。好话和便宜都让他一个人占有了。这是一些虚伪的政治骗子。你在这一点上算是看对了。社会的动荡使童汝之流看到原有的目标不可靠，于是，他们开始利用一切可以利用的机会和手段，在欺骗中不停地奔波、追逐。他们可以出卖一切，只要能从中不断地满足自己的私欲。这种人是时代的畸形产物。从他们身上体现出来的反面意义，同样是深刻的。

对于这样的人，我们只能用火与剑来评论他们。这些骗子，有的不正在拼命往上爬吗？有的不是已经爬上去了吗？让他们去得意洋洋吧，让他们轻视和谩骂我们吧！现在，我们一律用沉默来表达内心的蔑视，然而我始终有这样一个信念：祖国和人民不会忘记艰苦中奋斗的年轻一代！

真真，我希望你安静一些，让我继续谈下去。

在你写到石田可能发生意外时，我的心为之一震。虽然，我并不相信这一点。但是，万一呢？是我点的这把火，我是罪魁祸首。如果说手上有善良人的鲜血的话，这个责任最终要我来负。我岂不要永远背上一个沉重的精神包袱吗？这样，我还会有什么快乐和幸福？但是，我们是献身于祖国未来的战士，世俗的道德良心对我们没有任何约束力。对于我们，背叛事业，背叛未来，追求个人目的而忘记历史使命，才是最可耻的。不管一个人的道德如何崇高，一旦他脱离了时代，历史对他只能宣判："他是一个庸俗的好人！"

真真，在这种历史年代，在这伟大变革的时代，你想想，一个人只知道追求道德的完善、心灵的和谐，忘记了未来，忘记了人民，忘记了祖国，忘记了历史，那么请问：这同那种只追求生活享受、金钱地位的市侩有什么本质上的不同？

当然，我并不想否认道德及心灵、艺术的美。但是，"道德"和"美"也是在发展着的。今天，我们生活在科学技术大革命的时代，这个时代已经提出了全新的、更合理的道德标准。你的精神悲剧不过是说明了这样一个事实：你追求小农经济式的、封闭的、过时的美和道德完善，就只可能过一种自我欺骗的精神生活。这种精神生活和你追求的目标以及变动着的现实之间的深刻矛盾，正是你不可能摆脱痛苦的根源。而这种精神生活本身就是一种宗教。宗教比市侩更可恶，因为宗教麻痹人的心灵。难道你还不该睁大眼睛，正视一下现实吗？

我认为，幸福永远存在于人类不安的追求中，而不存在于和谐与稳定之中。你知道，在动乱的年代，追求个人美德是多么不现实。社会在动荡、分化、斗争、死亡、新生，一些野心家不但妄想主宰国家的命运，还把一个又一个的家庭击碎，把大学生赶出文明都市，在深山荒野中相互被隔离开。什么艺术享受，什么言论和就业自由，全被剥夺净尽。许多年轻人浪费着青春，被迫在并不需要他们的地方从事所用非所学的工作。难道这是正常的现象吗？正视现实，从中找出疗救的措施，才是我们年轻人应有的态度。

话再扯回到石田上来，刚才说到他“可能发生意外”。你会说：那毕竟是一个人的爱、一个人的生命啊！不论这个人怎么样，生命对于人来说总是最宝贵的。我认为，人类最终目的不过是争取自身的自由和解放。医生抢救生命是崇高的，即使这是一个罪犯的生命。但是，你必须明白，医生是从自然科学的角度来看待一个人（包括罪犯）的生命的，这是人类争取对自然的胜利，是进步的事业。因此，生命的可贵和爱护生命的出发点都是为了整个人类的进步和反对社会的弊病，而不应该用宗教的仁爱的眼光看待它。着眼点错了，就会引出佛教的信条：众生是苦，普度众生。作为自然科学家，他的斗争是争取人类对自然的自由。而作为社会改造来说，时代精神应该是争取科学为人民造福、反抗旧势力的种种干扰。石田根本不会去死。但是，万一他要死，就让他死去吧。无非是这个世界上少了一个庸人罢了。这句话有些冷酷，但这是真理。否则，大家都不要战斗，都去当教士、和尚好了。

或许，你还会产生这样一个问题："要知道，这毕竟是我以前的错误啊。我不爱他，可又答应了他。难道不是我害了他吗？"问这类问题是缺乏起码的哲学常识。黑格尔说过：变化是一种内在不安的动荡。动荡，我们这个时代最鲜明的特征；变化，这就是生命！什么永久不变的神圣的东西，统统是骗人的鬼话！

我提醒你，你的担心是多余的。你对一个庸人那么温情，而对一个每天进行忘我工作的战士却那么冷酷。

谈到你和我的关系，可以这么说，如同我一开始就爱上了你那样，你敏感的心也从一开始就爱上了我。你没有勇气承认这一点，没有勇气和旧关系决裂。你希望我爱你，又怕我爱你。难道不是这样吗？

去年夏天，老嘎来到我这里，就对我说过你。说你是个有很高艺术修养的姑娘。我对他冷冷地说："朋友，这种姑娘喜欢艺术和我们不一样。艺术对于她们不过是生活的点缀和消遣，然而对于我们，却是生命，是可以献身的事业！"当时，我在生活上取一种极端的态度，准备走独身的路。我和老嘎在湖边散步，望着西天出现的暮色，两个拳头很沉重地放在口袋里。突然，起风了。天空被宏伟的白玉般的云层遮住了。太阳把一丝丝余光射到湖对面珍珠般的楼房上。绿色的湖水起浪了，汹涌着，以一种豪迈的旋律美向我卷来。在那一瞬间，我想到，这是一个思想深沉、性格大胆热烈而又豪放的姑娘的爱情。我对老嘎谈过这一难忘的印象，我甚至怀疑这是大自然给我的神秘的启示。

真真，你想想，在这样的年代，哪一个人心中没有痛苦和阴影呢？无非是有些人面向着光明、面向着未来，而有些人面向着阴影、面向着过去罢了。

说实话，真真，我很为你着急。恨你抓不住主要的东西，恨你不珍惜青春。你一点儿也不把事业放在眼里，你眼里只有自己那一点点痛苦。真真，有多少事等着我们去做。一旦祖国需要我们、召唤我们为她奋勇工作时，我们能说我们什么也不会吗？和我们在一起吧！我爱你。你有一种真诚的、全心全意的、不顾一切的热情。只要你投入到事业中去，你就会成为一个坚强的战士！

在生活中，常常有一些闪电般的事物，它伴随着震天动地的雷鸣，给人以强有力的震动、深刻的印象和永久的回忆。真真，我们神圣的爱情就是生活中的闪电。紧紧抓住这生活的闪电吧！黑色风暴带着它的精灵来了，这就是——勇气和热情！

永远爱你的老久

第十封　真真致老久

老久，我亲爱的：

吻你！想念你！

今天，我第一次这么称呼你，以后我要永远这样称呼你了。亲爱的，你腿上的伤口好了吗？不发烧了吧？你都快把我急死了。你简直无法想象，如果你现在在我面前的话，我将怎样亲热地快乐地抚爱你。亲爱的，从今天起，我的新生活开始了！

昨天，我收到了你的信，今天又收到了你的信。这是些多么出色的信件哪！我想起了俄国伟大作家赫尔岑的一段话：

“这是一些从头到脚用纯钢铸成的英雄，是一些奋勇的战士，他们自觉地赴汤蹈火，力求唤醒年轻一代走向新的生活，力求洗净在刽子手和奴才中间起来的子弟身上的污垢。”

这些信是怎样明亮生长的光芒啊——直射到我心上了。我冒着汗，紧张地读着。亲爱的，为什么你不早点儿对我讲这些呢？我感到一种疯狂的力量在摇撼着我的心。你在爱我啊！爱得那么真诚、那么炽烈、那么勇敢。为什么我竟然会提出要和你疏远关系、保持感情上的距离呢？有哪一分钟我不在渴念着你呢？为什么我要用这种不堪忍受的痛苦来惩罚自己，伤害你呢？只要想到我曾经说出过多么刻毒的话来骂你，我就加倍地难过。亲爱的，我勇敢的爱人，我需要的正是这种尖锐的批判啊！

这些信有逼人的进攻的锋芒。我爱，深深地爱这种锋芒、这种气概、这种风格。我碰到了一个崭新的人，这个人成了我的爱人。

你向我揭示了残酷的真理。我有胆量正视真理。亲爱的，你了解我的内心世界。我是“在刽子手和奴才中间生长起来”的人。我的内心世界里，沸腾着热血，呼啸着风暴，有对光明执着的追求，也有恶魔留下的创伤。是的，我对现实中不合理的事物有势不两立的决心，但我缺乏思想的武器。

你有力地批判了我。只要是真理，我就接受。要做战士吗？何不拿自己来开这第一刀？我在一个封闭的体系中寻找真理，你拉我跳到一个广阔的天地。你尖锐地指出了像我这样的人不过是高级市侩。是的，在大动荡的时代，个人的一切变得多么微不足道啊！我没有丝毫理由长期纠缠在个人感情、个人出路之中。艰苦的工作在等待我们，激烈的战斗在

召唤我们，我却隐于个人的痛苦中不能自拔，这是多么渺小啊！你使我在个人的苦闷中抬起了头，我看见了光明——我们这一代人对祖国和人民所负有的义不容辞的责任。我们决不把自己的命运交到别人手中！

一个敢于追求真理的战士，决不怕真理的冷酷。如果他怕了，那他就是胆小鬼，是混蛋，是外强中干的牛皮专家。尽管你把批判的锋芒指向了我，但我是追求真理、服从真理的。你不要怕我受不了。你的火力可以更猛一点。我多么希望我们今后的生活中充满这种朝气和锋芒啊。我厌恶那种凝固了的、令人感到窒息的幸福。我们需要的是促使人拼命向前的激动人心的爱。让我把自己赤诚而热烈的爱情献给你吧！现在，我是多么幸福啊！我只是渴望飞快见到你，尽早投入到你温暖有力的怀抱中！

真真

第十一封　老久致真真

真真，我亲爱的，我永久的爱人：

吻你！真真，我亲爱的真真，等不及你给我回信，我小心地采下一片栀子花的叶子寄给你。如果你收到这封信时，这片绿叶已经枯萎，那么，也许我们的爱情是一幕悲剧。如果它仍然是一片绿色的、散发着清香的叶子，那么，我们的爱情将永远常青！

想到我们的未来，我是多么激动啊！

我望窗外，风把绿晃晃的树叶吹动了。那炽烈的蓝天摇成了碎片。一片蓝色，明亮的摇着、晃着……啊，看啊，真真，亲爱的！看那蓝天，祖国炽烈的、透明的、无际的蓝天，那是伟大的事业，那是自由，那是未来！

亲爱的，如果我当了你的丈夫，你一定会把我管得很严，你是一个多么厉害的姑娘啊！是吗？吻你！

你的老久

第十二封　真真致老久

老久，亲爱的：

无穷无尽地思念你，尽兴尽情地吻你！

绿的！绿的！栀子花的叶子是绿的，发出诱人的香气。绿色，青春，生命。我们的一切多么美好。我不信叶子有什么预言的价值，一点也不信——虽然它是绿的。即使是枯萎的，我也坚信未来，坚信我们的爱情。不管未来有多大的风浪，我们的爱情永远壮丽、永远年轻。

不，亲爱的，我不会管人，我不喜欢管人，也不喜欢人家管我，哪怕是爱人。你不知道，在生活方面，我是一个多么马虎粗心的人。我不会管生活，不会管东西，不会管钱，什么都不会管。东西很乱，很爱丢，我最管不住的是自己的心……亲爱的，你将讨一个多么没有用的老婆啊！

虽说暑假已开始二十多天了。但“文化大革命”开始后，哪个教师享受过寒暑假呢？假期成了理所当然的运动时间了，看那些整人整得毫无道理的材料，我简直愤怒了。我常常和专案组组长发生争吵。他辩论不过我时，就露出又黄又长的门牙提醒我：“你注意你的立场！”不，这种生活再不能容忍！我决定造反了。亲爱的，几天后，我将到你身边。等我的电报，你要在出站口右边等我，手中拿着一张红桃A。我相信，只要一眼，我就会在滚滚的人流中认出你来。

我渴望见到你。亲爱的，吻你！吻你亮晶晶的双眼！

老嘎来玩了几天，又走了。他祝贺我们呢！我们可爱的忠诚的朋友啊，愿他在生活中找到幸福，愿他成为表现我们这一代人的感情的艺术家！

你的真真

第十三封　真真致老嘎

老嘎，我亲爱的朋友：

送你上汽车时，我曾经问过你，你当初怎么会产生把我和老久联系在一起的灵感。你避而不答，汽车快开了，你突然对我说："我会告诉你一切的！"

是的，亲爱的朋友，在你和我相处的七八天中，你一直很理智、很冷静。但我明白，在你小心翼翼的热情中包含着多么深沉的内容。（老嘎批：也有不冷静的时候，那天傍晚，我跑出去了，跑过了小河上的石桥，在黑夜中痛苦地哼着歌。）

其实，我这个人并不像你想象得那么好、那么完美。我只是一个心地善良、敏感、热情的人。我有无数的弱点和错误。（老嘎批：只有偶像才没有错误。）

你不止一次地对我说："也许，将来我会很惨很惨。"我说："不会的，我们永远和你在一起。"我明明知道这种所答非所问的方式不能解决感情上的问题，但我又能说什么呢？我很清楚，友谊不能代替爱情。

上星期五下午，我带学生们劳动回来，给你采回两朵山花，还拾到一支老鹰的羽毛。这紫蓝色的野花，像倒挂着的小铃铛。我心中充满了诗意的幻想，好几次，我非常认真地用那支羽毛拨动那倒挂的花蕾，仔细聆听，看它是否会发出丁零丁零清越的声响。你说："硬要花朵和铃铛一样发出声响的心灵是多么美啊！"其实，它不会响，就像压抑在你心头的热情永远不会发出清脆的响声。（老嘎批：我说过，心灵的铃铛从未停止过振响。）

晚饭后，我们默默地坐着。我无意翻出一封你过去给我的信。没想到，你抢过去，一把把信撕碎了。一种强烈的情绪袭上我的心头："你在做什么呀？"我扭过头去，不愿再看你，你在撕信吗？不，你是在撕毁你心灵中美好的感情。为什么要当着我的面呢？我伤心了，我从来没有不尊重你。可你……我为了控制情绪，看起书来。当我感到你用惊异的目光看着我那在暮色中苍白起来的脸时，我走出了房间。（老嘎批：没想到这么令人心碎，无法弥补！）

我始终忘不了你穿着那件海蓝色的汗衫，灯光下，你的脸显得格外分明，面露深沉，只有一双眼睛充满了热情和痛苦。（老嘎批：我也忘不了，那天晚上，灯光下，你站在我身边，凉风吹起了白色的纱布窗帘，你深沉地说："闷啊！风来了。"）要知道，我希望你心头的热情伴着那痛苦的泪水一起

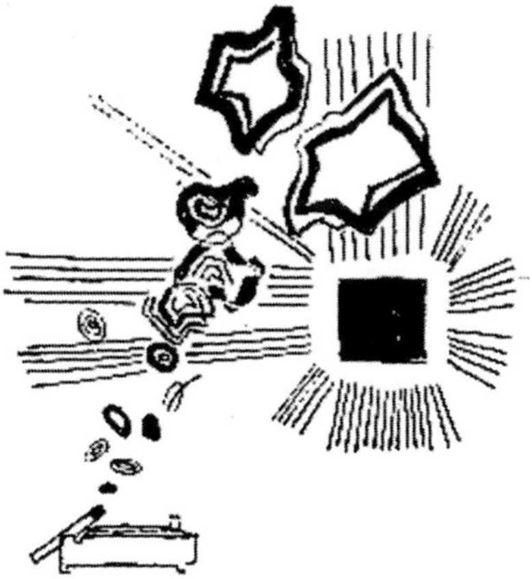

倾泻出来，这样我可以安慰你。但我又能说什么呢？我知道，在你那颗高尚的心开始觉醒时，感情的浪涛开始汹涌时，你却不能打开感情的闸门了。（老嘎批：感谢你！）

老嘎，我永远尊敬你。我只是期望你更勇敢一些，在艺术创作上步子迈得更大一些。即使你一生的奋斗都得不到社会的承认，我们也永远爱着你。因为，那些作品里面凝结着你的、我们大家的感情和追求，这是我们一代人的经历啊！

樱花呀，樱花……

没想到过去的一切竟然这么难忘。

今年，在樱花盛开的春天，你给我带来光明和希望。明年呢？樱花重新开放成晴空里灿烂的云霞的时候，你还会来吗？你又将带给我什么？“年年都有风和雨，樱花总要盛开。”樱花啊，我们心中的春天，我们心中的希望！

真真

第十四封　老嘎致真真

真真，亲爱的朋友：

收到信了，我走出门去……

我一个人登上了山头，茫然地走着。

我说不出来是什么感觉……斑斑斓斓的一大片呈现在眼前。这里，已经不是陌生的地方，我是感到留恋还是感到冷酷？是悲痛欲绝，还是什么都有呢？

难道你还不理解我怎样以自己的痛苦和尊重，在用心地贴着那被撕碎了的画页，把它修饰成精美的画册吗？

难道你不记得在一封信中我说过“我将含着辛酸的眼泪去描绘我们共同奋斗的欢乐和胜利的图景”吗？我坚信，总有一天，我能拿出这样一幅创作，放到我的同志和战友面前。

在旅行中，每当我要离开一个地方时，就会产生没有着落、漂泊不定的情绪。我要走自己的路，但又不知现实将怎样摆弄我。

这些年来，我那充满矛盾和痛苦的内心世界，没有人理会过。天真的亚瑟是在生活的艰险的考验中变成了锋芒毕露的“牛虻”。而对于我，却是一颗高傲的心灵被压抑成麻木的“东西”，戴上了沉重的精神枷锁。直到现在，我还没有摆脱旧的躯壳，以至于不能大胆地追求新的生活。

请你相信，我现在是在用理智写信。我不愿意伤害你。那天你劳动完回来，看到你是这样高兴、活泼，脸色红润，心情舒畅，我心花怒放了。多么想唱一支欢乐的歌，但我马上又产生了痛苦，竭力克制自己。我做过多少次这样的自我克制，这是多么残忍的扼杀——亲自的扼杀啊！

虽然，你也一直对我关闭着心灵的大门，我还是感受到了你的灵魂。就像小时候我听着姐姐在弹钢琴，我感受到她急促的呼吸、激昂的内心一样。我从心灵深处体验着。我觉得我需要这样的性格、这样的心灵、这样的热情。一旦我获得了，我将变得那么强有力，那么富有生命力！

岁月在飞逝着。我并不奢求什么。你是那样地理解我和体贴我。但是，你越是给我带来友爱，我越是看清了你和我的差距，我便越感到现实的冷酷。正因为我是深深地爱着你，所以我吞下了自己的痛苦，带着对朋友的友谊和热望，做出了大胆的举动。你问我为什么大胆地促成了这件事吗？因为我爱你，我认为他可以给你带来你所需要的一切。我以自己的痛苦来帮助你投入事业。我相信，你一旦把充满愤怨的一切倾吐出来，就会坚强地奔向未来。我已经失去了一切，但我决不遗憾。

我知道，如果一个人没有能力帮助他所爱的人，最好不要随便谈什么爱不爱。当然，帮助不等于爱情，但爱情不能不包括帮助。也许，我又错了。不，不谈这些了。

我不想再在沉默中忍受理智带来的痛苦了，——从这里，你不是更可以认识自己的价值，从而更加勇敢地走向未来吗？我第一次，也是最后一次倾吐了我对你的爱，我将会以更加勇敢的步伐走今后的路。

祝福你，你以你那大胆热情的心灵，获得了爱情和事业。世界上再也没有比这更动人的基于事业的爱情，也没有比这更崇高的由爱情结合起来的事业了！这才是我们的未来！

我从小就看懂了安徒生的《丑小鸭》，然而直到现在才看懂了《海的女儿》。

啊，雨后的凉风吹起来了，吹响了铃铛！是的，那心灵的铃铛一直在振响着，从来没有停息过。它是永远不会停息的！

再见了！
凄苦寒冷的雨夜
总会过去。
接着而来的必将是——
阳光明媚的白昼。
狂风暴雨能够
无情地摧毁——
腐朽的城堡；
也冲掉了
街道上的泥沙和污垢。
现在
你是多么幸福地
沐浴在温暖和光明之中，

你更懂得了阳光的灿烂啊！

再见吧！

让我深情地再看你最后一眼，

明天，我又将登上漫长的旅程，

重新开始心儿的歌唱……

老嘎

1972 年 3 月初稿

1979 年 9 月二稿

油印本（1978）序言

山友

你的诗回答一切崇高的
思想。
像天灵一样在人群上面
飞巡。
仿佛在民间喜庆与悲哀
的日子里，
一个巨钟的高塔上发出
了声音。

六年前，本书的第一位读者在手稿后面抄录了莱蒙托夫的这几句诗。他觉得只有这简洁有力的诗句，才能表达自己强烈的印象和复杂的感受。因为，他知道，这就是自己这一代人的生活、思想、愿望和道德标准。当时，这本书只在极少数的人中传阅过很短的几天。但是，很快地，有不少人都知道了这本书，并且希望读到它。

今天，作者终于把这本《公开的情书》公开了。

似乎，作者应该在这样的时候讲很多话。可是，作者只写了短短四百字的小跋。小跋中，作者用一种幽默轻松的口气说："那些年月还有什么好提的呢？"是呵，只有在那样一个时期中长大成熟的人，才有可能理解这吞咽了血泪的幽默，才有可能体会这负担着沉痛的轻松。

不少人，容易被假象蒙蔽。他们看到舞台上只有几个"样板戏"跳来唱去，看到刊物上只有那几个被允许存在的"革命"词句排列组合成的"诗歌""小说"。他们就难过得直摇头，断言这一时期没有文学。但是，他们没有注意到这样一个最基本的事实：中国的人口在增殖，孩子一个又一个地被生出来。也就是说，当官方文学宣判无产阶级的"高大全"

英雄不能有“恋爱”这种“低级趣味”时，生活中的年轻人仍然在恋爱着，熬夜写着情书。自从有人类以来，男女之间的爱情从来没有因为某种“长官意志”“家长权威”“道德训谕”之类的东西而中断过。这样反映年轻人的生活的文学也不可能被抹煞。从这个意义上讲，人民的文学是不会中断的，也没有空白。

当然，今天我们再读“四人帮”把持舆论阵地时期的这些群众创作的没有公开发表的作品，总好像隔了层纱幕，生活的实在的内容变得像影子一样模糊，这也不奇怪。人们养成一种习惯，无论是说话还是写信，总要小心翼翼地避开随时可能发生的迫害。这已经成为那个时期生活的特色，文学作品也就免不了会以这种形式出现。不过，精神的锋芒是无论如何也回避不了的。尤其是正在相互寻找的青年人，他们在物质生活和精神生活空前的荒凉和寂寞之中，渴望着未来，渴慕着相互了解，而不是可怕的心灵的陌生。这时，他们必然要显露自己在精神上最本质的东西。因此，读这本书时，我们就仿佛在那动荡的年代，倾听几个年轻人的心灵在呐喊。他们那种对祖国和人民最真诚的爱、对社会和历史的高度责任感，那种把未来和眼前的学习和探求紧密联系起来的求实

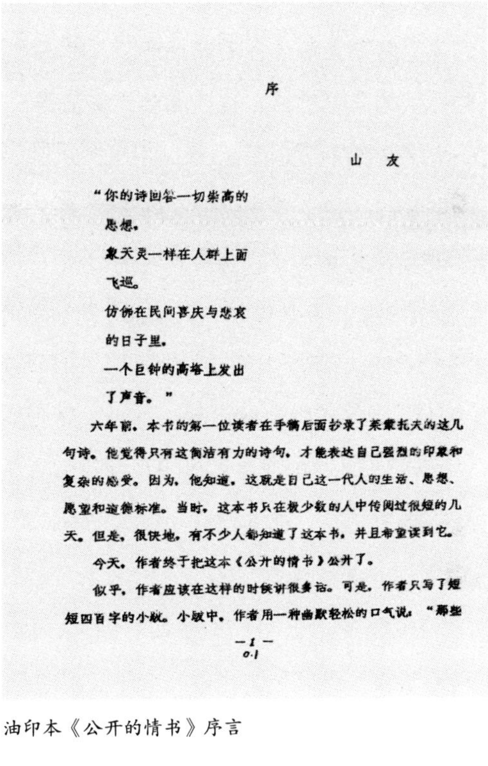

序

山　友

“你的诗回答一切崇高的
思想，
象天灵一样在人群上面
飞巡。
仿佛在民间喜庆与悲哀
的日子里，
一个巨钟的高塔上发出
了声音。”

六年前，本书的第一位读者在手稿后面抄录了莱蒙托夫的这几句诗。他觉得只有这简洁有力的诗句，才能表达自己强烈的印象和复杂的感受。因为，他知道，这就是自己这一代人的生活、思想、愿望和道德标准。当时，这本书只在极少数的人中传阅过很短的几天。但是，很快地，有不少人都知道了这本书，并且希望读到它。

今天，作者终于把这本《公开的情书》公开了。

似乎，作者应该在这样的时候讲很多话。可是，作者只写了短短四百字的小跋。小跋中，作者用一种幽默轻松的口气说：“那些

—1—
0.1

油印本《公开的情书》序言

精神，以及对爱情的大胆追求，对虚伪道德和寻求个人精神解脱的深刻批判，仍然会打动今天的读者的心。因为，它本是那个时期青年人心灵的结晶。

我们真诚地希望十年来埋藏在地下的好作品被挖掘出来，使人们看到那个时期无法公开的精神产品，使后人了解那个时期人们的真实的思想感情。也让那些专家懂得，中国文学史上的这一段并非空白。

衷心希望我们的文学刊物为群众昨天的文学创作开辟出一块园地。请看看地下：那些翻腾奔突的岩浆，不管你是否承认它，它都存在着，并且终有一天要迸发出自己的热和光。

1978 年 12 月

油印本（1978）跋

对那些至今还活着，但并不那么年轻的人来说，他们的恋爱已经成为历史。

这本小册子，不知道是多少人共同完成的。也许那些一本正经的人，会想象里面讲的是某某人的生活。如果你有兴趣刨根问到底的话，你可以一直追到秦始皇、孔夫子那里。比如，马王堆里那个死了两千年又见世面的老太婆，不也还有人编排她的浪漫史吗？

上历史课时，老师念叨着："这是公元 ×× 年 × 月 × 日发生的事情。"这时，小学生们就会打瞌睡。于是，我们干

-185-

跋

对那些至今还活着、但并不那么年轻的人来说，他们的恋爱已经成为历史。

这本小册子，不知道是多少人共同完成的。也许那些一本正经的人，会想象里面讲的是某某人的生活。如果你有兴趣刨根问到底的话，你可以一直追到秦始皇、孔夫子那里。比如，马王堆里那个死了两千年又见世面的老太婆，不也还有人编排她的浪漫史吗？

上历史课时，老师叨唸着："这是公元××年×月×日发生的事情。"这时，小学生们就会打瞌睡。于是，我们干脆略去了信件的日期。

那些年月还有什么好提的呢？

这是一个被毁灭的时代。这些人和事，他们的激情和悲欢，都已象殷清烟，查无踪影了。但是，他们的痛苦的热情和执着的奋斗精神，已在更年轻的人心中燃烧。

我们无法判断现在二十岁的年轻人如何看待这批信件。但我们贡献出来了。

今天，我们有幸卸下了这心灵上的重担。我们心中默念着：

"未来永远属于青年！"

一九七八年十二月

作　者

油印本《公开的情书》跋

脆略去了信件的日期。

那些年月还有什么好提的呢?

这是一个被毁灭的时代。这些人和事，他们的激情和悲欢，都已像股青烟，杳无踪影了。但是，他们的痛苦的热情和执着的奋斗精神，已在更年轻的人心中燃烧。

我们无法判断现在二十岁的年轻人如何看待这批信件。但我们贡献出来了。

今天，我们有幸卸下了这心灵上的重担。我们心中默念着：

“未来永远属于青年！”

1978 年 12 月

作者

彷徨 · 思考 · 创造

——致《公开的情书》的读者

一

我们的目光相遇了，
虽然我们不曾相识，
但内心的热情告诉我，
我等待和寻找的就是你……

你们的信，像鸟儿从远方飞来，毫无顾忌地闯进我的门窗。一撕开缄口的信封，热情的喧哗就淹没了我的心房。你说："我的心灵被敲打了，我想让敲打者听听这声音是否铿锵。"八年，三千个白天和夜晚，我思索着、工作着、等待着。那往日的思想和热情，曾如天鹅般地在深谷盘旋，今天终于从千百个年轻朋友那里带来了回响。

在这广阔而空漠的宇宙，心的距离犹如一颗星和另一颗星之间那么遥远。但相互理解的信息，把我们联成一个辉煌的星团。

二

相似的经历并不能
铸造同类的心，
只有内心的火
才能把彼此照亮。

我们的目光充满了信任，问我有着什么样的经历。

我曾经是个顽皮的孩童。无忧无虑的童心就好像三十亿年前的海水那么炽热而又单纯，没有从生活中溶解那么多盐。我也曾是个忘恩负义的少年。浅薄的幻想和一时的恶作剧，就会使我心满意足。青年时，我一腔热血，头脑发昏，常常为一些表面的是非暴跳如雷。

在我渴望知识甘露的时候，祖国大地上却扬起了动乱的黄沙。我看不见蓝色的天，绿色的地，分不清东南西北。我愤怒了。大雨啊，再滂沱它三千年，洗净这龌龊的大气吧，管它洪水滔天！原始的海洋啊，再一次覆盖大地吧，让纯洁的生命重新开始！

这时，我看见了祖国在看着我们。我安静下来。苦涩的海水退去了，心的海滩上凝聚着痛苦的沉重的盐层。我渐渐明白了生的价值。祖国在爱着我，也在等待着我们这一代的爱。

朋友，珍惜这深沉的爱吧。只有她才能推动一个古老而又伟大的民族的历史性转折。让我们一起往前走。

三

你把我称为兄长，
我们是同一个母亲的孩子。
在一切权利被剥夺之后，
我们心中只剩下她的名字。

她就是我们的祖国。可是你会说，十年动乱，只有无穷无尽的等待、沉默和希望。我们每天早上不得不醒来，而夜晚的梦也是那么平庸而空洞。辛劳和苦恼在我们尚未成年的脸上，过早地刻下了皱纹。

然而，在这旋风般动荡的岁月中，我们成长了，成熟了。我们登上了历史的山峰，看见了五千年来照耀着我们民族的灿烂群星，和祖祖辈辈走过的路。雷声渐渐逼近，我明白了：这是祖国的召唤。

四

你在遥远的山岗向我呼喊，
希望得到力量和帮助。
你必须独自走完这段路程。
你应该是个强者。

强者并不是天生的。那是一些认识和理解被解放了的热情的人。如果一个人要去理解人生的意义，准备接受祖国的神圣使命，就需要把自己经历的一切变迁、努力和感情挫折，统统与整个人类和民族的活动联系起来。你对祖国的爱，对历史责任的理解，都应该包含在这广阔的时间和空间之内。这时，你的思想就会升华，你会觉得真正有力量。感情的湖水依然汹涌着，狂风摇撼着你的心，你再也不会被雷电击倒。

我们和那些个人奋斗者的根本差别就在于：他们追求的是个人的出路；他们只信任自己，认为个人的能力和智慧是创造的源泉。我们追求的祖国的出路；我们也相信自己，但我们认为，离开了对中华民族的爱，离开了祖国繁荣强盛的目标，离开了用科学审视社会和人生，我们将没有力量走完这艰难的历程。一个人之所以是强者，就因为他肩负着历史的使命！

五

写下这些带有缺陷
但却是真诚的文字，
我们要证明
这一代人的存在。

你们问我为什么要写这部小说，我并不是在写小说。我只是献出了一颗不说谎的心。

我并不是狂妄分子。我只能这样思索，这样写。要知道，每一次的转折，都在生活的威严的目光下进行。

我说了一大堆废话，那是给专门爱挑剔别人的尊贵者看的。在隐隐约约的字里行间，灌进去了一些我们体会到的真理，那是供你们批判的。还有一点点和胡说八道相去不远的希望和幻想，愿孩子们能够发现它。

有人说，这部作品没有故事、没有细节、没有高潮。还有的人，随心所欲地挑出几个刺目的字眼，再涂上憎恨的色彩，说它离经叛道。也许，这是由于我们对文学有不同的理解。

文学，也应该是一种探索、一种创造。今天的文学家和科学家有着相同的使命。科学家在发现新的世界、新的自然规律；文学家则应该努力发现新的人、新的生活准则。

六

我们赤身裸体地站在
这个被污染的星球上，
为了孩子们，
我们开始那纯洁的创造。

这是一个科学和文明迅速更新的时代。可是，在我们的土地上，平庸成为公认的美德，历史上大师们创造的概念大厦压得人们喘不过气来，缺乏创造的热情和才华。这一切如何得了呢？于是，青年人渴望破坏。但是，朋友，你必须去创造。思想的垦荒者，如果只是去清除愚昧的野草，而没有在这块空地上不失时机地播下种子，那么，要不了多久，这块浸满先驱者血汗的空地就会重新长满迷信的荆棘。

掰开洁白的贝壳，我们寻找创造生命的双螺旋。不停顿地创造，这是新时代人的良心。

朋友，给你们的信我们还没有写完，因为生命的路还很漫长。让我们用过去的、现在的和将来的创造，来报答你们的信任。

（此文收入北京出版社 1981 年单行本）

读者 · 作者 · 编者

第十五期[①]

北京出版社总编室编

1980年4月4日

青年读者十分喜爱

《公开的情书》在《十月》1980年第1期发表后，受到广大青年读者热烈欢迎。编辑部和作者收到来自十多个省、市的来信。直到3月底，还不断有人写信来。编辑部收到的来信，除已转给作者的外，还存有五六十封。来信者多为青年、学生、干部、战士、工人、店员、护士等。从来信看，读者

① 为保护来信隐私，这份文件中所有人名、地址一律隐去。

都是从作品中受到了鼓舞，汲取了力量，效果是积极的。四川省江油县人民医院一个读者，把小说一连看了五遍，从中汲取了前进的力量。广州旅游局一个读者说，看了深受感动，还把哲理性的警句抄录下来。有的青年说，本已对生活发生厌倦，失去信心，现在又看到了光明。有的说，《公开的情书》像当年看《母亲》《牛虻》一样，受到感召和激励。安徽省望江县化肥厂工人邢旭中来信向作者致敬，他说："亲爱的同志们，请你们接受一个普通工人发自内心的感谢——感谢你们唤醒了一颗苦闷、沉痛的心。"

下面摘录一部分信的内容，以供参阅。

"我为《公开的情书》击节赞赏。这部文学作品有它独特的艺术风格，但真正使人震动的是它所显露的大胆明快的思想激情，所包含的深刻广博的生活哲理，所蕴藏的巨大的、引人向上的动力。这部作品所提出并试图说明的问题，正是我们这一代年轻人应该认真思考的问题，这就是怎样树立正确的人生观、苦乐观、爱情观。应该追求什么样的理想、什么样的爱情、什么样的幸福。这对纠正当前年轻人中的思想混乱肯定会有帮助的。因为它除了一定的政治说服力外，还有强烈的艺术感染力。”

“我打开这部书信体的中篇小说，立即被那新颖独特的艺术手法、健康深刻的思想内容吸引住了，更被真真、老久、老嘎、老邪门这些正直、诚实、勇敢的人所激动了，仿佛面前展开了一幅生动、绚丽的生活图画，活跃着一群光明磊落、朝气蓬勃的青年。几天来，我沉浸在诗一般美的激情中，享受着幸福的欢乐，呼吸也随着他们命运的坎坷忽而急促，忽而平静。这是青春的呐喊，这是时代的呼声啊！”

“优秀的文学作品能使我认识生活，当看到生活阴暗的一面，使我能客观地面对现实，开阔自己的眼界；看到生活光明的一面，能激发我奋力进击的勇气，尤其在优秀人物身上，看到自己的弱点。在《公开的情书》中，我就找到了自己的榜样。在对待思想与生活问题上，您的作品使我看到了真正的蓬勃向上的青年人的形象……这一时期的大量作品，对于在那么长的动荡年代中，许许多多年轻人的不幸命运，寄予了极大同情。但是在《公开的情书》里使我又看到了迥然不同的人物。他们也经历了那样一个时期，在那样的困难时期，却有人依然能保持积极向上的信心，有理想，有作为，有着对待生活的正确看法，有着对待朋友的真挚友谊，这一切都

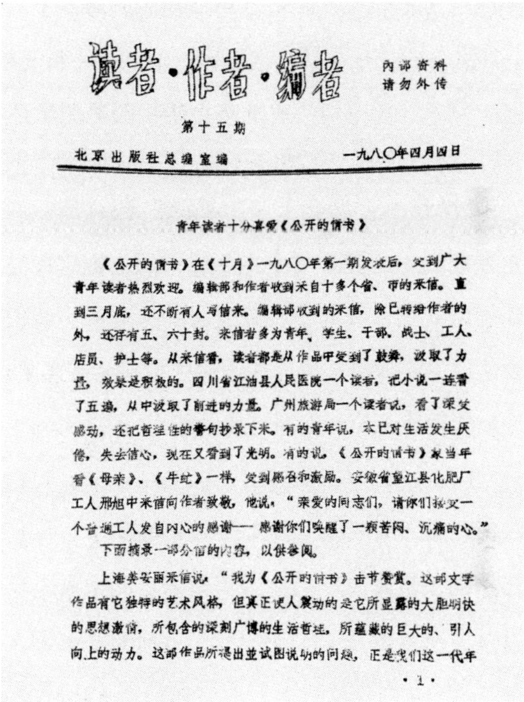

读者·作者·编者

内部资料
请勿外传

第十五期

北京出版社总编室编　　一九八〇年四月四日

青年读者十分喜爱《公开的情书》

《公开的情书》在《十月》一九八〇年第一期发表后，受到广大青年读者热烈欢迎。编辑部和作者收到来自十多个省、市的来信。直到三月底，还不断有人写信来。编辑部收到的来信，除已转给作者的外，还存有五、六十封。来信者多为青年、学生、干部、战士、工人、店员、护士等。从来信看，读者都是从作品中受到了鼓舞，汲取了力量，效果是积极的。四川省江油县人民医院一个读者，把小说一连看了五遍，从中汲取了前进的力量。广州旅游局一个读者说，看了深受感动，还把哲理性的警句抄录下来。有的青年说，本已对生活发生厌倦，失去信心，现在又看到了光明。有的说，《公开的情书》象当年看《母亲》、《牛虻》一样，受到感召和激励。安徽省望江县化肥厂工人邢旭中来信向作者致敬，他说：“亲爱的同志们，请你们接受一个普通工人发自内心的感谢——感谢你们唤醒了一颗苦闷、沉痛的心。”

下面摘录一部分信的内容，以供参阅。

上海姜安丽来信说：“我为《公开的情书》击节赞赏。这部文学作品有它独特的艺术风格，但真正使人震动的是它所显露的大胆明快的思想激情，所包含的深刻广博的生活哲理，所蕴藏的巨大的、引人向上的动力。这部作品所提出并试图说明的问题，正是我们这一代年

· 1 ·

《读者·作者·编者》原件

是多么可贵呀！”

“《公开的情书》深深地吸引着我们，激励着我们。为我们的祖国，为我们的事业，我们这一代应该努力奋斗。老久、真真、老嘎、老邪门，他们的友谊、爱情，也为我们指出了新时代的青年人所应追求的崇高的情操。我们抓紧一切业余的时间看着、抄着，甚至讨论着。我们单位只有一本《十月》，我们多么想每人一本啊！希望能见到《公开的情书》再版。”

“《公开的情书》给我上了生动的、深刻的一课……我的心和它一起跳动，我心灵中将要熄灭的火被它拨亮了。我愤慨我失去的光阴，我痛惜我晃过去的青春……我们青年人多么需要这样的良师益友啊，在迷途中指路，在黑暗中掌灯，把您那深刻的哲理、奋斗的精神传给我们。”

“《公开的情书》是我国现代文学上的一线希望的闪光，是真正以现实主义同浪漫主义天衣无缝地相结合的纯美结晶。不仅是它那优美的旋律般的形式，更是它那动人心魄的、深含哲理的内容，使我们对它爱不释手，争相传阅。”

“《公开的情书》是一本我们年轻人生活的教科书。每一个年轻人看后都会意识到自己的渺小和无知，都会看到真正精神世界的光明，都会使自己空虚的生活受到有力的抨击。

我发自内心地感到，这篇作品太好了，我多么希望能再看上几遍，多么希望让我所有的朋友，让全国向上的青年都能看到。”

“《公开的情书》燃起了我的热情，把我从虚无中拉了出来！我用泪一般的声音呼唤着：我爱你——祖国的未来。（我）内心世界里，沸腾着热血，呼啸着风暴，有对光明执着的追求，也有恶魔留下的创伤。这部‘情书’，真能称得上‘生活的教科书’。它让我和其他青年朋友知道，怎样去理解生活、理想、命运、爱情、婚姻、道德乃至哲学、文学、美学等等，而这些问题，往往是我们这一代青年所苦恼的问题。”

“如果说每一代人都有自己的精华，那么，他们就是我们这一代的精华。他们的奋斗，将在社会发展的历史上放射出最亮的光芒。你们的作品，第一次如此真实而深刻地表现了这些为探求真理而跨进地狱之门的英雄，使人感到说不出的激动和感激。作品中的人物我们熟悉，他们的感情和语言，时常引起我的共鸣……”

“你们对人生及当前社会的精湛剖析，对道德、感情、品质及人格的全新而又大胆的见解，使我在敬佩之余，尤感亲切。……我十分清醒地认识到：我已有了知音——知己！也就是说，我从此和迷惘与孤寂永别了。”

“《公开的情书》给了我前进的勇气，战斗的渴望，求胜的信念。我喜爱书中的主人公老久，胸怀坦荡，热情激奋，思维敏锐，勇于寻求真理。……我十分喜欢作品中的语言，像散文诗一样甘甜可口，像小溪流水一样欢跃流畅……”

“我刚刚看完你们所著的《公开的情书》一书，书中的字字句句响在我的脑海里，撞击着我的心灵。每个人物都使我感到亲切可爱。他们的高尚情操和对待生活的态度，使我起敬。崇高的思想境界和伟大的事业心，使我深深感动。我眼里噙着泪花，心中燃烧着一团火。我感谢你们啊，让我享受到这精神上最大的快乐。”

北京师范学院分院中文系的反映

一、肯定意见

从真、善、美的标准来看，它基本上是真实可信地反映了 1970 年前后大学生的思想感情面貌。它的思想是健康向上的，突出的是主张事业与爱情的一致性。爱人必须热爱自己的事业。真真在爱情生活上，受到过玩弄，但没有屈服，在老久等人的帮助下，她投入斗争的洪流。这是善。

我还是能看得下去的，细读下去能把我们带到当时的年代。主题积极向上，充满了探索。战斗精神、进取的信心和勇气强烈地感染着读者。特别是冲破旧的人情世故，在思想深度上最近才看到。它能引导我们回头审视一下我们走过的路。

一开始读不下去，读了不知所云。到公园细读之后，我发现这篇小说是我读到的小说中最好的一篇。它的深刻的思想深深地抓住了我。佩服这几位年轻的科学工作者，他们的思想敏锐、深邃，观察、剖析问题的深刻十分鼓舞人。

它名叫《公开的情书》，实际上是青年知识分子的宣言书。作品中的人物，老久、老嘎、老邪门这些青年在我们国家最困难的时候，最混乱的时候，他们干什么呢？他们厌恶无休止的政治运动，他们看到世界上日新月异的发展，他们思考、探索，坚定地相信“我们的努力不会白费”。他们热爱祖国，以自己毕生的努力，使祖国富强起来。他们在 1972

年认识到的东西，我们今天才认识到。

在人物描写上，几个人物的性格是鲜明的。对老久的刻画，运用了生动的细节，如刚学会游泳不久后，就横渡长江，艰难地游完了预定的要求，他说“人家能做到的，我们也能做到”，看出了他坚强的性格。

真真是一个变化、发展中的人物，从苦闷、彷徨的状态，在老久等人的帮助下找到了解放的出路。

老久、真真等人的苦闷，普通农民是不理解的，所以再教育很难说，很少写他们与人民群众的血肉联系，这一点无可非议。

小说中爱情关系也是崭新的，现实中似乎不可能，在小说中的发展却是合情合理的。

小说的问题，过去我也思索过，但从来没有表达出。

从形式上看，我本来是喜欢传统形式的；但反过来一想，这种书信体的小说，是最好剖析人物内心世界的。至于民族风格，是要发展变化的。开始我看不下去，我很浅薄，但整个民族文化水平提高了，是不难懂的，风格上应该百花齐放。

这个小说积极向上。当前我们青年人存在信仰危机，扩大点说是我们民族的信仰危机。大部分人信仰受到破坏的时候，发表这样的作品有很大的积极意义。

这个作品对青年有积极意义。有一个大学青年，模仿《在路上》写了一篇短篇小说，写在路上看到的坑、蒙、拐、骗，情绪十分消极。这一作品给老一代的看后很不理解。

最近以来，不少1957年被错划为右派的同志，写了不少好作品。这篇作品出自青年人之手，起到了承前启后的作用。

《公开的情书》是一篇独特的作品，很成功。立足于探讨，成功的地方不只是主题。

发表在《十月》第1期上，是80年代的第一声惊雷。最后一篇是重评《莎菲女士的日记》，它从思想上已跨越了半个世纪，但可学习丁玲剖白内心来塑造人物。它不是以曲折的情节取胜，是以隐藏极深的角度，来开掘内心的矿藏。

我接触了一些比我们年轻的同志，他们在《工人日报》当编辑，他们读了之后说，不仅表现了在思想上探索，也表现了新时代道德的美。

吸收外来的手法，但不是照搬，既含蓄又奔放。书信之间连接自然，脉络清楚。

从主题、感情基调、社会效果三点来谈。

我们都经历了这个时代，被命运抛到底层，要渴望飞出去。人物内心世界丰富。

作者按人生哲学来贯穿全篇，——否定中发展力量。

对当时的无休止的运动的指责是对的，但认为敢爱就爱，轻视道德家的舆论，将一切都归于习俗是否有积极的社会效果，有疑问。

无法抑制的感情洪流充满全篇。

否定世俗传统是对的，反对“小家庭”。宣传是积极的，宣传什么是强者。

二、批评意见

对哥哥的世俗观念抨击、批驳得不够。只是采取了嬉笑怒骂的态度。因此，他们的主张与世俗观念的对立，显得软弱。

我也接触过一些先进的大学生。北大有些学生，1966 年开始探索，1972 年进了监狱，他们的思想显得更成熟。

人物千人一面，不如叫《哥德谈话录》那种忏悔录的写法。这一点是失败的。

真真是一个典型的个人主义者。

老久前面调子唱得很高，后面在生活问题上却是一个封建主义者。他们不要求真真理论上与他们平等，只需要真真的激情。这是不平等的爱情，是不符合老久宣传的共产主义的。

艺术性差，形式不美。书信体不是我国传统手法，看起来够呛，读起来令人乏味。

人物不够成功。使用笔调太相似。人物性别不一样，经历不同，但给人印象，这些信件都像出自一人之手。思考描述很多，但形象不鲜明，形不成轮廓。

对真真这个人物的思想情调不太喜欢。真真好像是一个大事做不来、小事又不愿做的人。

他们思考的问题，我们也都思考过，但我们还是做了社会给我们的工作。真真显然是正面人物，但对劳动人民缺乏感情，她在山区学校教书，但她没有从生活中得到点乐趣。她有点精神贵族的味道。而三个男主人公为什么都拜倒在这样一个人脚下？

把爱情与事业看作一回事，这就不是一个好的革命者。老久很自私，爱一个人就不择手段地追求，和石田也差不多。

人物性格差异不明显，有雷同的地方。

有几点疑问，老久经过坎坷之后，自己认为是对的，就不顾一切地追求，包括舆论、名声，这种社会效果好吗？所以，有人看了以后，认为老久自私。

爱是不需要理由的。宣扬了爱情至上。这种宣传有一定的危险性。时代、事业、爱情之三位一体，它可以冲击道德和法律，这是危险的。

我在插队时，也写过情书，但都是写给当地人的。当我看到“几只鸟”那一段时，很感厌恶，有点救世主的味道。

附:《公开的情书》读者来信选摘

No.1 写信人: 教师，男，30 岁，安徽省

提要: 谈论自己的经历和在六七十年代经历的几次精神危机，自认是“多余人”，提到《情书》让他想到车尔尼雪夫斯基的《怎么办》。(1979-3-26)

信摘: “你们的作品中几个朋友的关系使我想到了车尔尼雪夫斯基的《怎么办》里面几个朋友的关系。正是这种关系，我寻求了好多年。可是失望，失望，失望。‘实际’这两个字几乎要将人类天性中最美好的东西挤完了！人们的社会关系随着社会发展的日趋复杂，可又偏有那么些人推波助澜，为什么人们就不能以诚相见呢？因为生活中不合理的现象，你

向生活宣战。因为生活中找不到真、善、美，你对生活失望。你想超越现实，追求富有诗意的平等的精神生活。这些话对于一个不现实的空想家来说怎会不从心里感到亲切中肯呢？”

“从看世界一片光明到一片黑暗，又从看世界一片黑暗到既有光明又有黑暗。”（估计读者看过小说正式发表前的油印本。）

No.2　写信人： 25 岁左右，河北省

提要：《情书》还在修改阶段就已读到作品的读者来信，表达了对作品的热爱之情，认为作品正是内心彷徨、找不到出路的当代青年所需要的。同时也对其认为作品过于理想化的地方提出了建议。（1979–9–16）

信摘：“读到它（《情书》），我就像听到了在那动荡的年代里，不甘沉沦，不愿与投机者为伍，以社会为己任，奋力向恶势力抗争的有志青年的勇猛呐喊。就是在今天，它也同样强烈地表达了那些热爱生活，敢于为真理而斗争的青年们的心声。这部作品的发表，必将成为一股社会力量，对我

们这一代的青年产生深而广的影响。”

“我有这样的念头：作品既给人鼓舞，又使人有点可望而不可即的感觉，并不是每个人只要始终不渝地追求真理、追求幸福就能如愿以偿的……虽然是真实的故事，却带着理想主义的浪漫色彩，但它毕竟是要使青年们相信您们指出的路是切实可行的啊！所以我觉得作品中能否尽量抛掉一些空泛的议论，而是多增加一些真实的思想活动呢？”

“作品中老久的形象我总觉得不很丰满。尽管老久的很多富有哲理的话是很发人深思的，可是他那种不被政治潮流所裹挟，坚定不移地走自己的道路的坚强信念是怎样来的？”

“您们的作品无疑是黑暗中的一丝光亮，它使人们看到这一代青年是有希望的，也是有出路的。”

No.3　写信人：大学生，男，天津市

提要：作者在其就读大学的演讲时，与作者认识，并有过交流。看到了大学油印本《我们》上的《公开的情书》后非常激动、感动，来信倾诉自己的几次恋爱经历和内心对理想爱情和生活的憧憬。（1979-12-10）

信摘：“《公开的情书》使我发狂了，世界上竟然真有我理想中的爱情！啊！我盼望我等待的并非完全是虚幻。我有榜样了，我有例证了，我要顽强地寻找追求真正的爱。”

“我从来没有看到过这样好的作品，我从来没有看到过与我如此息息相通的作品。……书中的每一个字都是写在我心上的。我们是同类，这样的同类是很少很少的。……自粉碎‘四人帮’后，文学作品都是揭露的多，也就是破的多。《情书》是立，立我们新时代的新精神。没有书中那样崇高的精神世界，是很难对中国现代化进行探索的。这种精神是古今中外不曾有过的。它属于中国70、80年代勇于拓路的青年先锋队。”

“读者来信，每一封我都仔细读过了。如果说我读过《情书》后受到空前的震动，那么阅毕这些读者来信受到了从未有过的感动。这些读者的思想感情是中国当今的特有产物。他们是中国青年中的优秀分子，但还不成熟，还处于孤独当中。《情书》是一座灯塔，他们的精神向着这灯塔聚合。《情书》是中华民族崛起，是中国崭新的一代步入历史舞台的标志。”

No.4　写信人： 工人，女，北京市

提要： 被《情书》激励的青年工人，来信说想要加入到追求真理的队伍中，并附上自己的照片。（1980–1–28）

信摘：“《公开的情书》强烈地震撼着我的整个身心，将我在心中筑起的加固了又加固的堡垒一下子给彻底打垮了。”

“……只想让您知道，一个普普通通的青年工人，志愿加入老久他们‘那支迟早会形成浩浩荡荡的队伍’，志愿以他们那样的献身精神积极地去参加他们的探索，在为祖国开辟荆棘的道路上，去做这个队伍中一名平凡的真正的战士。”

No.5　写信人： 学生，女，湖南省（两封）

提要： 谈感想和自己的家庭及生活（部分内容难以辨认）。（1980–2–2）

信摘：“《公开的情书》使我们从精神上相识了。还是它，沟通了我们的心灵之渠道，唤醒了沉睡的热情和希望。”

提要： 长信。谈《情书》给予自己的震撼，称从真真身上看到了自己，谈下乡农场的经历，谈自己理想破灭后仍旧

坚持学习，想为国家为人民做贡献的信念。（1980-3-27）

信摘：“这（《情书》）之中包含的大胆的思想、深刻的哲理。我们这一代青年人在动荡中产生的怯懦，在动荡中锤炼的勇敢，加之对时代义不容辞的责任感，使我强烈地震惊了。”

“我们这一代人应该在旧的思想家、科学家被时代的尘土埋葬的时候产生出我们自己的、合乎一个新的时代的思想家、科学家。历史赋予我们的使命与赋予我们前辈的使命是同等伟大、艰巨。”

“它像一个忠实的棱镜，把我们这一代青年具有的苦闷、彷徨、无望、茫然的混合物，以及它的对立面——自信和乐观、有目的的勇敢、充实的生活、对个性解放的追求，整齐地折射在时代的屏幕上。”

“在童年、少年时代……围绕保护我的精神篱笆一直被慈善的父母、和蔼可亲的老师，还有那些天真无邪的伙伴修整得完美无缺。”

No.6　写信人：工人，女，约 25 岁，山西省（两封）

提要：谈感想，被《情书》鼓舞，认为其代表了新时代青年应具有的精神面貌。（1980–2–5）

信摘：“这部小说犹如震雷鸣响，唤起了我的向上之力和生命之光。”

“……它没有单纯地暴露创伤，而是塑造了在痛苦中振作的一代……我感到那里面有一种对传统道德观念的宣战，对新生活的向往……”

提要：致《十月》编辑的短信，希望能发表对《情书》的评论文章。（1980–7–5）

信摘：“它（《情书》）没有单纯地暴露创伤，而是塑造了在痛苦中振作的一代。”

No.7　写信人：男，北京市

提要：长信。分析讨论作品，主要有以下几点：1. 从老久提出的“为什么只能爱一个人”的观点展开了关于一夫一妻制的讨论，并引述了恩格斯的话，希望作者能进行更深入的讨论。2. 对《情书》中人物初恋的失败展开了引申分析，认为不成熟的初恋即使成功也往往会导致婚姻的不美满。3. 对老久称牛虻为“病态的感情控制”提出了不同看法。（1980–2–5）

信摘：“我不敢相信现实生活中竟有这样的巧合，你的作品简直是对我的思想的一个总结，因为它对我有一种特殊的亲切感。”

“小说中提出的问题我们探索过……最终我们被现实的皮鞭抽打得伤痕累累。”

No.8　写信人：学美术的，女，77 年进师范美术班，浙江省

提要：谈经历和自己对现实的苦闷，给作者写信希望找到关于“出路”更具体的答案。（1980–2–7）

信摘：“当我初中毕业，本着一颗尚未成熟的自觉高尚的心下到社会最低层——农村。我的想法正像你书上说的‘为祖国，为民族，为大众的明天贡献自己的一切’。那时我也和真真一样，有过于旺盛的精力、热情和锋芒，我渴求献身，可是我找不到出路。”

No.9　写信人：教师，女，北京市（两封）

提要：热情的长信，谈经历，放弃大学教育追求精神独立，选择教师为职业。倾诉自己长期的精神苦闷和从《情书》中获得的力量，称自己像真真，却没有她幸运，“嫉妒”真真有个那样强大的爱人。（1980–2–12）

信摘：“你们的这篇作品仿佛使又一次长期无法解除苦闷中的我获得了再生。精神的伟大并没有逝去，而是更加气势磅礴地向追求它的人招手。”

提要：来信谈自己读巴乌斯图夫斯基散文的感受和在生活中无处不在的孤独感。说做了一个和作者相见并相谈甚欢的梦。梦中作者是个南方人，一个沉稳的典型中国女性。（1980–4–3）

No.10　写信人：医务相关工作者，湖北省（两封）

提要：短信。谈阅读感想，要求编辑转给作者。（1980–2–14）

信摘：“……靳凡的作品《公开的情书》，反映了一代人的精神追求，和几乎从不被人注意的人的心灵深处的苦恼向往。在中学生时代，读《牛氓》激动过，为他的坚强意志感动。今天这篇作品又给我带来了那种紧紧抓住你的心、雷鸣般的心灵激动。这一代人中的不甘沉沦者、没有精神寄托的人，在没有路的路上探索着。目前还在徘徊的人，谢谢你们。”

提要：谈理想和目标丧失的精神痛苦，《情书》唤起其心底的热情。（1980–2–28）

信摘：“在今天这个人们互不了解、冷漠的世上，你写出了一代人中有些人千百遍想过而不曾用语言表达的思想。在作品中，我找到了梦寐的深刻。茫茫雾海，孤舟漂泊，弃生之望的人无意中发现了远处的一盏灯光，遥远、隐约，灯光啊温暖的灯光，现实中毕竟有人写出了我们的探索、不甘沉沦的挣扎，还有一筹莫展的精神痛苦。拯救这些人，功德无量。除了在你的作品里，周围有谁理解我们，多看我们一眼呢？”

“我向往着有献出自己一切的事业，献出全部热情的爱。当心中神圣的东西被无情的事实打破，从未对生活问过为什么的我，似掉入阴森迷谷，看不见天，不见一探［盏］灯，黑蒙蒙什么也没有，空虚摄住了我的心，我企图用其他方法从这种心理中解脱出来，但最多只能是短暂的忘却。更常常是一次次的失望，混吧，混下去，耗掉精力。但灵魂中一个不安的、被压抑的深沉的呻吟声，是怎样地让人心碎呵！先辈的那种生活艰苦，但目标明确，心中充实的生活让人向往。今天，什么事业能激发我的全部热情？后悔真不该在二三十年中不给上帝之类的圣灵者在心里留下一个位置，在愚昧中走完人生的路是轻松的。”

No.11　写信人：售货员，女，1966年上高三，辽宁省（两封）

提要：两个孩子的母亲，谈经历和“伤疤”，《情书》使其振奋。（1980–2–16）

信摘：“我无时无刻不把母亲（指祖国）惦念，我曾担心母亲将会养不起她十亿儿女，也曾担心我的兄弟们不想追求价值的来源。我早已注目着知识界的荒芜。但好些青年百无聊赖尽赶‘时髦’，停止不前！老的老了，小的还小，什么时候才能补上青黄不接的欠债？”

“如今添了白发的青春仿佛第一次感到了空气的新鲜。”

提要： 收到作者复信后的回信。表达了自己虽然家事工作缠身，仍然想写作、做点事的愿望，并说之后会寄自己写的小品给作者审改。（1980–3–20）

No.12　写信人： 大学生，男，18 岁，山西省

提要： 来自工科生的短信，认为《情书》是别具一格、令人回味无穷的作品。（1980–2–20）

信摘： “它（《情书》）对我有教益，使我学习科学技术文化知识更增添了必要的力量，使我对克服学习中的困难更充满了胜利信心。”

No.13　写信人： 大学生，男，1970 年中学毕业，四川省

提要： 谈阅读感想，试图比较当下（1980 年初）青年和《情书》年代青年思想上的差别。（1980–2–21）

信摘： “在我的同龄朋友中，我是天真无邪的，快乐、整天无忧无虑。可是我的内心里是孤独和常常痛苦。我应该说是早熟的，过早的思索起一般应是成年人思索的问题。可是思想的机器太原始，思想的武器太陈旧，思想的方法太简单……”

“我们这一代年龄的人，在你们看来，也准是以打架寻衅、不学无术为特征吧。”

“在那个时代里，你们这样思索过，与其说时代选择了你们，不如说是你们选择了思索的时机。”

No.14　写信人：演员，女，云南省

提要：一封短信。表达对小说的喜爱之情。希望小说再版。（1980–2–22）

信摘：“‘她’（《情书》）深深地吸引着我们，激励着我们。为我们的祖国，为我们的事业，我们这一代应该努力奋斗。老久、真真、老嘎、老邪门，他们的友谊、爱情，也为我们指出了新时代的青年人所应追求的崇高的情操。我们抓紧一切业余的时间看着、抄着，甚至讨论着。”

No.15　写信人：女，西藏自治区

提要：谈阅读感想，认为《情书》是青年“生活上的教科书”，解答了许多他们思索的问题。（1980–2–22）

信摘：“《公开的情书》是写给每一个中国青年的，她夺

去了我的眼泪，燃起了我的热情，把我从虚无中拉了出来！我用泪一般的声音呼唤着：我爱你——祖国的未来。因为，我也像真真一样，内心世界里，沸腾着热血，呼啸着风暴，有对光明执着的追求，……但缺乏思想的武器。”

No.16　写信人：会计，女，刚走上社会的青年，湖北省

提要：谈生活和理想，认为《情书》作者是老师和朋友。（1980–2–23）

信摘：“如果我们不想被时代所淘汰，就要不断地学习和掌握新的知识、新的事物，接受新的思想、新的情操。我热情地希望你们能把《公开的情书》继续写下去，把 80 年代青年的理想情操写出来。”

No.17　写信人：大学生，男，28 岁，北京市（两封）

提要：给编辑，打听作者通信地址和姓名。（1980–2–24）

提要：大学工程物理系学生，一年前读《情书》受到极大的震动，但因为胆怯没有给作者写信，后读到作者其他一

些学术性文章后终于鼓起勇气提笔写信，想和作者面谈得到指导。（1981–5–18）

信摘：“我想拜你们为老师，想得到你们的指导和帮助——事业、学习、思想、生活。因为从你们的文章中我感到一种完全的信赖。”

No.18　写信人：旅行社工作，女，33 岁，广东省

提要：谈经历，1965 年进大学，经历“石田 – 真真式”的感情后离婚，在部队待过，认为《情书》是知音。（1980–2–24）

信摘：“读完小说后，我心中最强烈的感觉是：原来在群众中，还有许多和我有共同思想的人，我终于找到了知音。它简直就像我的内心自白，是我对社会，对人与人之间的关系，对人的思想感情，包括朋友、爱情、友谊……全部总括。就好像我在和你们谈心，把我的经历、思想，特别是对目前人生的认识，全部都告诉了你们一样。”

No.19　写信人：师专学生，女，甘肃省（三封）

提要：热爱文学的女青年的长信，抒发对《情书》的热

爱之情；详细生动地描述了自己从高中到下工厂到重读大学的几段经历，也是她对理想和爱情一一幻灭的过程。而《情书》使其重燃希望，看到光明。（1980-2-24）

信摘：“从真真身上我看到了自己的影子：追求真善美，却遇到假恶丑。这个是我们这一代人最大的精神悲剧。从老久身上，我看到了自己的理想，看到了光明，他是当代青年的精华。”

“说出了许多我想说又不敢说和说不出的心里话。……这是青春的呐喊，这是时代的呼声啊！我爱看书，但还没有哪本书能像这本能这样打动我的心，震撼我的灵魂！”

提要：收到作者回信非常激动，感到振奋和鼓舞。第一封信1980年2月24日发出，是谈经历的长信。此信可能已丢失。（1980-3-17）

提要：因没有收到回信而不安。（1980-4-3）

信摘：“粉碎‘四人帮’后，爱情这一永恒的题材，冲破禁区又出现在我们的文化生活中。”

No.20　写信人：解放军护士，女，24 岁，浙江省（三封）

提要：谈读《情书》在其对理想和爱情失望时带来的震动和启发，迫切想要了解作者是什么样的人。（1980–2–24）

信摘：“自我懂事到青春最盛时期……爱情被禁锢，枯燥无味的千篇一律的作品，使我对我们国家的文化丧失了信心。”

“您是这样地了解生活，把人们思想中已经模糊了的真善美的概念重新阐明……”

提要：收到作者复信后的回信。谈自己生活的现状，以及鼓起勇气对自己所爱的人表白后的不安，希望得到作者的帮助与指导，并想把自己的日记本给作者寄去。（1980–4–20）

信摘：“随便翻到（《情书》）哪一页都对我有很大的启发。有人说，这是世界第一流的情书。我把它比作生活中的老久。”

提要：附两封其母亲的来信，谈母亲那一代人对《情书》的看法及两代人在爱情婚姻和很多观点上的冲突。（1980–4–28）

信摘：读者的信："妈妈说我是头执拗的小牛……我爱她，并不能赔上自己的幸福。她是头固执的老牛。"

读者母亲的信：

"为了听你的意见看一看《公开的情书》，简直把我累坏了。就像恩格斯在啃杜林论一样，是一个酸果。啃到现在把我酸得牙都丢了，亦是啃不完。"

"总之这封公开信是太超人了，亦可说是80年代最新式的爱情，这对我来说是接受不了，认为是大逆不道的。"

"这些是只顾自己不顾他人的极端自私行为。"

"我只同意真真哥哥的信。"

"石田有什么不好呢？"

"我认为这是超脱现实的代表作，只经过几个月信札往来就成为爱人的爱情是不牢靠的。"

No.21　写信人：舞蹈演员，女，辽宁省

提要：从业七年的舞蹈演员，谈自己思想的苦闷和空虚，厌恶现实的平庸和乏味，《情书》给予其勇气，希望被指点找到真正的精神出路。也提及自己收集的对《情书》的反面意

见，如小说脱离现实，老久的爱情观利己自私。（1980-2-25）

信摘：“……就如同一阵狂风掀起了我思想的惊涛，在我面前似乎展现了一个新的世界。”

“我们是饥饿的青年，向您寻求真正的食粮。”

No.22　写信人：大学生，男，22岁，辽宁省（三封）

提要：谈理想的激情和现实的冲突，不想虚度青春，《情书》使其强烈共鸣。（1980-2-25）

信摘：“我心灵中将要熄灭的火被您拨亮了。”

“您震撼了我快死的灵魂，我们这一代青年多么需要这样的良师益友啊。”

提要：收到作者回复后的第二封信。表达了为祖国振兴和人民富强而努力学习的决心。求介绍社会科学方面的书籍。（1980-3-19）

信摘：“‘我们是你的朋友，我们倾听你的倾诉。’这是多么美好的语言啊！您可以理解，一个迷茫的青年有了理解他的朋友时的心情，一个人在黑暗中看到了光明时的激动。”

“我在 1958 年……出生，年龄比较年轻，而思想和知识却才是个婴孩。”

提要：第三封信，谈对一些社会问题的看法，倾诉内心苦闷。（1980–4–5）

信摘：“今天的中国人民，已经初步觉醒，最起码在切身利益方面是觉醒了。”

No.23　写信人：高中生，四川省

提要：文字不好辨认。（1980–2–26）

信摘：“真的，不骗您，读这部小说同读《母亲》《钢铁是怎样炼成的》《牛虻》是一样的。”

No.24　写信人：女，26 岁，上海市（两封）

提要：自称是现实中真真式的女青年，来信分享经历，剖析自己的内心世界。字迹很不好辨认。（1980–2–27）

信摘：“真正使人震动的是它所显露的大胆明快的思想激情，所包含的深刻广博的生活哲理，所蕴藏的巨大的、引人

向上的动力。这部作品所提出并试图说明的问题，正是我们这一代年轻人应该认真思考的问题。”

“是你们的作品使被现实束缚的我感觉到时代的气息，升腾起思考的火花，迸发出奋斗的激情。”

提要：收到作者复信后的回信，字迹很不好辨认。（1980–3–24）

信摘：“我们这一代人有个很大的特点：精神世界极易满足，而对物质利益的追求却永无满足。”

No.25　写信人：男，北京市

提要：内容难以辨认。（1980–2–29）

信摘：“给我最真实的感觉就是小说中所写的都是现实生活的真实写照。”

No.26　写信人：工人，23 岁，陕西省（两封）

提要：谈阅读感想，认为这一代青年没有“垮掉”，是中国未来的希望。（1980–2–29）

信摘：“中国的希望在青年。青年是中国灿烂的明天，青年一代并没有垮掉，他们也决不会垮掉。”

提要：收到作者回复后的第二封信，希望与作者继续探讨现代青年的思想与出路。（1980–3–30）

信摘：“现今的青年不存在挽救的问题，他们需要的是——唤醒！他们需要的是随着科学发展而随之发展的真理！而决不是几百年来的陈腔滥调！”

No.27　写信人：女，福建省

提要：提出两个问题：1. 什么使人热爱并坚持自己的事业？ 2. 什么是爱情至上主义？表达了对爱情永恒和爱情至上主义的怀疑。（1980–2–29）

信摘：“如果把它（《情书》）称作一部心理分析、哲学研究的通俗化书籍也未尝不可。”

No.28　写信人：大学生，女，天津市

提要：想知道作者的写作过程以及小说是否是真人真

事；认为《情书》积极向上，与同时期其他作品截然不同。（1980–2–29）

信摘：“在《公开的情书》里使我看到了迥然不同的人物，他们也经历了那样一个时期，在那样的困难时期却有人能依然保持积极向上的信心。有理想，有着对待生活的正确看法，有着对待朋友的真挚友谊，这一切都是多么可贵呀！但是我在作品中看到的与生活中看到的却是大不相同。”

“在《公开的情书》中，我就找到了自己的榜样。在对待理想和生活的问题上，您的作品使我看到了真正的蓬勃向上的青年人的形象。”

“我又看到了真正的中华儿女的形象。”

No.29　写信人：车间工人，26 岁，新疆维吾尔自治区（两封）

提要：主要谈经历，小学毕业后在吐鲁番插队六年，1976 年返城工作，工作后和“石田式”男友相处并分手，觉得自己被时代抛弃。（1980–3–2）

信摘：“……只是借我的笔在发泄心中的烦闷，虽然并不能解决问题，但好像吐了一口长气，心中少许地舒畅了。”

提要：收到作者回复后的第二封信，又谈自己在新疆插队时的经历。（1980-3-30）

信摘：“那是动荡的年代……这许许多多的事情都怪谁？”

No.30　写信人：医务相关工作者，女，25 岁，四川省（两封）

提要：内容难以辨认。（1980-3-5）

信摘：“我父母不准我看文学作品。”

提要：（1969 年 14 岁时下乡）收到作者回复后的回信，谈收到回信的喜悦和对现实的苦闷和无所适从。（1980-3-25）

信摘：“终于，大多数同学找到了一条人生的路——努力开后门找工作，然后建立一个幸福美满的小家庭。”

“大家都羡慕现在的中小学生，说他们赶上了时代。”

“看看你们《公开的情书》里描述的那些青年人，我心里说不出是什么滋味。那些青年，在今天这样大好的时光里，可能早就找到自己的归宿，正在为理想而日夜奋斗。他们的前途是那样的光明、广阔。而我呢，却在这生活的道路上摸索着，不，是倒退着。”

No.31　写信人：技术员，男，1969 届大学生，上海市

提要：大学生弟弟推荐读的，和爱人都被作品深深吸引，觉得之前没有出现过这样强烈打动人心的作品。提到《情书》在弟弟大学中被争相传阅，引发热烈讨论。（1980–3–6）

信摘：“我们相信这不是少数几个‘老九’的心里话，而是整整一代人的心里话。”

No.32　写信人：大学生，女，四川省

提要：迫切希望能获得一份小说的打印稿。（1980–3–6）

信摘：“我本以为自己的心是再不会为任何东西（何况只是小说）而狂喜的了。然而你们也使我失望，在现实生活中苦苦追求而不能得到的东西，你们在几十页纸上给了我。当我从书案上抬起头用茫然而狂热的眼光四顾时，就立即从梦里醒来，清醒地意识到这不过是小说。我那获得了希望的心再度陷入失望，陷入更沉重的、难言的失望……”

No.33　写信人：大学生，上海市

提要：一封短信。说《情书》在系里学生中引起强烈反响，却到处都买不到，汇钱希望购买两本《十月》。（1980-3-6）

信摘：“同学们给《公开的情书》起了个别名，称它为‘青年必读书’。”

“请相信有千万个有头脑的、把目光向着未来的新一代青年赞美和支持你们。”

No.34　写信人：大学生，天津市

提要：一封短信。说《情书》在大学同学中引起强烈震动，引发追阅，极难借到，称这种状况是经历中第一次见到。（1980-3-7）

信摘：“请听一下我们……同学中《公开的情书》的读者的反映和评价吧！这是一次空前强烈的震动。……她的发表是爆炸了一颗精神原子弹，是我国思想文化领域的异峰突起。她是我国现代精神文化的文学表现。闪烁着中国文化复兴的曙光，标志着我国新时期文学的主流由‘伤痕文学’转变为

‘向前看文学’的真正开始。……人们不仅看透了伤痕，而且看见了光明。”

No.35　写信人：教师，四川省

提要：谈阅读感想，认为书中老久、老邪门这样的人物是这一代人的精华。（1980–3–9）

信摘：“这一代青年是在历史发生伟大转折的年代成长起来的，他们的经验也是在转折中由一个又一个迅速的‘异变’而延伸的。短短的几年里，历史仿佛浓缩了漫长的社会变迁，以其饱和状的丰盛养料喂养了这一代从狂热到冷静、从幼稚到成熟的青年人。当然，在这变化莫测的大风暴中，有人颓唐，有人堕落，有人走上了回避政治的‘干净’道路。（这毫不奇怪，历史如此。）但是有一部分最坚强的人却面对现实在苦苦地，积极地思考、探索。”

No.36　写信人：大学生，北京，22 岁（两封）

提要：谈感想，喜欢真真，和真真有类似的遭遇和伤痛，希望得到作者的指导和帮助。（1980–3–10）

信摘：“您的这部作品是渴望做新人的人们的最好的教科书。”

“生活中的种种磨难，一度使我感到整个世间龌龊，我生活在这里，是那样的孤独。然而，现在我看到了希望，我应该站到老久、真真的队伍中去，向他们学习。我必须要以结合他们这些时代的新人并肩战斗、共同前进而自豪。”

提要：收到作者回复后的第二封信。再次请教应该看些什么书，希望得到指点。（1980–3–25）

信摘：“我等了多少日，想了多少日，才同你们这些带有新思想的战友接触。”

No.37　写信人：大学生，28 岁，上海市

提要：28 岁未来教师，谈《情书》对其本已平静的心造成的波动和决定写此信的心路历程。（1980–3–10）

信摘：“最近我觉得疲乏了，我认为我的思考对社会和对我个人都无益。”

“从昨天到现在，不断在心里和你们对话，今天上课时间

也不知是怎么过去的。”

No.38　写信人：解放军（军人），女，福建省

提要：部队干部，自称时代幸运儿，可是内心痛苦迷茫，被《情书》震动，来信提问怎样才能有坚实的生活力量。（1980–3–11）

信摘：“像我这样貌似青年，心却过早衰老的人远远不止我一个，而是整整一代人。他们讨厌宗教似的泛泛说教，也讨厌世俗的实惠说教，他们渴望新思想、新道德，但也决不是西方的那一套。”

No.39　写信人：男，18岁，山东省

提要：文学爱好者，谈感受写短评，称《情书》是他读过的中短篇小说中使其最受益的。建议将小说中的人名改成普通人名，认为老嘎、老邪门之类的名字像游侠，不踏实。（1980–3–13）

信摘：“长达七万字的小说，一气读完，竟然忘了午饭。”

“小说中没有所谓时髦作品的卿卿我我的庸俗描写……”

No.40　写信人：工人，男，安徽省

提要：只领到小学毕业证的青年工人，谈感想，感谢《情书》唤起了他生活的激情。（1980–3–13）

信摘：“我永远不会忘记这声曾经震撼我心灵的惊雷。”

No.41　写信人：解放军（军人），北京市

提要：一封短信。谈感想，想知道作者的创作过程，并想与作者见面。（1980–3–15）

信摘：“从书中看到了我自己，看到了我的朋友们。”

“喜欢说：当我历尽苦难之后，依旧童心宛然。”

No.42　写信人：大学生，女，21 岁，黑龙江省

提要：长信。主要谈经历、大学生活、和父亲在思想上的冲突、不被理解的苦闷，以及对未来、对事业的迷惘等。感情相当热烈。说喜欢《情书》的主要原因是“真真”这一人物，称真真像自己，遇到过“童汝”式的骗子，渴望能遇到“老久”。提到《情书》是“青年人的生活教科书”。（1980–3–15）

信摘：“我在觅知识，觅前途、目标，觅朋友、知音、爱人！……可是，却觅而不见！”

No.43　写信人：大学生，女，陕西省（两封）

提要：长信。以一首诗和一段对书中几个主要人物具有画面感的想象开头，笔触热烈。主要谈自己热爱社会科学却选择学医的矛盾、现实中接触到的一些“不平”事，以及自己想改变这些的决心。认为自己很像真真，甚至连生活小事都像，需要老久的指点。喜欢《情书》中的诗，特别是最后老嘎致真真信中的诗。（1980–3–15）

信摘：“这是爱情的书信，却远远超出了爱情的范畴。它不是缠绵的、令人肉麻作呕的情调，也不是毫无感情的政治口号。”

“而我现在，强烈地追求事业，却又不知该走怎样的路……”

提要：收到作者复信后的回信，请教一些如何对待政治和社会生活的问题。（1980–4–25）

信摘：“如果我的目标在彼岸，而河水是逆向彼岸的，那么，即使冒着生命危险，我也要奋力游过去。”

No.44　写信人：大学生，男，天津市

提要：认为《情书》是积极向上，鼓舞理想幻灭的青年一代奋斗的作品。提到看了《控制论与科学方法论》，并对黑格尔的“凡是现实的就是合理的”中“合理”一词的译法提出自己的看法。（1980–3–16）

信摘：“……它（《情书》）是描述战士、强者内心的剧痛，这是产生新革命、新思想的剧痛。”

“旧调重弹是不能唤起青年的热情的，只有那些展示时代新思想的作品才能鼓起青年奋斗的勇气。中国这代青年不应是垮掉的一代，应该是觉醒的一代。”

No.45　写信人：银行职员，女，作者同龄人，广西壮族自治区

提要：谈阅读感想，称与真真的思想性格、经历极为相似，《情书》使其深受感动而落泪。信末摘录一段自己的日记，称无知和对理想的不能放弃是其不快乐的根源。（1980–3–19）

信摘：“文章再现了你们 70 年代的思想感情、理想和生活，也是我的！”

“我觉得我不太乐观，太低沉了，本来不愁吃，不愁穿，应该说是生活美好的。但我不会生活，思虑太多。想生活得有意义，但又不知从何实现。我像大海中一只飘零的孤船，看不到前进的方向，不知该进哪个码头，何从谈得乐观。”

No.46　写信人：大学生，女，24 岁，上海市（三封）

提要：谈《情书》在其同学中引起的反响和讨论，为小说提出的新思想、新道德感到激动和振奋，同时也对书中似乎过于理想化的爱情观、道德观提出了一定的疑问；而对比当今青年理想的普遍迷失，也对书中老久等人能否坚持信仰发出了疑问，希望向作者请教。（1980-3-19）

信摘：“你在小说中表现的许多崭新的，富有现实意义和深刻哲理的思想，启发引导读者去思考问题，去探索真理，去追求高尚的情操和真正的爱情。”

“小说中，老久勉励真真与石田断交而和他建交，这在实际生活中一定会被认为是不道德的……老久和真真在现实生活中是不存在的，是这样吗？”

“‘……一个人可以同时爱几个人，也可以被几个人爱’，‘爱的权利就像追求真理一样神圣，不能剥夺也不能出让’，在现实生活中，有这样的思想是可能的，然而它仅仅是可能而已，不会带来任何结果。”

“如果再经历一次理想的破灭，老久还能如此坚定，如此充满信心吗？”

提要：一篇名为“重新点燃理想的火苗”的《情书》读后感。（1980–4–5）

信摘：“回想五六十年代，美好的理想曾激发了一代青年的热情，成为他们奋斗的目标和生命真谛。然而到了七八十年代，‘理想’都往往被人嗤之以鼻，被视为空想的同义词，这是多么可悲的倒退啊！但是，这种对于理想的不屑和冷漠并不意味着理想之火在今天已成死灰。青年一代绝非不要理想，而是不知道什么才是真正的理想，应该怎样树立理想和如何为理想境界的实现而奋斗。”

“我们万分感谢《公开的情书》的作者，他们使我们看到了未来，看到了努力的方向，看到了新一代的理想之火又将形成燎原之势并将燃烧出一个崭新的世界。”

提要：说和同学讨论了作者的回信，谈周围人对《情书》的理解，认为很多人对作品的理解有偏差。（1980–5–6）

信摘：“很可能有人将这些东西转化为自己的思想的时候，已经使得那些高尚的、纯洁的、有深刻意义的思想变得面目全非了。”

“现在实际上很需要有《公开的情书》这一类的作品来充实人们，特别是青年人的精神生活。”

No.47　写信人：上海市

提要：与几位朋友讨论了作品，并代表众人向作者致意。称从《情书》中汲取了力量。（1980–3–19）

信摘：“你们的作品在《上海文学》引起了两种看法：一种认为有思想，好！一种认为很危险。”

“各人的信的文笔太一致了，如果能用几种文笔来突出个性就更好了。”

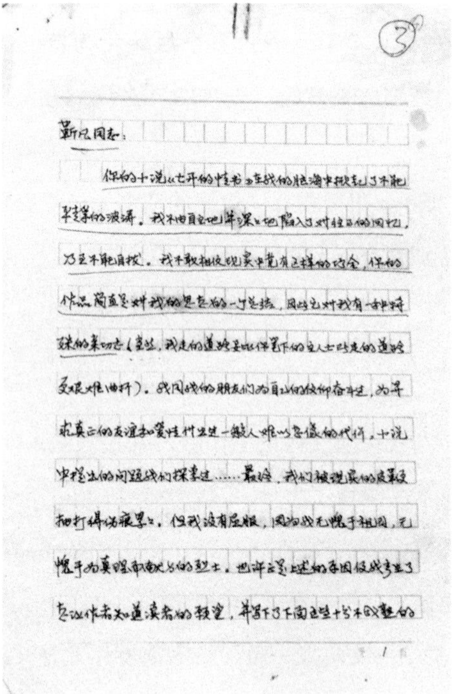

3

靳凡同志：

你的小说《公开的情书》在我的脑海中掀起了不能平静的波涛。我不由自主地一步深深地陷入了对往日的回忆，乃至不能自拔。我不敢相信现实中竟有这样的巧合，你的作品简直是对我的思想的一个总结，因此它对我有一种特殊的亲切感（当然，我走的道路要比你笔下的主人公所走的道路更艰难曲折）。我同我的朋友们为自己的信仰奋斗过，为寻求真正的友谊和爱情付出过一般人难以容忍的代价。小说中提出的问题我们探索过……最终，我们被现实的皮鞭抽打得伤痕累累。但我没有屈服，因为我无愧于祖国，无愧于为真理献身的烈士。也许这是上述的原因促我产生了要让作者知道读者的愿望，并写下了下面这些十分不成熟的

第 1 页

读者来信

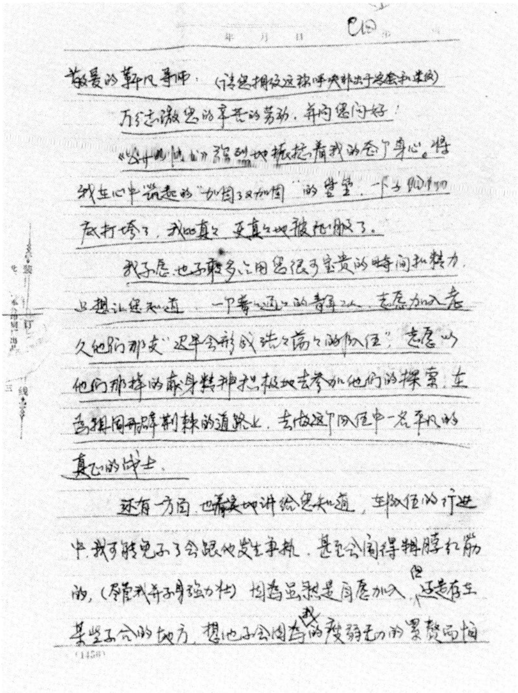

年　月　日

敬爱的靳凡导师：（请您相信这称呼决非出于客套和迷信）

万分志谢您的辛苦的劳动，并向您问好！

《公开的情书》强烈地振撼着我的全部身心。将我在心中筑起的"加固了又加固"的壁垒，一下子彻彻底底打垮了，我的真真、更真真地被征服了。

我不愿，也不敢多多占用您很多宝贵的时间和精力，只想让您知道：一个普普通通的青年工人，志愿加入老久他们那支"迟早会形成浩浩荡荡的队伍"，志愿以他们那样的献身精神积极地去参加他们的探索，在为祖国开辟荆棘的道路上，去做这个队伍中一名平凡的真正的战士。

还有一方面，也需要如实地讲给您知道：在队伍的行进中，我可能免不了会跟他发生争执，甚至会闹得脸红脖子粗的，（尽管我并不具有强力性）因为虽然是自愿加入，但还是存在某些不合的地方，想也不会因为我的疲弱无力的累赘而怕

(1458)

读者来信

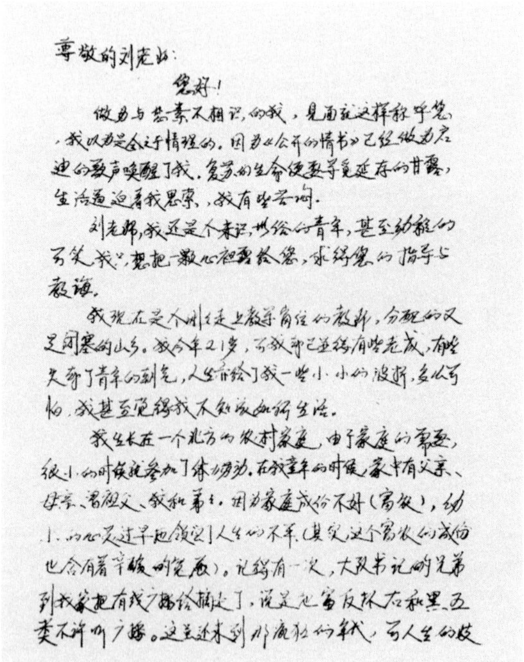

尊敬的刘老师：

您好！

作为与您素不相识的我，见面就这样称呼您，我以为是合乎情理的。因为《公开的情书》已经做为启迪的鼓声唤醒了我。复苏的生命便要寻觅延存的甘露，生活逼迫着我思索，我有些苦闷。

刘老师，我还是个未识世俗的青年，甚至幼稚的可笑。我只想把一颗心袒露给您，求得您的指导与教诲。

我现在是个刚刚走上教学岗位的教师，分配的又是闭塞的山乡。我今年21岁，可我却已显得有些老成，有些失去了青年的朝气，人生亦给了我一些小小的波折，多么可怕。我甚至觉得我不知该如何生活。

我生长在一个北方的农村家庭，由于家庭的需要，很小的时候就参加了体力劳动。在我童年的时候，家中有父亲、母亲、曾祖父、我和弟弟。因为家庭成份不好（富农），幼小的心灵过早地领受了人生的不幸（其实这个富农的成份也含有着辛酸的笑话）。记得有一次，大队书记的兄弟到我家把有线广播给摘走了，说是地富反坏右和黑五类不许听广播。这是还未到那疯狂的年代，可人生的坎

读者来信

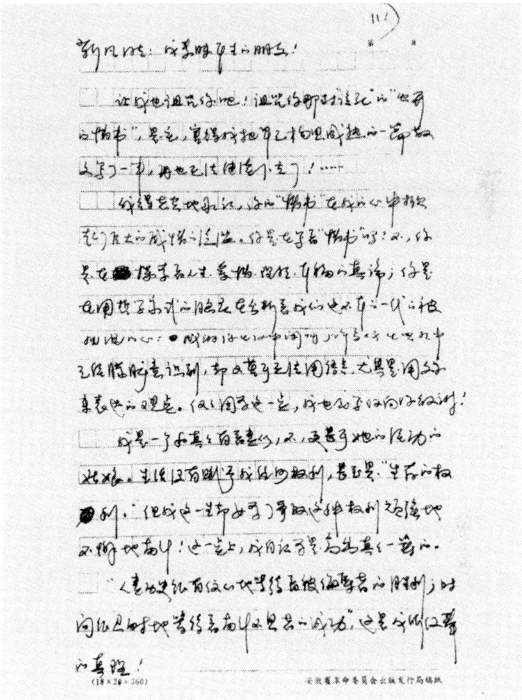

读者来信

No.48　写信人: 学生，女，未满 20 岁，北京市

提要: 谈阅读感受和自己的内心，对爱情和生活的憧憬，以及对现实和未来的失望与不安。(1980–3–21)

信摘: “人们互不理解。青年人的一些热情理想总是被老人们当作狂妄、幻想、美丽的泡沫或者倒影。是呵，有什么比这更痛苦，更让人失望呢？甚至有的父母也不能了解亲生儿女。正是这样，我们好像都很衰老。如果不是还保持着这张孩子气的面庞，你一定会以我是个老太婆了。”

“想起这些真让人痛苦。甚至想大哭一场。难道生活这么难吗？年轻人究竟该做些什么呢？”

No.49　写信人: 工人，男，25 岁，福建省（两封）

提要: 爱好文学，想当作家的青年工人，谈《情书》带给他的震撼。谈经历，曾爱过一位姑娘，碍于门户之差不敢表白，称《情书》使其得到勇气，觉得有大胆爱的权利。(1980–3–23)

信摘: “以前我那种与其让她和我一起痛苦还不如别去爱她的思想消失了……为了理想和未来，为什么不可以大胆地

去爱她呢？”

提要：继23日第一封信后的又一封短信，强调《情书》对其意义之重大，希望作者能回信谈谈作品。（1980–3–25）

信摘：“这在我的生活中、文学道路上，都或许是个转折点。”

No.50　写信人：工人，河南省

提要：致编辑的短信，说订不到《十月》，希望《情书》单独出版。（1980–3–24）

信摘：“个人想尽办法订不到，真想顺手偷一份来。”

No.51　写信人：大学生，女，24岁，北京市

提要：谈自己对《情书》的喜欢，称从书中得到了启发和力量，并感受到了美。（1980–3–25）

信摘：“我们这一代人的思想太贫乏，对美的东西知道得太少了。”

No.52　写信人：女，北京市

提要：文学爱好者，谈感受称《情书》使其备受鼓舞，最喜爱老久这个人物。（1980–3–28）

信摘：“他们身上不是正闪烁着时代的精神吗？他们不正是我们青年一代的风流吗？”

No.53　写信人：学生，老三届高中生，江苏省（四封信）

提要：谈这一代青年的灾难性的思想现状，认为《情书》向社会展示了优秀知识分子的面貌。（1980–3–30）

信摘：“我相信这些情书真正是你们之间的通信，因而它才具有这般吸引人、打动人的魔力。”

“这一代青年人现在的思想状况，精神面貌是十分复杂多样的。但色彩不免多半是灰暗的。对政治——我这里是说对国家的前途、社会的进步、人类的未来——的不关心，似乎成了一种普遍现象。而且，似乎有时又很‘关心’：聚在一起议论起时政、经济等等社会问题时，牢骚满腹，鸿篇大论，而切实中肯的批评建议很少。而一到日常的生活、工作之中，有时以戏谑的不认真的态度处之。”

提要：收到作者复信后的回信，再谈自己思想上的彷徨苦恼，求寄一本《十月》杂志 。（1980–4–16）

信摘：“我自知这种苦恼并不是出于一己之私的基点，是一种极其强烈的时代责任感，社会的责任感在煎熬我的心。”

提要：第三封信，没有收到作者寄的书。简短地谈生活，想写下自己插队的经历，向作者求教创作过程。（1980–5–21）

信摘：“也许在今天，唤起人们心中被损害了的美好感情与激情，是一件当务之急的工作。”

提要：第四封信，收到书了。（1980–6–3）

信摘：“我要经常从这类好作品中汲取对生活的信心和奋发向上的战斗精神。”

No.54　写信人：北京市（两封）

提要：与作者碰面后的短信，附自己写的小品。提到在友谊宾馆碰面和《太阳岛的传说》。何时给作者写第一封信已

无记录。（1980–3–30）

信摘：“一个挚友就是一片新的天地。”

提要：收到作者看了其上次寄去的作品后的来信，再谈自己的创作，希望得到指点。（1980–4–11）

信摘：“不能尽我以艺术形式为人类贡献的责任感，我深恨自己。”

No.55　写信人：大学生，女，陕西省（两封）

提要：有个性的长信。谈自己青少年时期以来的思想历程，曾以车尔尼雪夫斯基《怎么办》里人物的思想情操为理想，后破灭。称《情书》是这个时代的新人故事，认为自己的思想高度远在“真真”之上（起码与老久持平），质疑真真和老久的爱情，认为是建立在思想的不平等上的，质疑老久是否会接受思想上比自己还强势的女性。类比了《情书》和车尔尼雪夫斯基的《怎么办》：称《怎么办》是 19 世纪的“新的故事”，而《情书》是当代的“新人的故事”。（1980–3–30）

信摘：“在你的真真身上，我仍然看到了一条庸人的尾巴，一条旧道德、旧观念、旧的美学观念的尾巴。”

提要：收到作者回复后的回信，谈到系里为《情书》召开了一次热烈的讨论会，并向作者提出了一些问题。（1980-5-11）

信摘：“一个有灵魂、有思想、有感情的活生生的人，怎么能被出让呢？爱情既没有权利被剥夺，更没有权利被出让！不论是以什么样的道德面孔出让。”

“我觉得真正理解小说的人并不多。许多人还停留在石田的水准上，甚至还在石田以下。”

No.56　写信人：大学生，男，27 岁，天津市（两封）

提要：哲学系学生热情的长信，谈感想和理想，剖析自己的内心。（1980-3-31）

信摘：“你们的小说里有我说过的话，有我要说的话，有我朦胧地感觉到而又说不清说不出的话，更有将来才可能想到的话。”

提要：长信。就《情书》中关于爱国主义、世代间的理想冲突、人生意义的追求等问题展开讨论，并在哲学高度、艺术形式等方面给予《情书》高度评价。（1981–10–9）

信摘："我注意到你们的作品（《情书》）中一个最值得称道的倾向——超越党派的爱国主义。我认为你们是在有意识地这样把爱国主义复原到她本身的无党派色彩地位上的。以对本民族传统文化、情感、言语、风俗、乡土等的热爱思念为基础的爱国主义容不得党派中某些固有的脏东西。"

"《情书》中再一个引起我共鸣的是：两代人的关系问题。上一代中无论哪一个党派、哪一个杰出人物不愿也不会给下一代们旗帜。他们中思想的佼佼者也不能满足下一代中那些走在同代人思想前面的人的思想饥饿。已发表的关于《情书》的评论文章中不提这个问题，他们怕。"

"至于评论文章中谈及的关于《情书》的艺术形式是否抛弃形象、违背文艺创作规律等等，我认为是一种浅薄而不及时的议论。"

"你们的作品掺有些纪伯伦的某些风格。所不同的是，箴言集式的文体，使作品的各个段落的光，耀得读者一时不容易看清她的整体形象。必须站得远一些，隔得久一些，才可以捕捉那些必须在自己存有深度的思想基础上站立起来的形象。”

No.57　写信人：大学生，女，21岁，上海市

提要：大学中文系女学生的来信，称其偏爱女作家的作品，正准备以“女作家和中国文学”为题写毕业论文，以后也想从事这方面的研究。得知《情书》作者为一位女性时，特来信请求帮助。希望作者谈谈创作过程和写作动机等。（1980–3–31）

信摘：“在看这部作品时，我为它宏大的气魄、深刻的哲理而震动，而深思，而奋发。”

No.58　写信人：中文教员，女，1959年大学毕业生，北京市

提要：短信。讲《情书》在周围朋友中引起的争议，希望约作者面谈交换意见。（1980–4–2）

信摘：“说它好的（人极少）把它捧到天上；说它不好的，恨不得将它扔进公厕。”

No.59　写信人：工人，女，24 岁，上海市

提要：第二封信，谈第一封信中爱情难题的后续进展：称所爱的人的前女友看了《情书》，也决定要做“真真”，要求进步。为了帮助她完成转变，为了能让更多的人找到出路，她和她所爱的人忍痛决定分手。3 月 25 日第一封信讲现实中的爱情难题，询问作者意见，此信可能已遗失。（1980–4–3）

信摘：“她对他说：你要做老久，我就不能做真真吗？我不是石田。你难道就不能像老久帮助真真那样帮助我吗？”

“……她的转变又意味着一个阶层的人可以改变，因此从整个社会的意义来说是重大的。”

No.60　写信人：中文系教员，男，42 岁，北京市（四封）

提要：真真哥哥年纪的人，谈自己对《情书》的喜爱之情，并希望约作者见面请教问题。（1980–4–3）

信摘：“它不仅写出了生活实际是什么样子，而且写出了生活应该是什么样子。”

提要：感谢作者答应面谈，因电话屡屡联系不上，特写

信说明可见面的时间和面谈时希望讨论的问题。（1980–4–11）

信摘：“我的儿子，一个初中一年级的学生，小小的文学爱好者，他也对我说：爸爸，这小说为什么写得这么好？”

提要：电话联系不上，再次约面谈。5 月 13 日与作者面谈，很投机（作者注）。（1980–4–30）

信摘：“道德、学问两项是不能以年龄讲高低的。”

提要：见面后的来信，谈自己写《情书》评论的进度等。（1980–6–11）

信摘：“对于《情书》的意义，怕是随着时间的推移，越来越显示出它独特的光彩。”

“我以为《情书》是不能随便乱评的，需花大力气认真对待，否则就把作品有意无意地糟蹋了。”

No.61　写信人：中学英文老师，新疆维吾尔自治区

提要：一封短信。谈感想，希望得到作者指点和帮助。（1980–4–4）

信摘：“对照老久对人生和社会的看法，我逐一检查了自己。”

No.62　写信人：大学生，云南省

提要：就生活中遇到的难题向作者讨教：谈其某个朋友看了《情书》后终于下定决心与女友分手，选择同自己真正精神契合的爱人结合，可此时却得知女友怀孕，陷入两难和精神痛苦中。（1980–4–4）

信摘：“多少人虽然大胆地在思想上追求较高的境界，但实际生活中不得不屈服于那‘正统’的道德观、恋爱观，以致使理想的追求不完善。您们的作品中，我得到了理想的启示。您们的思想、品质、道德情操为青年人展示了一个新的天地。勤于思索、勇于追求的大无畏胆略、锲而不舍的精神，无疑是我们青年的典范和楷模。”

“他还有出路吗？按崭新的道德观，他还可以争取理想的结合吗？”

No.63　写信人：北京市

提要：谈喜欢《情书》的三个原因：1. 为进步青年指明了方向；2. 真实地反映了生活；3. 成功地塑造了一系列陪衬人物。（1980–4–7）

信摘：“现实中的真真们，每看一遍《公开的情书》，身上就增添了一定的力量。”

No.64　写信人：女，18 岁，北京市（两封信）

提要：谈“文化大革命”带给这一代青年的影响，在《情书》的主人公身上看到了光明和希望。（1980–4–8）

信摘：“读着《公开的情书》，我不由写下来这样的诗句：你是宝剑，曾经的鲜血淋漓，使你放射彩虹的辉光。横跨两个年代，一个世纪。”

提要：收到回信很高兴，谈自己的生活和理想的挫折。（1980–5–7）

信摘：“我请求你们将心中的热情、感情、爱情再一次公开吧。”

No.65　写信人：“文革”初期毕业大学生，贵州省

提要：一封短信，谈阅读感想并想索取一本《情书》。（1980–4–9）

信摘：“作为我的自身，如何身体力行地投入激流之中，争取未来呢？却没有答案，而老久、真真以及他们的朋友，却为我做出了榜样。”

No.66　写信人：外语相关工作者，女，27岁，上海市

提要：谈对《情书》的感受，想要和作者更深入地探讨关于爱情、黑格尔哲学等方面的看法。（1980–4–12）

信摘：“抨击时政，揭露黑暗都是必要的。但冲破黑暗，哪里是光明？我们寻求精神解放，从窒息的牢笼中解放出来，但解放到哪里去呢？……我们需要的是国事、家事、天下事一起考虑，民族、个人一起走向解放的方向呵。所以老久他们使我感兴趣。”

“年轻的真真比年老衰弱的真真在思想上更活跃、深刻，更适合做老久的战友，这时的他会怎样呢？”

No.67　写信人：大学生，四川省

提要：谈现实带给人的压迫感，称《情书》使其产生共鸣，赋予其勇气。（1980–4–13）

信摘：“老久们，继续地写吧，以你们火一样的热情、深刻的思想去鼓舞奋斗的，去激励消沉的，去唤醒沉睡的，去感染徘徊的。”

No.68　写信人：25 岁，福建省

提要：谈这一代青年知识的缺失和理想的丧失以及对信仰的渴望，称《情书》填补了其思想上的一些空白目标，并向作者提出了一系列问题。（1980–4–15）

信摘：“知识分析能力的贫困，使我认为什么都有可能是假的，是欺骗！要做怎样的人？什么样的青年才是好青年，是榜样？是值得人们称赞的？这也多变。我向许多比我大几岁的青年靠拢，向他们吸取知识力量。我发现，他们身上矛盾的东西也很多。”

“信仰希望是怎么建立起来的？怎样坚实起来的？怎么我拼命树也树不起来？”

“您挖掘了几个可以成为我们楷模的形象的根基成因。”

No.69　写信人：北京市

提要：极短的一封信，提了一个关于数学命题的问题。（1980–4–15）

信摘：“……从中我看到了自己同代人的奋发向上的形象，深感中华民族大有希望。”

No.70　写信人：女，21岁，湖北省（两封）

提要：称与真真有着相似的个性和经历，满腔的热忱和理想却无处可用，感到内心孤立无援，渴求导师和知己。（1980–4–20）

信摘：“每当我们陷入危机四伏的逆境时，社会又以它特有的鼓槌与旋律为弱者敲响了警钟。时代的要求迫使青年人奋起，不让他们在消沉中灭了志气。当代年轻人思想是很活跃的，只是没有个总堤口让热情迸泻罢了。”

提要：收到作者回复后的第二封信，再谈对《情书》的喜爱和自己的精神困境，并摘录了几位朋友的来信，都是谈内心空虚苦闷、挣扎，找不到方向的。信中也提到了不同读者对《情书》的不同反映。（1980–6–5）

信摘：“那本可以称作指南的《公开的情书》，不知被我翻过多少遍，每次都引起心弦的强烈震动。”

“一部作品问世，人们的反映是各不相同的。我问了一个同学，她说（《情书》）太空洞。”

No.71　写信人：女，安徽省

提要：一个称有着和真真类似经历的文学女青年的来信，称可以为争取“爱情和生存的权利”奋斗一生。（1980–4–22）

信摘：“你是在写情书吗？不，你是在探索人生、爱情、理想、幸福的真谛；你是在用哲学家式的脑袋分析着我们这不幸的一代……的心灵。”

No.72　写信人：大学生，上海市

提要：历史系学生，收到《十月》杂志和作者复信后的回信，看了作者在《贵州师院学报》发表的文章，就作者将

现代科学的方法引进大历史研究这一点表示赞叹。写给作者的第一封信可能已遗失。(1980-5-3)

信摘：“我更喜欢研究现实，更喜欢对现实进行思索，这也就是为什么我会深深地被你们在《十月》上那篇东西所打动。”

No.73　写信人：上海市

提要：一封短信，求作者地址和沟通方式。(1980-5-7)

信摘：“我无权干涉真真的爱情的进程。但我无法掩饰我的不满：由于她爱情的速熟，使信札在八年前过早地停止了积累，可惜！”

No.74　写信人：山东省

提要：感情强烈的信，抒发自己对真善美的热爱，以及理想丧失后的内心煎熬。(1980-5-7)

信摘：“你们为什么要写出这些撕心裂肺的东西来？”

“我恨你们，但又离不开你们。因为我摆脱不了对真善美的追求，也摆脱不了时代责任心的斥责。”

No.75　写信人：安徽省

提要：谈阅读感受，以及小说与现实的差距，对未来感到迷茫，向作者提出了一系列问题。（1980–5–7）

信摘："时间浪费了，青春消失了，可是一颗为人民服务、想做点事的心还未死啊！"

"只感到小说似乎重新点燃了心中还剩下的一点火焰，号召青年追求真理，探索人生的意义，继续解放思想，打破封建残余的枷锁，跟上世界发展的步伐，做无愧于时代和国家的主人。"

"一个人失去了热情，没有了希望怎么办？怎样才能使自己的精神充实起来？"

No.76　写信人：女，福建省

提要：文学爱好者，谈自己的创作和对《情书》的热爱。（1980–5–10）

信摘："青春的热情，对真理的追求，为达到一切理想境界的大无畏精神，这应该是我们这一代青年灵魂的精髓。当我们正处于惘然和徘徊之际，我从你的小说中豁然领悟到了这一点。”

No.77　写信人：大学生，22岁，北京市

提要：谈阅读感受和自己在学业上的烦恼，求作者指教。提到车尔尼雪夫斯基的《怎么办》，称《情书》是一样的好作品。（1980–5–10）

信摘：“我想到小说中描写真真向往大海而真正投身于大海后又悲观失望的情景，不由得害怕起来。”

No.78　写信人：医务相关工作者，女，湖北省

提要：一封短信。谈感受，想和作者通信。（1980–5–13）

信摘：“我不怎么喜欢真真的性格，总觉得她有点像林道静（长篇小说《青春之歌》的主人公），认为她根本不好好工作学习，整天沉溺在个人的悲观情绪中。”

“我觉得这篇小说写得好是好，但其中的人物好像是超越了现实。”

No.79　写信人：工人，男，新疆维吾尔自治区

提要：一封长信。写书评和作品人物分析，并就一些现实问题，如青少年理想的丧失向作者求教。（1980–5–16）

信摘：“我一直认为《公开的情书》是现实生活中一本很好的教科书。”

“《情书》给我们提出了：现在的爱情就应该是全新的爱情。现在的道德既不同于封建道德，也不同于资本主义道德……提出了一种全新的道德。”

“还没有迈入社会的十五六岁、十七八岁的青少年说生活没意思，这是非常可怕的。”

No.80　写信人：大学生，女，北京市

提要：谈感受，态度非常积极向上，认为找到了知己，要更努力地投入生活。（1980–5–22）

信摘：“不错，这一代青年曾经受到了巨大的创伤，然而他们是聪明的，他们是可以恢复元气的。他们接受的、得到的不是远比创伤更大吗？”

No.81　写信人：大学生，女，河北省（两封）

提要：哲学系二年级大学生近8000字长信，讲自己的家庭、父母、自幼年来的生活成长历程以及近年来濒临的精神危机；谈《情书》对其心灵的触动。文笔优美，感情真挚。（1980–5–25）

信摘：“我觉得不是在看小说，而是在看一篇哲学论文，又好像在照镜子。”

“我觉得我到了一个新的境界里，这里有那么丰富的精神生活，有那么崇高的对事业献身的热情，我觉得自己已融化在他们这些探索者行列中。”

“第三次便是粉碎‘四人帮’最初日子的精神危机，这次比前两次厉害得多。打死了可以救活，肚肠子空了可以胡乱填点东西，那么精神呢？”

提要：写信谈自己收到回信的感受，对自己经历的大学教育的看法，以及自己家庭的代际矛盾。（1980–7–15）

信摘：“我的经历使我了解生活（了解一点），而不了解书本。我会刻苦学习的，我也曾经是比较刻苦的。只是同在其他方面一样，在学习上我简直就像茫茫大海的一叶孤舟，拼命挣扎却不知航标在哪里。我多么希望看到一盏灯，即使非常非常遥远，我也要朝它奔去。”

No.82　写信人：大学生，女，北京市

提要：一封短信。就《情书》的创作提了几个问题（特别想知道老久这个人物是否有现实中的模特）。提到《情书》使其联想到车尔尼雪夫斯基的《怎么办》。（1980–5–26）

信摘：“敢于追求美，向往光明，渴望生活的青年人，可能他们是少数，但他们是四化的生力军，是祖国的未来，是祖国的希望，是我们的代表。”

No.83　写信人：男，北京市

提要：一封短信。表达了对《情书》的欣赏。（1980–5–29）

信摘：“我对你们的历史论文和艺术创作都非常赞赏和支持。你们这代的看法似乎在日渐得到证实。我很高兴。”

No.84　写信人：学生，女，广东省

提要：技术学校的学生，谈自己的生活，对未来的迷茫以及对现实的无力感。（1980–5–30）

信摘：“我之所以这么地喜好这篇小说，一是它写得相当的成功；二是这里面有许多话完全是针对我而言的，而且是毫不留情，一针见血。它就像一根鞭子狠狠地抽打着我，把我打醒了。”

“我珍惜青春，可又不懂得怎样去珍惜。我热爱生活，又不懂得怎样去生活。我向往未来，却又不知现在该为将来做些什么。”

No.85　写信人：大学生，云南省

提要：短信。说要将《情书》作为专题研究对象参加省大学学术论文竞赛。（1980–6–9）

信摘：“读着它，过去的坎坷道路，十年的创痛生涯，全部都在眼前再现。”

No.86　写信人：工人，上海市

提要：一封短信，求书，寄一元钱。（1980–6–11）

信摘：“请你们替我买一本单独本《公开的情书》，大概出版社还没有出版。那么，油印的、铅印的都可以。”

No.87　写信人：大学生，陕西省

提要：包括致靳凡和致《十月》编辑的两封短信，谈《情书》带来震撼和力量。（1980–6–20）

信摘：“我们这一代人，经历过信仰危机、精神幻灭，然而终于操起了批评的武器。怀疑，思考，使我们有了独立的思想，找到了精神上的归宿。”

“从你的小说里，我汲取了力量，感到我们的努力是有希望的。”

No.88　写信人：医务相关工作者，女，湖北省

提要：作品人物分析，并提出了四个有看法和迷惑的地方。（1980–6–23）

信摘：“我们想在工作中努力，改革落后的现状，可缺少丰富的理论及经验。但最重要的还是几千年遗留下来的保守势力，使我们缺少支持。”

“理想的破灭和现实的冷酷使我们对生活、前途、事业缺乏信念。唯一聊以自慰的是我们还有一颗爱祖国的心和一副踏实的工作态度。我们不愿碌碌无为地看着伟大的中华民族落后于别的民族；我们不甘洁身自好，看着人们沉落。但我们又毫无办法，与其说看着，还不如闭上眼睛，因为满是伤痕的心已经承受不住这种种痛苦了。我们并不乞求同情。可是，正像马雅可夫斯基所说的：‘关心我吧。’我们需要理解，然而现实中却没有人理解我们。在苦闷及忧郁中，我们挣扎着，苦苦地挣扎着……是你们《公开的情书》的作者点燃了我们心中早已熄灭的火花。我们叫道：‘世界上毕竟还是有人理解我们，并且是那样深刻地理解。’”

No.89　写信人：战士，18 岁，新疆维吾尔自治区

提要：编辑转新疆小战士的短信，信中就《情书》中自己不理解的地方向作者提出了一系列问题。（1980–6–23）

信摘：“真真从小对社会充满了幻想，而在她的履历中处处碰壁。这是她单纯、纯洁的心灵造成的，还是幻想破灭造成的？”

No.90　写信人：大学生，女，甘肃省

提要：身体不好，经常住院的女大学生，来信谈感受和自己的内心世界，并附钱希望买书。（1980–6–27）

信摘：“我奇怪为什么您 1973 年写的东西在 80 年代读者的我看来都像是当今写的，或者是写给我看的。”

No.91　写信人：30 岁，江苏省

提要：一个自称是老久式人物的干部子弟来信谈自己对《情书》的理解。（1980–7–13）

信摘：“《公开的情书》的主题思想是不仅要以共产主义态度对待事业、工作，还要以共产主义态度对待生活，尤其是婚姻恋爱问题。在恋爱婚姻问题上不仅应当反对金钱观念、互相欺骗互相玩弄的资产阶级作风，也应当反对大男子主义、夫权思想、从一而终等封建主义残余。”

No.92　写信人：工人，女，陕西省（三封）

提要：把《情书》比喻为照亮方向的金帆，称愿追随作者追寻生命的意义。（1980–7–18）

信摘：“我第一次心悦诚服地感到自己错了。错就错在和真真一样，追求真理，追求新思想，是为了追求精神上的解放，没有把自己和时代，和祖国联系在一起。”

提要：谈及自己与周围人格格不入，《情书》帮助自己完成了思想和人生态度的转变。（1981–1–13）

信摘：“你们的书又帮助我完成了思想上的转变，确立了人生的态度。而且，在我承受着沉重压抑的痛苦时，使我内心的热情得到了彻底的释放。我觉得我找到了现世中难得的知音密友。”

提要：读《情书》两年后的再次来信，谈自己的近况和心境，想知道老久们是否真实存在。（1982–1–16）

信摘：“老久们究竟是产生于几位有高尚情操的理想，还是确实存在于现实中真正的精神形象？时间的变迁，给他们的生命增添的是强烈的光和热，还是阴雨和冰霜？”

“内心的仇暴已卷走了灵魂深处那往日的怯懦和卑微，历经磨难的心已经挣脱了束缚着它的镣铐，恶俗的言论和观念在它面前完全失去了往日的淫威。”

No.93　写信人：工人，男，四川省（两封）

提要：三个热爱文学艺术的青年想把《情书》搬上银幕，正在改写剧本，已经完成了初稿。为没有征得作者同意就已经动笔致歉，并希望作者同意对小说进行改编。（1980–8–24）

信摘：“我们或多或少地都有过《情书》中人物的经历与思想。我们在一起探讨了许多次，想着要是能把《情书》搬上银幕该有多好啊。”

提要：谈剧本创作，因缺乏自然科学知识，与老久和老邪门工作相关的情节的写作面临困难。（1981–1–4）

信摘：“在老久和老邪门的工作问题上，他们俩处于失业状态，剧本中凡是与此有关的情节都只能空出。”

No.94　写信人：上海市

提要：讨论《情书》并对其中主要人物提出一些疑问：真真太超脱现实，老久的思想有些空洞，没有具体内容等。同时也希望知道作者“如今”（1980年）对这两个人物有什么新的看法。（1980–9–7）

信摘：“所以我们感到，真真是十年前处于逆境而不甘沉沦、有才能、有热情而富有上进心的青年形象。而老久就是处于真真这个地位的人心中所幻想的理想人物、救世主。”

No.95　写信人：大学生，女，25岁，黑龙江省

提要：艺术系女生的短信，谈对《情书》的喜爱，希望得到作者的帮助。并愿为作者日后创作提供素材。（1980–9–15）

信摘：“我很爱书中所塑造的人物，羡慕他们的爱情，赞赏他们的恋爱观。”

No.96 写信人：大学生，北京市

提要：非常喜爱《情书》，但到处都搞不到。特来信向作者求一份刊有作品的《十月》杂志。（1980–9–21）

信摘：“……这是我们同代之中具有共同的心声、共同的思想、共同的情感的人的共同的珍品。”

No.97 写信人：大学生，女，上海市

提要：中文系女学生来信倾诉对《情书》，特别是对真真这个人物的喜爱，称真真很像自己。信中提到周围喜欢《情书》的大都是女同学，男同学则几乎都不喜欢，认为真真作风不正派。（1980–9–24）

信摘：“……我一口气看了一半，放下杂志，我惊住了。真的，我确确实实地惊住了。真真的性格、真真的感情、真真的爱好……和我多么相像！老久、老嘎、老邪门这些思想敏捷深刻、才华横溢、勇于探索、追求、向往光明和真理的年轻人，特别是老久，他那种恋爱上的蛮横坚强的意志、充满哲理的语言，不正是我一直想象中的偶像吗？……我迫不及待地把这篇小说介绍给我的同班同学。遗憾，男同学几乎

都不喜欢，说真真作风不正派、水性杨花，又说如果你像真真，我们都不敢和你接触了。女同学中已婚的，摆出一副贞洁的样子，也对真真嗤之以鼻。只有一些未婚的女同学喜欢她。可她们欣赏的是真真‘会玩弄男性’。”

No.98　写信人：编辑，上海市

提要：上海《文汇报》文学编辑，来信向作者约稿。（1980–9–28）

信摘：“你的小说在上海反响很大……我恳切地希望你能成为我们的作者。”

No.99　写信人：大学生，天津市

提要：对生活和现实极度失望，深陷精神痛苦的大学生从《情书》中汲取了勇气和力量，来信倾诉，并希望能得到一本《十月》杂志。（1980–10–19）

信摘：“它（《情书》）好像主宰了我的灵魂。它不仅把丑恶的灵魂揭露得淋漓尽致，而且把真善美刻画得那么纯洁而伟大。”

No.100　写信人：大学生，女，23 岁，河北省

提要：称《情书》是唯一让她看第二遍的小说。来信谈自己的成长历程，谈自己的父亲坚持原则却在现实中碰得头破血流的经历，谈自己想报效祖国却没有方向的苦恼，希望能从作者那里汲取前进的力量。（1980–10–20）

信摘："看它（《情书》）时，既像在看一篇优秀的小说，又像在看一篇有深刻哲理的论文。真的，它让你不能不想，想过去，想未来；想自己，想别人，想社会。"

"理想和现实的差距这么大，老久和他的朋友们光彩照人，可离我们那么遥远。什么时候这样的人才会多起来呢？"

No.101　写信人：学生，女，26 岁，北京市

提要：勤工俭学的学生，来信希望能向作者学习，并交朋友。（1980–11–14）

信摘："说实话，《公开的情书》里的人物在现在这个世界中已不像 1972 年时那样有力、丰满、富有感召力了。我承认他们是出色的人。但是我更想看到老久他们怎样对待今天。"

No.102　写信人：中学教师，女，浙江省

提要：来信谈经历谈创伤，被《情书》深深触动。（1980-11-15）

信摘：“靳凡同志，要是真真碰不到老嘎他们怎么办？你们能帮助我解答这个问题吗？”

No.103　写信人：中学教师，女，湖南省

提要：谈自己自小学开始的生活成长经历，在经历了“文革”后的家庭变化和自身的理想幻灭，称《情书》鼓起了她做一个强者的勇气。（1980-12-2）

信摘：“难以相信，一篇文艺作品，会像今天这样使我兴奋，使我激昂，使我沉思。你那给人以启示、富于哲理的诗句，你那振奋意志的激情，你那抚慰创伤的亲切细语，你那发自内心的真诚呼唤，使我的心灵被敲打了。”

No.104　写信人：工人，山东省

提要：立志文学创作的青年工人，来信谈感受，希望和

作者建立通信关系。(1981–7–10)

信摘：“作为经历过十年浩劫的知识青年的我，被你们作品中主人翁的精神境界深深地感动着…… 他们是我们伟大祖国的骄傲与希望——老久、老嘎、老邪门、真真！”

No.105　写信人：大学生，河北省

提要：哲学系大学生，来信探讨科学和哲学的关系，以及自己科学报国的理想。(1981–9–8)

信摘：“我喜爱你们的作品《公开的情书》：它不仅为我们展示出一个个美好的心灵，更重要的是揭示了这些心灵深处的激情源泉——科学精神。”

No.106　写信人：男，吉林省

提要：长信，认为《情书》、《控制论与科学方法论》和《历史的沉思》不仅是文学、历史和科学作品，还提供人生、理想、探索、创造的思想武器。(1981–11–15)

信摘：“我渴求着新的精神力量和思维方式的出现，能填补时代精神巨大的空白。《情书》和《沉思》先后出现了，这

是前后两道强光……我以为，与其空洞地向前看，莫如切实地向后看，只有严肃、慎密地批判历史、总结历史的人，才能真正脚踏实地，改造今天，迎接明天。……你们向我展示了一个崭新的世界，它给我带来的新奇感是强烈的。我朦胧地看到那个世界之窗射下的光芒。我直觉地感到，里面有伟大的东西。那是理论的阐述，也是激情的奔流。”

No.107　写信人：19 岁，湖南省

提要：提到自己看《情书》的感受。主要想一起探讨经济、教育和社会控制论问题。（1982–1–15）

信摘：“《公开的情书》在 1980 年第 1 期的《十月》上刚一发表，我就反复读了三遍。最让我印象深刻的是：老久十一岁时玩无线电而受申斥，妈妈让老久换上十五瓦的灯泡，爸爸青年时代与香玉的爱情悲剧，还有哥德尔不完备性定理在社会理论上的类比……”

No.108　写信人：工人，24岁，四川省

提要：工人，戏剧爱好者，想改编《情书》，变书信体小说为舞台剧剧本，使其为更多人接受和喜爱。第二封信，已回复前信。（1982–5–11）

信摘："我们需要她（《情书》）——中国的克里斯朵夫！她给我们带来了雷鸣闪电，不仅是感人而柔软，更重要的是有一股震撼心灵的力！……从老久、真真、老嘎身上，我看到了自己朋友和我自己的影子。同时又看到了我们的未来……"

No.109　写信人：教师，21岁，河北省

提要：倾诉自己的经历、文学抱负和精神苦闷的长信。没有太多涉及《情书》及相关讨论，只是在开头处提到是受到《情书》的启迪决定写这封信。（19xx–8–23）

信摘："我甚至不知道该怎样生活，该怎样走路。我想去探索，我想为我的民族尽一份力。可这路该如何闯呢？"

No.110　写信人：大学生，福建省

提要：来信高度赞扬作品，将《情书》与但丁、歌德等人的作品相比。信尾描述了两幅画面感和色彩感都很强烈的图画构思来表达自己的情感和思索。（日期不详）

信摘：“你们的激情，丝毫不同于那些虚伪的激情……你们的理想主义，也没有半点说教。”

新版后记

刘青峰

我在序言后面留下两个日期：2017 年 9 月初稿、2019 年 3 月定稿。其实在我心目中，它还是个未定稿。因为，我对这个新编是否能出版，始终将信将疑。直到现在，当我看到了清样，才觉得有必要动笔写写应该说明的相关事情。2017 年夏天，某出版社表示有出版意向。9 月我写完序言初稿，我们的女儿金晶也已初步整理出《公开的情书》读者来信一览表，并录入了部分来信共约十万字。此后，出版便杳无音讯。

事来年余，2019 年春节后，充满活力的年轻朋友徐书鸣告诉我们，东方出版社考虑出版这本书。3 月 7 日下午，观涛和我看了刚上映的电影《绿皮书》，深受感动。电影讲述 20 世纪 60 年代著名黑人钢琴演奏家雇用素不相识的白人保镖陪伴他巡回演出，他们在共同应对并突破当时美国南方的种族隔离政策底线过程中，建立了跨越种族和阶级的真挚友情。当晚，书鸣安排我们与该社编辑陈卓先生餐会。陈卓身形高大，拎了一袋他编辑出版的书送我俩。他一口京腔，说话爽快，很有亲和力。当他表明要推动新编《公开的情书》出版时，我内心仍充满疑虑。他的真诚打动了我，答应修改之前写的序言初稿以配合出版。因为，这种真诚，足以跨越我们与陈卓、书鸣等年轻编辑的年龄代际界限。在他们身上，我重新看到了20世纪80年代苏予、胡凡、高崧和马嵩山那样的以编辑为志业、推动思想解放的精神和努力。

此后，我修订了初稿；也再次追问油印本是由哪些人、在什么地方印出来的。可以说大致是这样的：这批油印本是1978年我妹妹刘进和当年在不同地点插过队的几位中学生利用周末制作的，而场地则是其中一位在人民大学的办公室。此后，在存放我们1989年前大量书刊和通信的朋友那里，又意外地发现了由观涛绘制封面的完整油印本。这个新编本也将选刊这个油印本和读者来信原件的若干照片，使当今以键盘为主要书写方式的年轻一代，一睹钢笔通信和打字油印书稿的历史样貌。书鸣在接过金晶未完成的整理读者来信等编辑事务后，不断向我讲述，当他读这些早在他出生前十几年的通信时，内心是如何感动。3 月 7 日之后的这几个月，我没有再见过陈卓，也未曾见过本书的责任编辑李森，因此，当昨日午后书鸣转来这本书的 PDF 清样时，我确实感到相当意外。我知道，如果没有他们和更多我不知其名的编辑未曾间断地推动，并为加快流程投入编辑，这本书就不可能与读者见面。

虽然，我现在还不能预测这本书的出版日期以及出版后读者的反应，但在撰写序言的过程中，我已经与近四十年前的读者又一次心灵相遇，并试图呈现他们克服时代造成内心创伤的挣扎；而在此书编辑出版的过程中，我再一次感受到中国人追求思想解放和精神独立的努力不可能中断！

写于 2019 年 7 月 30 日